阴翳之美

谷崎润一郎
精品集

春琴抄

[日]谷崎润一郎—著
汪雨欣—译

北京理工大学出版社

版权专有 侵权必究

图书在版编目（CIP）数据

春琴抄 /（日）谷崎润一郎著；汪雨欣译. —北京：北京理工大学出版社，2020.12

（阴翳之美：谷崎润一郎精品集）

ISBN 978-7-5682-9195-8

Ⅰ.①春… Ⅱ.①谷… ②汪… Ⅲ.①中篇小说—小说集—日本—现代 Ⅳ.①I313.15

中国版本图书馆CIP数据核字（2020）第211283号

出版发行 / 北京理工大学出版社有限责任公司

社　　址 / 北京市海淀区中关村南大街5号

邮　　编 / 100081

电　　话 /（010）68914775（总编室）
　　　　　（010）82562903（教材售后服务热线）
　　　　　（010）68948351（其他图书服务热线）

网　　址 / http://www.bitpress.com.cn

经　　销 / 全国各地新华书店

印　　刷 / 三河市金元印装有限公司

开　　本 / 880毫米×1230毫米　1/32

印　　张 / 9.5　　　　　　　　　　　　责任编辑 / 申玉琴

字　　数 / 210千字　　　　　　　　　　文案编辑 / 申玉琴

版　　次 / 2020年12月第1版　2020年12月第1次印刷　责任校对 / 周瑞红

定　　价 / 199.00元（全5册）　　　　　责任印制 / 施胜娟

图书出现印装质量问题，请拨打售后服务热线，本社负责调换

序

"关于美的判断,只要混杂有丝毫的利害在内,就会有所偏私,而不是纯粹的鉴赏判断了。"康德在《判断力批判》一书中如此阐述自己的美学理念,被认为是唯美主义的哲学思想来源。19世纪后期,一场以"为艺术而艺术"为口号的唯美主义运动在英国的艺术及文学领域蔓延开来。作为其代表人物的奥斯卡·王尔德,不仅积极倡导唯美主义理论,也致力于唯美主义创作。这场运动使唯美主义影响了整个欧洲大陆,其后更传播至全球。20世纪初,以周作人翻译王尔德的童话《快乐王子》为起点,中国出现了对西方唯美主义的译介。同一时期,受西方唯美主义影响的"唯美派"在日本出现,作为这一文学流派的代表人物、被誉为"东方王尔德"的日本作家,便是谷崎润一郎。

谷崎润一郎于1886年生于日本东京,幼时家境优渥,中学时因父亲生意失败而家道中落。1908年,谷崎入读东京帝国大学(二战后更名为东京大学)国文系,三年级辍学后专注文学创作。其时代跨明治、大正、昭和三个时期,作品涵盖小说、剧本、评论、随笔等多种文学体裁,数量更是多达上百。在长达五十余年的写作生涯中,他曾七次被提名诺贝尔文学奖，获得过日本文化勋章，对日本唯美派产生极大影响，但其贡献远不止"唯美主义"一项。日本国内外学者对其作品进行分析评价的文献著述颇多，其中学者吉田精一的《谷崎润一郎——以〈细雪〉为中心》一文中，提到《细雪》与《源氏物语》在叙事、审美等方面有一定的相似性，而谷崎润一郎曾断续用了近八年时间完成《源氏物语》的现代日语译本，其中联系不言而喻。另外，谷崎的小说也颇有"私小说"的色彩，因其作品中的许多人物形象都基于现实人物的原型来创作，如《痴人之爱》《各有所好》《细雪》等作品中皆出现来自真实人物的角色，且有据可考。再者，谷崎最有名的随笔集《阴翳礼赞》，从日本的女性、建筑、工艺品、饮食等等各个方面赋予"阴翳"以深刻的文化内涵，阐述了日本独有的审美观念。同时，谷崎也对江户川乱步、横沟正史等推理小说作家启发极深，创作了一批日本早期推理小说的探索型作品。谷崎润一郎于1965年因病逝世，同年，日本的中央公论社为庆祝创设80周年，也为纪念谷崎，设立了谷崎润一郎奖，以表彰代表时代的优秀小说、戏剧作品等，成为日本文坛重要奖项之一。

谷崎润一郎的作品深受法国现代派诗人波德莱尔、美国诗人爱伦·坡及英国作家王尔德的影响，崇尚西方文学中的感官刺激，毕生致力于对美的探索与追求，堪称日本最彻底的唯美主义者。"唯美"二字，顾名思义，即以"美"为"唯一"标准。唯美主义者主张艺术哲学独立于所有哲学之外，艺术只以艺术自身的标准来评判。然而，谷崎塑造的美学世界并非世俗普遍认可的美，而是带有浓重的个人色彩和偏好的女性崇拜美学，因此学界有"谷崎的文学里没有社会标准，只有美的标准"一说。这就造成作品的受众出现明显的两极分化：欣赏者如舐蜜糖，抵抗者如服砒霜；理解者看见美学，不解者只见色欲。

谷崎润一郎写作生涯极长，或可分为前后两期概述。前期的谷崎文学彰显了他"恶魔主义"的特色，以《刺青》《麒麟》等短篇小说为代表的作品无不透露着"美者为强，丑者为弱"的理念，曾被佐藤春夫批为"没有思想的艺术家"。并且，这一时期的作品中还带有极其强烈的西方崇拜思想，最有代表性的《痴人之爱》中，作者便借男主人公把这种崇拜发挥到了极致。而后期的被称为"回归日本古典和传统"的作品，则以《细雪》和《春琴抄》最为出彩。经历关东大地震的谷崎举家迁往京都，在秀美风景、淳朴人文、传统美食的浸染下，创作出了极具日本古典美的作品。并且这些作品中，多数女性形象脱去了早期谷崎作品中一贯的"恶女"标签，出现了各种不同特征、不同气质的女性，比如《细雪》中莳冈家四位性格各异的小姐，比如《厨房太平记》中形形色色的女用。

因其颇受争议的美学色彩，谷崎润一郎的作品在中国文学界算不上主流，其传播程度不可与芥川龙之介、川端康成、三岛由纪夫、太宰治等作家相较。鲜为人知的是，谷崎润一郎本人其实与中国有种种难以分割的联系。中学时期的谷崎曾受过良好的汉学教育，在学塾接受过汉文教学，甚至能赋汉诗。从事文学创作后，谷崎也多次在作品中融入中国色彩，其中表达得最直接的莫过于1910年发表的短篇小说《麒麟》，其中借用了《论语》中"子见南子"这一段典故，并多处引用中国典籍原文，即以原本的故事框架结合自己的想象来构造新的文学。由此不难看出谷崎对中国的向往，因此他曾在1918年和1926年两度到访中国。第一次来华，中国正处于外敌虎视眈眈、内政纷杂混乱之时，谷崎耗费两月游历东北、北京、上海、苏杭等地，途中难免波折，但品尝美食、观赏美景令他身心皆畅，归国后写下《苏州游记》《秦淮之夜》《西湖之月》《鹤唳》等作品。第二次到访中国，谷崎在上海滞留一月，同郭沫若、欧阳予倩、田汉等当时的青年文学家促膝长谈，使他对中国的国情现状有了更清晰、深刻的认识。第二次的访华虽让谷崎一直抱有的对中国的美好憧憬幻灭，但他之后的作品（如《细雪》《厨房太平记》等）中仍然不乏对中国饮食、文化的描写，可见其与中国的牵绊无法轻易磨灭。

因此种种，希望国内读者能够仔细品读、用心感受谷崎的美学世界。虽则未必认同，但求抱着尊重、欣赏的态度体会作品，体会他毕生追求的"美"。

目 录
contents

春琴抄 | 001

闻书抄 | 061

厨房太平记 | 153

春琴抄

CHUN QIN CHAO

其一

春琴，本名为鹈①屋琴，生于大阪市道修町②某中药商之家，于明治③十九年（1886）十月十四日逝世，其墓地位于大阪市下寺町某个净土宗④寺庙内。

前几日，我偶然路过那里，忽然想去参拜春琴墓，便走进寺内询问其所在。一僧人告诉我，鹈屋家之墓就在此处，便将我引到正殿后方。一眼望去，鹈屋家历代坟冢并卧于一丛山茶花树荫下，却似乎并未发现春琴之墓。

我问道："鹈屋家曾有个叫作春琴的小姐，您知道她的墓在哪儿吗？"

他思索片刻，说道："她的墓地……或许在那儿吧。"随后便带我从东边的一处陡坡拾级而上。

我知晓下寺町东侧后方有一座屹立的高岗，那便是生国魂神社⑤之所在。前述陡坡，即是从寺院内通向那座高岗的斜坡。那是大阪少有

---

① 一种益鸟名，多指伯劳鸟（有争议）。
② 位于大阪市东区。
③ 日本第122代天皇睦仁在位期间所用年号（1868年9月8日—1912年7月30日）。
④ 日本佛教的一宗。
⑤ 日本著名景点，是神武天皇祭祀生岛大神（足岛大神）的大阪最古老的神社。

的树木繁茂之地，春琴的墓就建在半山腰处，一片小小的空地上。墓碑正面镌刻她的法名"光誉春琴惠照禅定尼"，背面刻着"俗名鵙屋琴，号春琴，卒于明治十九年十月十四日，享年五十八岁"，侧面还有"门人温井佐助建之"字样。春琴虽终生保留"鵙屋"之姓，却与门人①温井检校②有着夫妻之实。或许正因如此，她才选择了与鵙屋家墓地相去不远的此处，作为自己的葬身之所吧。

据那僧人所述，鵙屋家早已没落，近年寥寥几个前来参拜的族人，也几乎从不来此，故而他没想到，春琴也是鵙屋家的亲属。

我便问道："如此说来，她的墓竟无人祭拜？"

"倒也并非如此，在萩地茶屋那边，住着一个七十岁上下的老妇人，她每年都来参拜一两次。还有，你看那儿还有座小小的墓，"他指着春琴墓左侧的另外一座坟墓，"那老妇人祭拜过春琴后，必得去那座墓上香供花，连诵经的香油钱也是她供的。"

走到僧人所指之处细看，那小墓碑果然只有春琴那块的一半大，正面刻着"真誉琴台正道信士"，背面刻着"俗名温井佐助，号琴台，鵙屋春琴门人，卒于明治四十年十月十四日，享年八十三岁"字样。正是那位温井检校的墓碑。关于那位老妇人的事，我在后文还会提及，此处暂且不提。但那比春琴墓还要小的墓碑上，特意刻下自己"门人"的身份，正是表明了温井检校在死后仍想恪守师徒之礼的愿望。

那时，我伫立于正被火红的夕阳照射着的山坡上，眺望脚下延伸

---

① 即门徒，学生。
② 日本古代授予盲人乐师的最高一级官名。

的大阪市的景象。这一带自难波津①以来，便是丘陵地带，高地面西，从此处直通向天王寺②。然而现在，煤烟熏染草叶，毫无生气；尘埃落满枯木，极煞风景。想来当初建造墓地时，这一带应是树木繁茂之地，即便是如今要在市内选址建墓，也该是首屈一指的幽静之处。因奇缘纠葛、终生难分的师徒二人长眠于此，俯视着暮霭笼罩下，高楼林立的东洋第一工业城市。然而，如今的大阪也已历经岁月变迁，不复当年模样了。唯有这两块墓碑，仿佛仍在互诉两人不凡的师徒情缘。

温井一家本信仰日莲宗③，除检校之外，其家人都葬于故乡江州日野町④的某座寺庙中。然而检校背弃祖辈流传的遗训，改而信仰净土宗，是出于即便身死，也得长眠于春琴身旁的念想。据说春琴尚在人世时，两人便早已定好了师徒二人死后的法名，以及两块墓碑的位置、尺寸等细节。据我肉眼估测，春琴的墓碑高约六尺，检校的则不足四尺，两块墓碑并立于低矮石台上。春琴墓右侧种了一棵松树，枝条伸展向上，绿荫葱郁。检校之墓在其左侧二三尺远，枝条并不能及，状如立于一旁恭敬侍候。见此情景，我不禁忆起检校生前勤恳侍奉春琴、二人寸步不离的情景，便觉那石碑仿佛有了灵魂，像是至今还沉醉于幸福之中。在春琴墓前恭敬跪拜行礼后，我将手搭上检校墓碑顶部爱抚良久，在坟丘上徘徊不去，直至夕阳沉沉没入大街另一头。

---

① 即难波港。难波是大阪的旧称。
② 日本佛教寺庙名，位于东京都台东区。
③ 日本佛教的一宗，也叫法华宗。
④ 位于日本鸟取县。

其二

　　近日，我得到了一本名为《鵙屋春琴传》的小册子，从中便对春琴有了一些了解。此书是用四号铅字在生抄和纸①上印就的，共三十页左右。据我推测，应是作为徒弟的温井检校，在春琴三周年忌辰时，托别人编写她的生平传记来分发赠送。书中内容用文言书写，关于检校的事也用第三人称介绍，但提供素材的无疑是他。由此可见，此书真正的作者即是温井检校本人。

　　据书中所述，春琴家以鵙屋安左卫门②之称，世代居于道修町，经营中药材生意，传到春琴父亲一辈时已历七代。母亲名繁，生于京都麸屋町的跡部家，嫁给安左卫门后，生有两男四女。春琴为次女，生于文政③十二年（1829）五月二十四日。书中还提及，春琴自小聪慧，加之容貌美丽、举止端庄，其高雅无可比拟。四岁起练习舞蹈，一举一动优雅端丽，更胜舞伎。授课老师多次感叹道："可惜啊！此女本可凭此资质，成为一代名伎而享誉天下、为人称颂。然生在良家，究竟幸运与否？"

　　此外，春琴早早开始读书习字，进步之快远胜两位兄长。诸如此般把春琴视作神明的描写，皆出自检校记忆，其可信度无可探知。但

---

① 起源于中国古代的纸，后添加日本文化特色的纸张，属世界非物质文化遗产之一。
② 日本古代常见的男子名，原本指守卫皇居大门的职位，后来变成了名字（非姓氏）。
③ 日本第120代天皇仁孝在位期间所用年号之一（1818—1829）。

春琴生来端庄优雅这一点，确实有很多事实可从旁佐证。

当时的妇女普遍身材矮小，春琴身长不足五尺，脸蛋和四肢皆十分小巧纤细。从如今尚存的照片来看，三十七岁的春琴有一张轮廓端正的瓜子脸，其上点缀着小巧细腻的眼睛和鼻子，玲珑得仿佛用玉指一个个捏出来，甚至马上就会消失似的。毕竟是明治初年或庆应[1]年间拍摄的照片了，斑块星星点点，恍如封存久远的记忆一般模糊不清。但是从这张朦胧的照片中，除了能看出她有大阪富家太太的气质外，美则美矣，却缺少特点，给人印象不深。照片上的她，说三十七岁也可信，看作二十七八岁也不为过。

此时的春琴已然失明二十余年了，但看上去却不似眼盲，倒像是把眼睛闭上了。佐藤春夫[2]曾说："聋者如痴，盲者若贤。"这是因为聋人想要听清他人所言，便会蹙起眉头，眼口皆张，或歪头，或仰面，总觉蠢态十足。而盲人却只沉默地端坐、垂首，闭目深思的神情仿佛在苦苦思索。虽不知这种说法是否具有普适性，但我认为，所谓佛和菩萨"慈眼视众生"的"慈眼"，便是半开半闭的眼睛。因此人们惯性认为，双眼紧闭比睁开更显得慈悲，甚至抱有敬畏之心。许是因为春琴那紧闭的眼睑，竟让我隐约体会到了，像是参拜古像里的观世音菩萨时产生的慈悲感。

---

[1] 日本第121代孝明天皇、第122代明治天皇在位时所用年号之一（1865—1868）。
[2] 佐藤春夫（1892—1964），日本大正、昭和时期诗人、小说家、评论家，代表作有《田园的忧郁》《都市的忧郁》等，曾获得日本文化勋章。其本人极尊崇中国古典文学，译过一部分中国文学作品，并曾和郁达夫、鲁迅等中国作家有过密切交流，是中日近代文学关系史上不可忽略的作家之一。

据说春琴的照片仅此一张，再无其他。她年幼时，摄影技术尚未传入，而拍摄这张照片的同年，她遭受了意外之难，从那之后便再不留影照相。因此我们只能凭借这一张模糊不清的照片，来推测她的相貌。读者们看了上述说明，脑海里会浮现出怎样的面容呢？恐怕是一幅模糊不清、美中不足的画面吧。其实，就算亲眼看到这张照片，也未必能得到更清晰的形象，恐怕照片反而比读者们的想象更加模糊。

仔细想来，春琴拍摄这张照片，也就是在她三十七岁时，检校也成了盲人。我想，检校在世时见到她的最后一眼，或许就和这张照片相去无几。如此想来，晚年的检校记忆中留存的春琴的模样，可能也是这么模糊不清的。甚至由于记忆淡薄，也许他会用自己的想象去填补，最终形成与她大相径庭的、另外一个高贵女人的形象。

《春琴传》中还写道，春琴的父母视其为掌上明珠，对她的宠爱胜过其他五个兄弟姐妹。春琴九岁时不幸患上眼疾，其后不久便双目失明。父母悲痛不已，母亲甚至自怨自艾如同发狂。春琴因此放弃舞蹈，专注练习古琴和三味线[1]，潜心于弦乐之道。但春琴的眼疾到底是何疾病这一点并不明确，书中也未详细记载。

检校后来曾对人说："定是由于师傅才貌过人之故，树大招风，因此受人妒恨，一生中两次遭遇不幸，命途坎坷。"据此看来，其中或许另有隐情。检校还说，师傅得的是脓漏眼[2]。据说春琴从小备受宠溺，虽颇有骄矜之处，但言行举止讨人喜爱，对下人关怀有加，再加

---

[1] 日本传统弦乐乐器，与源自中国的三弦相近，是日本传统戏剧演出中重要的伴奏乐器。
[2] 医学专用名为淋菌性结膜炎，即一种极为剧烈的急性化脓性结膜炎。

上性情朝气十足，因此与人相处如鱼得水，兄弟姐妹间关系融洽，受家族众人疼爱。但照顾最年幼妹妹的乳母，却觉其双亲太过偏爱，对春琴暗生怨怼。众所周知，脓漏眼是由于花柳病[①]的病菌侵入双眼黏膜而致病。因此，检校意在讽刺这个乳母暗使诡计，导致春琴失明。

但这到底是有据之说，还是检校一人的无端揣测，依然无从得知。从春琴后来愈加暴躁的脾气看来，我也猜测过，也许检校说的是事实——确是这种遭遇影响了春琴的性情。但也未必，或许检校对春琴遭受不幸的过分哀叹，逐渐转变为对旁人的怨愤，如此便不可轻信。恐怕在乳母这件事上，检校的说法不过是出于他的臆想、揣测而已。简言之，关于此事不必刨根问底，只需了解春琴九岁时双目失明，从此放弃习舞，转而潜心练习古琴和三味线，致力于丝竹之道便足够了。

也就是说，春琴寄情于音律，是失明所致。据说她本人也常对检校慨叹："其实我真正的天赋在于舞蹈，赞我精于古琴和三味线的人，是对我不了解。但凡我未曾失明，绝不会转习音律。"从这种"并不精通的音律都尚且达到如此水平"的言辞中，我们可以窥探出她自负的一面。不过这种说法，大概或多或少经过了检校的加工。至少是听了她一时感情用事所言，认为与自己心中所想不谋而合，所以铭记在心，实有为使春琴的形象更加伟大而出此言的可能性。

上文提到的萩茶屋老婆婆名叫鸭泽照，是生田流[②]的勾当[③]，晚年

[①] 一种性病，经性行为接触或血液等传播。
[②] 日本筝乐流派之一，另一流派为"山田流"。
[③] 地位次于检校的盲人乐师官名。

曾亲身侍奉过春琴和温井检校。据她所言，春琴擅舞，而古琴和三味线，则是五六岁时受一位名叫春松的检校启蒙，从此勤于练习——因此她并不是失明之后，才开始学习音律的。当时盛行富贵人家的小姐从小学艺的风气。春琴十岁时，便能在听过那首难度极高的乐曲《残月》①之后，将它铭记于心，并独自用三味线演奏出来，这不正说明了她生来便有音律之才吗？这并非一般人所能匹敌，许是春琴眼盲后失去其他乐趣，唯独钻研此道、日益精进之故。我认为这种说法多半可信，她真正的天赋本就在于音乐，舞蹈方面究竟如何，疑问尚存。

春琴苦心钻研音律并非迫于生计，她原本并未打算以此谋生。但后来由于其他的原因，致使她以琴师的身份另立门户。即便如此，她也不是靠琴艺维持生计，因为道修町的老家每月都会送来数目不小的钱款，虽然这笔钱满足不了她奢靡的生活。这便是说，春琴起初全然没有为将来打算，只是凭着自己的兴趣研习琴艺。靠天赋和勤奋达到"十五岁时技艺精进，同辈中无出其右者，同门中亦无人可及"的记述，也多半是真实的。

鸭泽勾当曾说，师傅春琴常自诩"即便如春松检校一般要求严格的老师，对我也从未苛责，反而是褒奖更多。只要我过去请教，老师必定暂缓自己的练习，对我亲切地悉心教导。因此，我从未体会严师可畏的感受"。不曾尝过修行学艺的苦楚，这也代表着她的天资过人吧。不过，春琴既是鹈屋家的小姐，无论多么严格的老师，都不会像对待普通学徒一样对待她，总会留几分情面的。更何况，春琴虽出生

---

① 生田流筝曲名。

在大户人家，却不幸双目失明，老师于她应当也有怜悯袒护之情。

　　但最重要的一点，无疑是由于春松检校对她才华的爱惜，才会如此宠爱她更甚于自己的孩子。若春琴因病缺课，他必定立即遣人问候，或是亲自拄着拐杖上门探望。他常为有春琴这样的徒弟而洋洋自得，甚至在同行子弟集会时痛心疾首道："你们得以鵙屋家的小女儿①为榜样啊！你们以后是要以此谋生的，却连一个业余小姑娘都比不上，真令我担心！"

　　有人批判他对春琴过分偏爱，他却反驳道："胡说八道！作为老师，难道不是越严格要求，越显得亲近吗？我没有去责骂她，说明我对她并不亲近。但那个孩子天性聪慧，悟性极强，即使我放任不管，她也能逐步达到我的要求，真是后生可畏。专于此道的弟子们，都因无法企及而窘迫困顿了吧！我倒是认为，对这种家境优渥的富家小姐，不必过分教导；应该多指点愚笨懒散者，使他们能够独当一面。你们真是不懂我的心思啊！"

其三

　　春松检校的家在靭②地，距道修町鵙屋家的药材店约十丁③。春琴

---

① 此处作者本人加注解释大阪方言对"小姐"的特殊称呼，译文已经过处理。
② 与"萩"作用相同，表地名。
③ "丁"（也作"町"）在日语中有表示距离的含义，一丁约为109.09米。

每天由小伙计搀扶着前去练习——这个小伙计当时名叫佐助，也就是后来的温井检校。他和春琴的故事由此发生。

如前所述，佐助生于江州日野町，家中也经营药材铺。据说他的父亲和祖父在见习时期都曾来过大阪，并在鹈屋家做帮佣，因此对佐助而言，鹈屋家是他累代的东家。佐助比春琴年长四岁，他十三岁初到鹈屋家帮佣时，九岁的春琴已双目失明。即二人初遇时，春琴那双美丽的眼睛已永远不复明亮了。对于自己不曾亲见春琴的目光这件事，佐助从未感到后悔，反而感到无比幸福——若是见过她失明以前的模样，也许会认为那失明后的面容美中不足了吧。好在他不曾觉察春琴的容貌有何缺陷，最初便满足地认可了她的完美无缺。

如今，大阪的富裕家庭争相移居郊外，小姐们也热衷体育运动，乐于接触户外新鲜的空气和明媚的阳光，以往那些大门不出、二门不迈的闺阁千金已不复存在了。但仍居市区的孩子们大多体格瘦弱、脸色苍白，和那些在乡间成长的少男少女们健康发亮的皮肤大相径庭。说得好听是白皙，说得难听就是病态。不光大阪，这也是大都市的通病。但江户的女性以黑色皮肤为美，因此肤色不如京都、大阪的女性白皙。凡大阪世家出身的少爷们，都像戏里的年轻公子一样纤细孱弱，直到三十岁左右方才脸色发红、脂肪增长、身体发胖，俨然是个威严十足的绅士。在那之前，他们简直和女子一样肤色白皙，衣着也偏好较为阴柔的风格。更遑论旧幕府时期的、出生富贵家庭的小姐，她们被保护在阴暗深闺中成长，那几近透明的、白皙娇嫩的皮肤，于佐助看来是多么明艳动人啊。

那时，春琴的姐姐十二岁，大妹妹六岁，对于初次进城的佐助来说，实在是乡下罕见的少女。尤其是眼盲的春琴，那不同凡响的气质，打动了佐助的内心。他甚至觉得春琴紧闭的双眼，比其他小姐们睁开的眼睛更明亮美丽，甚至生出一种"这张脸必得是这个模样，她原本就是如此面貌"的感觉。诸如"春琴在姐妹四人中，美貌远胜其他几位"的评价极多，就算确有其事，也多少包含了人们对于春琴身体不健全的怜惜之情吧。但佐助却并非如此。他后来听说，有人认为他对春琴的爱意是出于同情和怜悯，便对传此流言者，感到万分惊诧和厌恶。

他说："我看着师傅的面容，从不认为她可怜、可悲。和师傅比起来，倒是目明之人更凄惨吧。以师傅那样的秉性和才貌，怎会祈求他人同情。反而该是她来同情我，对我说'佐助你真可怜'才对。我和你们一样，除身体健全之外，无一可与她相较。我们才是不值一提的人呢！"当然这是后话，佐助最初应当是把自己燃起的崇拜之情埋藏在心底，勤勤恳恳地侍奉春琴，也从未想过产生爱意的吧。就算有过这种念头，面对这样天真无邪的东家千金，佐助能陪伴在侧，每日形影不离，也算是极大的安慰了吧。

我也曾对佐助这样一个新来的帮佣，如何能被委以搀扶小姐的重任这个问题感到好奇。但实际上，这项工作最初并不是佐助专属，有女用从旁陪伴，也有其他的小伙计、年轻学徒陪同，人数繁多。某一次，春琴说"我要佐助扶"，这个任务便从此落到了当时年仅十四岁的佐助头上。他对这份无上的光荣感激不尽，每每握紧春琴瘦小的手掌，走到十丁之外的春松检校家中，等她练完琴，再领着她返回。途中，春琴很少说话，而只要小姐不开口，佐助便也一直保持沉默，像为了不出错一般全神贯注。

有人问："为何二小姐选择了佐助呢？"春琴回答说："比起别人，他更老实，不说废话。"如前所述，春琴原是个招人喜爱、亲切友善的姑娘，但失明之后的她，变得阴郁沉闷，鲜有活泼的言辞或爽朗的笑声，甚至寡言少语。或许是佐助不多嘴、勤恳本分、不添麻烦的缘故，使得春琴选中了他吧。（佐助曾说"看到她的笑容便觉悲伤"，或许是由于盲人一笑则显得愚笨而受人同情，佐助对此无法承受吧。）

所谓佐助不说废话、不添麻烦这种说法，确是春琴真实所想吗？恐怕是模糊地感受到了佐助对自己的感情，就算作为一个孩子，也因此感到欣喜的缘故吧？虽然把这种想法扣在一个十岁少女头上有些不可理喻，但想到聪慧而早熟的春琴在失明之后，存在直觉变得敏锐这种可能性，我的猜测应该并非毫无依据吧。如此自视清高的春琴，就算之后产生了情感，也不会轻易向佐助坦白或是应允的。虽然疑问尚存，但可以认为，最初佐助在春琴心里是不值一提的，至少佐助看来确实如此。

为春琴引路时，佐助把左手高举至春琴肩部，手掌向上，托着她的右手。因此于春琴而言，佐助不过是搀扶她的一只手罢了。若有事吩咐，她会做动作或皱起眉，抑或像猜谜似的吐出几句自言自语，从不把话说清楚。但佐助要是没注意到，一定会惹得她不高兴。因此，佐助总是保持高度紧张，以免错过她的某个表情或举动，让人觉得好像在测试他有多全神贯注似的。

春琴原本就是任性骄慢的小姐，再加上盲人的刁蛮刻薄，简直让佐助无法松懈片刻。有一次在春松检校家练琴，正按序等待时，佐助惊讶地发现春琴不见了。在附近寻找才发现，春琴在他不留神时去了厕所。往常春琴去如厕，也总是一言不发地离开，佐助发现了，就追上去搀扶她到门口，等她出来后，再替她接水洗手。但这天，佐助一愣神，春琴便独自摸索着去了。佐助一面颤声道歉说"对不起"，一面跑到从厕所出来、想要伸手拿洗手池里的木勺的少女面前，春琴却摇着头说："我没事。"此时此刻，佐助若是因为听到她说"没事"，就回答一句"这样啊"便退下的话，就更难以收场了。最好的方法应是强行把木勺夺过来，替春琴添水洗手。

还有一次是在一个夏日的午后，同样在等候指导时，佐助在春琴身后毕恭毕敬地站着。这时，春琴自言自语似的说了句"真热"，佐助便附和一声"真热啊"，但春琴却不出声了。过了一会儿她又说"真热"，佐助这才反应过来，拿起团扇在春琴后边替她扇风，这才让她满意。可要是稍微扇得轻了点儿，她便又重复说"真热"。春琴的执拗任性由此可见一斑，尤其面对佐助时似乎更甚，对其他仆人尚不至如此。春琴原本便有这性子，佐助又一味迎合，使得她在佐助面前，仿佛变本加厉了。她认为佐助最容易使唤，或许就是这个原因。而佐助不但不以为苦，反倒乐在其中——恐怕是把她对自己的刁难，当作彼此熟悉之后的任性，认为那是小姐的恩宠吧。

春松检校教授弟子的房间在二楼最里边，因此轮到春琴练琴时，佐助便领着春琴上楼，扶她在检校面前坐下，并把琴或三味线在她面前摆好，暂退至等候室，待练习完毕后再去迎她下来。但在此期间，佐助也不能松懈，须注意听着授课是否结束。若已结束，就得在她尚未传唤时,马上起身去迎接。此时,春琴所习乐曲进入佐助耳朵里也是情理之中的事。由此,佐助便产生了对音乐的兴趣。后来,佐助成为精于此道的一流大家,天赋的因素自不必说,但若没有得到服侍春琴的机会,若没有产生想与她同化的强烈感情,恐怕也只能得到鵙屋家的一家分店,做一个籍籍无名的药材商,平凡度过余生吧。因此,他在双目失明、位及检校之后,还常说自己的琴艺远不及春琴,完全是靠着师傅的启发,才能走到这一步的。佐助总把春琴高奉于天,觉得自己与她有着云泥之别,因此他的话不能一味听信。但不论琴艺优劣如何,春琴的天资过人和佐助的勤勉刻苦,都是不容置疑的。

为了偷偷买一把三味线,十四岁的他把东家平时给的薪酬、跑腿得来的小费都攒起来,终于在第二年夏天,买了一把粗制滥造的、练习所用的三味线。为了不被掌柜盘问,他把琴杆和琴箱分别藏到卧室的天井,每晚等师兄弟们睡熟了以后,才独自起来练习。然而,佐助当初是出于继承家业之需,才进城当学徒的,完全没有准备,也没有自信在将来专攻此道。忠于春琴的同时,他也想要将她所好之物,作为自己的爱好,这才有此行动。若论以习得音律作为博取春琴喜爱的手段,佐助完全没有这种想法,这一点从他向春琴极力隐瞒此事便可明了。

佐助和五六个小伙计一起住的房间十分低矮,仿佛站起来就会撞到头。他以不妨碍睡眠为条件,请求他们替自己保密。怎么睡也睡不饱的年轻小伙计们,一躺上床就呼呼大睡,完全没人发牢骚。但佐助得等到大家熟睡后才能起来,缩在取出被褥的柜子里练琴。时值夏夜,就算在天井什么都不干也闷热无比,更遑论待在柜子里。但这么

春琴抄 | 015

做既能防止弦音外泄,又能隔绝外边传来的鼾声、梦呓,不失为一个好方法。当然,如此一来,他就只能在黑灯瞎火的环境下,用手代替拨子摸索着弹奏。

然而,佐助身处黑暗中,却没有感觉到一丝不便。一想到常处黑暗中的盲人,以及同样在黑暗中弹奏三味线的小姐,他反而觉得自己能置身于此,简直是至乐之事。即使是以后得以公开练琴,他也必得和小姐一样处于黑暗,因此养成了手持乐器时便闭上双眼的习惯。即是说,他虽并不眼盲,却硬要与失明的春琴感同身受,使自己尽可能体验盲人那种不自由的境遇,有时甚至生出对盲人的羡慕之情。后来他真正成为盲人,应当也有这种心境的影响,仔细想来或许并不是偶然。

不论哪种乐器,要想达到至高水准,难度大抵是差不多的吧。小提琴和三味线一样,无品柱标识,且每次弹奏前都要调弦校音,要练到一般水平都不容易,独自练习更是不合适的。何况当时尚无乐谱,人们便常说:拜师学艺,练琴需三月,练三味线需三年。佐助没钱买古琴那样昂贵的乐器,何况也无处安放这样的大物件,只能从三味线开始着手练习。据说他一上手便能拨出和弦,这表明他的天赋至少在一般人之上。同时也足以证明,他平时随春琴去春松检校家,在一旁陪同等候时,是极其用心听别人练的。曲调的区别、曲词、音高、旋律都只依靠双耳的记忆,再无其他帮助。

自他十五岁那年的夏天开始,如此持续了大约半年,所幸除了同住的小伙计之外无人知晓。但那年冬天却发生了一件事。

虽说那是在黎明时分,但冬季的清晨四点左右,仍和午夜一般一片漆黑。那时，鵙屋家的女主人——也就是春琴的母亲鵙屋繁——碰巧起夜上厕所，却听得不知何处传来《雪》①的曲调。从前所说的"冬季练功"，指的是在三九天，黑夜将尽、拂晓将临时，冒着寒风练习。但道修町多为药材铺，街上都是从事正经行当的店铺，根本没有游艺师傅或艺人，也没有任何一家从事风俗行业。再说那时正是深更半夜，就算练功未免也为时过早。况且若是冬季练功，应当用力弹拨琴弦、铿锵作响才对，怎会这般单用指甲轻挑呢？而且那人仿佛要掌握某一处似的反复练习，其用心良苦不难得知。鵙屋家的女主人虽觉惊讶，但当下也没张扬，径自回房睡了。那之后，女主人晚上起夜听见琴声的事情，又发生过两三次。有人附和说："如此说来，我也听到过那弦声，不知道是在哪里弹琴呢，好像和狸子月夜鼓腹自乐②也不大一样。"久而久之，伙计们尚且毫不知情，内宅却已经众说纷纭了。

佐助要是一直在柜子里练琴的话，按理该是相安无事的。但他满以为没人注意到，因此肆意起来。再加上他是在结束忙碌的工作后，挤出睡眠时间进行练习的，由此导致睡眠不足，在温暖的地方容易打瞌睡。所以从秋末开始，他每晚都悄悄地去露台上弹琴。平时他总在亥时，也就是晚上十点和小伙计们一起入睡，凌晨三点左右醒来，偷偷抱着三味线到露台上去，在夜间的寒气中独自练习，直到东方开始擦亮，再回去睡觉。春琴母亲听到的声音，就是他那时练琴发出的。许是因为佐助偷偷练习所在的露台在店铺的屋顶上，所以比起在底下

---

① 三味线曲名。
② 即"狸腹鼓"，日本流传的怪谈，狸拍打肚子叫作打腹鼓。

睡觉的小伙计，还是中间隔了一个院子的内宅仆人，在打开走廊上的防雨板时最先听见乐声。在内宅提醒下，伙计们都受到了调查，最后查出是佐助所为。于是佐助被叫到掌柜面前严厉斥责，当然也被要求今后绝对不准再犯，并没收了三味线。

就在这时，佐助意想不到地得到了援助之手——内宅有人提议说"总之先听听他弹得怎么样吧"，其首倡者就是春琴。佐助以为，春琴知道了这件事一定会不高兴，说不定还会认为："给你一个引路的工作已是待你不薄，身为一个学徒，竟然还狂妄地想要模仿我学琴。"他惶恐不安地想，不知春琴会怜悯还是嘲笑自己，反正哪种都不是好事。因此他听说要让自己公开弹奏时，反而畏怯不前了。如果自己的诚意传达给了上天，有幸让小姐感动了的话，当然感激不尽。但佐助无法不担心，这可能只是一场把他当作笑柄的、半消遣性质的恶作剧，何况他毫无自信。

但春琴既然说了要听，就绝不会允许他推辞，而且她的母亲和姐妹也被好奇心驱使，把他叫来内宅，让他把独自练习的成果公开演奏，这对佐助来说实在是个大场面。当时佐助好歹能弹五六支曲子，便遵照吩咐，壮着胆子、拼尽全力地弹奏。其中有《黑发》①这样简单的曲子，也有《茶音头》②这样有难度的曲子，甚至还有一些是东拼西凑、道听途说习来的曲子。也许的确如佐助所料，鵙屋家的人原想把他当作笑柄，但听完却发现，经过短期练习后，他弹奏出的曲子音调准确、旋律优美，众人顿时感到十分钦佩。

---

① 三味线入门练习曲名。
② 三味线曲名，原为筝曲，难度较大。

其四

《春琴传》中提到:"彼时,春琴怜惜佐助于音律之志,为彰其热忱,愿为其师,命佐助闲时便可随之学艺,刻苦练琴。春琴父亲左卫门亦点头应允。佐助因此喜不自胜,每天在做完本职工作后,匀出一定时间,请求春琴指导。就这样,十一岁的少女和十五岁的少年,除主仆关系之外,又缔结师徒之谊,真是缘分匪浅。"

难以取悦的春琴,究竟为何突然对佐助展现出和善的一面来呢?也有人说,这并非春琴提议,而是受旁人唆使。想来一个双目失明的少女,就算生在幸福的家庭里,也总是容易陷入孤独、郁结于心。遑论双亲,连一干女用也不知该如何哄她开心,因此困惑非常,为着能多少让她心情愉悦几分而苦思焦虑。正在这时,她们偶然得知佐助与春琴志趣相同。大概是由于对春琴的任性已束手无策了,内宅仆从们才想把取悦小姐的难题推给佐助,以此减轻负担的缘故,从而故意诓春琴说:"佐助真是令人钦佩,若他能得小姐训导,他本人一定也觉得是得了神明保佑,而欣喜若狂了吧。"

如果只是这么蹩脚地煽风点火,春琴或许并不一定会被怂恿,还得说她那时并没有对佐助产生怨怼,反而心里正春潮涌动。无论如何,听到她说出要收佐助为徒这种话,对于父母、手足及仆人们来说,都是十分难得的。一个十一岁的小姑娘,不管多么有天分,是否真能作为老师教出徒弟来,这并不是值得关注的问题。重要的是,如若这样可以排遣她的苦闷心情,那就求之不得了。就好比模拟上课的游戏一样,佐助只是被分配了一个学生的角色而已。因此,说是为了佐助着想，其实是为了春琴。而从结果来看，佐助得到的恩惠远多于她。

传中虽写道"（佐助）在完成本职工作后，每日匀出一定时间（学琴）"，但每天为春琴引路的工作使得佐助一天要花去几个小时，再加上学琴上课的时间，他几乎无暇顾及学徒的活计了。让一个为了日后经商来当学徒的孩子去陪自己的女儿，这让安左卫门觉得愧对他老家的父母。但女儿的快乐与一个小学徒的未来相比，孰轻孰重一目了然，况且佐助本人也乐在其中，他就暂且默许了这件事。佐助便是从此时开始称呼春琴为"师傅"的。春琴命他平时叫自己"小姐"，但上课时必须称呼"师傅"；并且她也不叫"阿佐"，而是唤他"佐助"。两人模仿春松检校授徒之法，一板一眼地恪守着师徒之礼。

一如大人们心中所盼，孩子气的上课游戏就这么持续着，春琴也沉浸其中忘记孤独。但日复一日，他们却完全没有想要停止这场游戏的样子。两三年过去，无论是师傅还是徒弟，都不像处于游戏状态，反而变得越来越认真。春琴每日必得去春松检校家学艺，三十分钟至一小时的练习结束后，便返回家中复习当天所学内容，直至日暮。晚饭后，她常心血来潮地把佐助叫到二楼房间里指点一番，这也逐渐成了每日的必修课。甚至有时到了晚上九点、十点也不让佐助离开，还大声训斥着"佐助，我是这样教你的吗！""不行不行！就算弹一整夜你也得给我弹出来！"楼下的仆人常被那严厉的声音吓到。有时，这位年轻的女师傅还一边骂着"笨蛋！怎么就是记不住！"一边拿拨子敲徒弟的头，这种场面也已经不足为奇了。

众所周知，从前收徒授艺十分严格，甚至常有体罚学徒的事。今年（昭和八年）二月十二日的《大阪朝日新闻》①的周日特刊上，我读到一篇小仓敬二先生撰写的题为"沾满鲜血的木偶净琉璃②修学"的报道，文中提到摄津大掾③故去后的名家，即三世越路太夫④的眉间，有一块月牙形的伤痕。据说那是他的师傅丰泽团平⑤授课时，边训斥着"你到底什么时候才能记住"，边用拨子猛地将他推倒时留下的印记。

此外，木偶净琉璃剧团里的木偶操纵演员——吉田玉次郎的后脑勺也有同样的伤痕。他年轻时出演《阿波的鸣门》⑥，他的师傅——名家吉田玉造在逮捕犯人的一幕戏中操纵十郎兵卫，而玉次郎操纵其腿部。但无论他如何操纵，都不能让师傅玉造满意。这位师傅叱骂一声"蠢材"，便操起武打用的真刀，猛地向玉次郎后脑勺砸去，留下的疤痕至今都未消。而打人的玉造，从前也被他的师傅金四，拿十郎兵卫的木偶狠狠砸过，流出的血都把木偶染红了。后来，玉造还向师傅要来了这只被砸飞的、血迹斑斑的木偶腿，把它用丝绸裹起来，收进白木箱里，不时取出来，像在自己母亲灵前叩拜一样对它行礼。他常常哭着和别人说："要是没有被木偶砸过，说不定我这辈子，也就这

---

① 即如今的《朝日新闻》，日本三大新闻报纸之一，1879年创刊于日本大阪。
② 也称"人形净琉璃""文乐"，是日本四种古典舞台艺术形式之一（另三种为歌舞伎、能、狂言），即傀儡木偶戏，是由人操纵木偶、并伴以三味线演奏的戏剧说唱。
③ 即竹本摄津大掾（1836—1917），三味线演奏名家，属净琉璃竹本派（义太夫节）。
④ 即竹本越路太夫（1865—1924），三味线演奏名家，摄津大掾之弟子。
⑤ 丰泽团平（1828—1898），明治时期的三味线名家，属竹本派（义太夫节），为摄津大掾及大隅太夫的师傅。
⑥ 即净琉璃剧目《倾城阿波鸣门》，下文中的十郎兵卫为主角。

么平淡收场了。"

上一代的大隅太夫①在修行学艺时,因为看上去如牛一般迟钝,而被戏称为"笨牛"。但他的师傅却是那个大名鼎鼎的丰泽团平,也就是俗称"大团平"的近代三味线泰斗。有一回,在一个闷热的仲夏夜,这位大隅在师傅家练习《树荫下的战斗》②中《壬生村》选段时,"护身符的口袋是遗物啊"这一句词,他怎么也说不好,反复练习多次,还是不尽如人意。团平师傅挂上蚊帐,在里面听着,大隅却在外面一边受蚊虫叮咬,一边上百遍地无数次反复练习。夏夜一晃而过,东方渐亮,师傅不知何时因为疲倦,看起来像是入睡了,却始终没说"好了"。而"笨牛"也真的发挥了自己的特色,不知疲倦地一直反复说着台词。终于,团平赞同的声音从蚊帐中传来——原来,师傅看起来睡着了似的,其实彻夜未眠地一直听着呢。

诸如此类的逸闻不计其数,不仅是净琉璃的太夫、木偶操纵者,生田流的古琴、三味线的授课中也常有。并且从事这个行业的师傅大多是盲人检校,作为不健全者也常有性格固执者,苛待学徒的情况也并非不存在。如前所述,春琴的师傅春松检校的教授方法,也早以严厉闻名,动辄打骂。并且往往师徒双方都是盲人,因而也发生过学徒被师傅叱骂责打,一步步后退,一不小心就抱着三味线滚下楼梯的闹剧。之后春琴挂出"琴曲指南"的招牌收徒时,她那以严格闻名的授课方式,说不定就是从她的老师那里承袭来的,并且在指导佐助时,就已初现端倪了。也就是说,这种行为在她还是小老师的时候开始,

---

① 即竹本大隅太夫,三味线演奏名家,属竹本派(义太夫节)。
② 净琉璃剧目名称,下文中的《壬生村》为其第九段。

逐渐演化得变本加厉了。

有人说，男性做师傅责打学生的情况数不胜数，但像春琴这样，身为一个女人竟然对男性徒弟打骂相向，实在鲜有。如此想来，或许她有几分嗜虐倾向，说不定是借授课来享受一种变态性欲的快感。至于这些是否真实，如今也很难判断，但有一件事很明确——小孩子在玩过家家时，一定会模仿大人的行为。春琴虽然受检校疼爱，未挨过棍棒受过皮肉之苦，但平日里看着师傅的作风，幼小的心里仿佛把这种行为，理解成为人师者应当有的表现，于是在"游戏"中便模拟出来，日积月累也就成了习惯。

佐助大约是个爱哭鬼，每次被春琴小姐打了都会垂泪，竟还是没骨气地放声大哭。旁人听了便皱眉说："小姐又开始折磨他了。"最初打算让春琴玩玩游戏的大人们，看见事情变成这样，也感到十分为难。每晚的乐声已经够吵了，再加上春琴的厉声责骂和佐助几乎持续至天明的哭泣。如此以往，佐助显得过于可怜，况且也对春琴没有好处。于是，有几个实在看不下去的女用，便闯进房间劝阻道："何至如此？小姐，您何必为了这么一个无足轻重的男孩子生气啊！"但春琴闻言却正色危坐，盛气凌人道："你们知道什么！多管闲事！我是在认真教他，不是闹着玩的！我是为了他着想才这么拼命，我生气也好，打骂他也好，这就是上课该有的样子，你们懂什么！"

《春琴传》中记载，那时春琴毅然说道："你们轻视我尚且不提，但竟敢大胆触犯艺道之神圣。我虽年幼，但既给人授课，为人师者便有师道。我教授佐助琴艺技法，并非儿戏。佐助本就喜爱音律，但迫于学徒身份，无法成为优秀名家。我怜他独自练习不易，虽技艺尚未炉火纯青，也想代为其师，多少能助他如愿。这不是你们能明白的，出去吧。"闻言者畏其威容，惊其言辞，仓皇而退，由此不难想出春琴的气势十足。佐助平日里懦弱好哭，但是听了她这样一番话，实在满怀感激。他的泪水不仅是学艺的辛酸之泪，更是为这么一位又是主人又是师傅的少女给自己的激励，而流下感激之泪。因此，不管吃多大苦头，他也不会落荒而逃，总是忍耐着一直练习，直到师傅说"好了"为止。

春琴的情绪总是阴晴不定，如果她开口怒骂还算好的；如果她皱着眉头使劲地拨弄琴弦，或是光让佐助独自弹琴，自己却静静地坐在一边听着，不予置评，这才是佐助最难熬的。

有一天晚上，佐助正在练习《茶音头》的间奏。他理解能力不强，总记不住曲调，弹了好几遍还是出错。春琴一如往常，急躁地放下自己的三味线，一边用右手重重拍打着膝盖，一边用嘴哼着曲调："啊——喊哩喊哩亢、喊哩喊哩亢、喊哩亢喊哩亢喊哩咔——喊腾、托促托促伦、啊——噜噜咚！"①唱得好好的，却又突然沉默下来，对佐助不理不睬了。

佐助虽觉茫然无措，但也不能就此停下。他一边思索着种种原因，一边独自弹奏着，过了许久也不见春琴开口说"好"。时间长了，佐助也头昏脑涨、直冒冷汗，因此越弹越糟，简直是乱弹一气。但春琴依然一言不发，双唇紧闭，紧蹙的眉头丝毫不动。就这么僵持了两个多小时，春琴的母亲身着睡衣，上楼劝说"用功也得把握分

---

① 此处仅按照日文拟声词翻译。

寸，过度则伤身"，这才打破尴尬的气氛，分开了二人。

翌日，春琴的父母把她叫到面前，恳切地劝诫道："你热心指导佐助学琴，自然无可厚非，但是打骂徒弟是检校师傅才有资格做的，此乃人人公认之事。不论你琴艺如何高超，如今尚且还是学徒。要是现在就开始模仿师傅的作风，必定埋下骄傲自满的祸根。凡学艺之人，若骄傲自满，必定无法进步。况且你一个女儿家，竟然对一个男徒弟步步紧逼，大骂'蠢材'这种粗话，实在不堪入耳，该谨慎自持些才是。今后必须定好授课时间，不能持续到深夜，听了佐助的哭声，实在让人睡不着觉。"

见从未对自己说过重话的父母如此开口，春琴无可反驳，只能表示听从。但这只是表面，事实上并没有任何效果，春琴反而还嫌弃起佐助来，说道："真是没骨气，明明是个男人，却毫无耐性地为了一点鸡毛蒜皮的事哭出声来，大呼小叫的，被人听见还怪到我头上来。要想在艺术上精进，就算身心煎熬，也得咬紧牙关忍耐。如果做不到，我也不必做这个师傅了。"自那以后，无论遭受何种折磨，佐助都绝不吭声了。

春琴失明后，脾气越来越差，开始给佐助授课后，甚至时有粗鲁之举。鹏屋夫妇俩对此颇为担忧，觉得女儿有佐助为伴，也是利弊参半。一方面，佐助愿意讨好春琴，固然求之不得；但另一方面，无论何事佐助都一味迁就她，逐渐让她高傲自大起来，以后不知她会变成怎样一个性情乖僻的女子。想到此处，夫妇俩更加苦恼了。

不知是否出于这个缘故，佐助十八岁那年即照东家安排，拜入春松检校门下学习，也就是说不再由春琴直接授课了。估计是春琴的父母认为，女儿模仿师傅打骂徒弟那一套实在不可取，无论如何也不能让女儿的品性受到不良影响。同时，佐助的命运也在此时被决定——从此他不再肩负学徒之职，而是以名副其实的春琴的引路人和师弟的身份，同她一起去师傅家学艺。他本人自然求之不得，但安左卫门为取得他家乡父母的谅解，可是费了一番功夫，保证说如果同意儿子放弃经商，便会为他的将来负责，必定不会弃他不顾，可见是费尽唇舌了。想来安左卫门夫妇为着春琴着想，应该是动过招佐助为婿的心思的。由于女儿身体不健全，难以找到门当户对的伴侣，若佐助娶了春琴，便是求之不得的良缘——夫妇俩这么想也不无道理。

过了两年，也就是春琴十六岁、佐助二十岁的时候，鵙屋家夫妇俩开始向春琴暗示这件婚事。但令他们出乎意料的是，春琴竟断然拒绝了这个提议。她极其不悦，说自己一生都不想嫁人，嫁给佐助更是从未想过。不料一年之后，母亲感觉到春琴的身体看起来有些异样，暗暗想着：莫不是怀了孩子……

母亲暗自留神着，总觉得有些奇怪，想到如果春琴的腹部变得惹眼，仆人们肯定会说些闲言碎语，现下说不定还可以补救。于是她瞒着春琴的父亲，偷偷去问春琴，她却答道："没有这回事"。如此，母亲便没法深究，即使心里仍然存疑。过了一个月左右，事情显然已经瞒不住了。这次，春琴倒是爽快承认了怀孕的事实，但无论如何追问孩子父亲的身份，她都不肯回答。若硬要逼问，她就回答说事先已和对方约好，决不透露彼此姓名；若问她是不是佐助，她便矢口否认说"我怎么可能和那种小学徒有牵连"。

虽然人人都怀疑是佐助，但一想起去年春琴对父母说的那番话，又觉得未必是他。而且他们若是关系特殊的话，在人前应该难以掩饰。何况两个人都经验尚浅，无论装得怎样若无其事，都不可能丝毫不被察觉的。然而，佐助自从成为春琴的同门师弟之后，便不再像从前那样，能和她相对而坐直至深夜了。只是偶尔春琴会以师姐自居，对他稍加指点，其他时候完全就是个趾高气扬的小姐，除了让佐助替她引路之外，再无其他接触。因此，仆人们就算怀疑他们俩之间不对劲，也并未目睹过。不如说他们之间过于注重主仆之别，反倒显得没有人情味。然而向佐助询问对方是否为春松检校的弟子，他却一口咬定说不知道，以此表明自己全不知情，更别提关于那个男人的线索。

但当下被叫到春琴母亲面前时，佐助的态度却是战战兢兢、极为可疑的。母亲心下怀疑，略一追问，他的回答果然前后矛盾，哭着说："我要是真说出来的话，一定会被小姐责骂的。"母亲苦言相劝道："哎呀，你护着小姐固然没错，但也不能不听东家的话隐瞒真相啊，这样反而会害了春琴！请务必把那个人的名字告诉我。"饶是这样他也不曾坦白。但母亲认为佐助的话中，隐约透露出了那个男人就是他本人的言外之意，他想表达的意思应当是："我绝对不会坦白的，因为我已和小姐作过约定，无法违约，因此不能明说，请您原谅。"

鹏屋夫妇见事已至此，也无法挽回了，只能宽慰自己说："算了，是佐助的话倒也好。只是既然如此，去年想要促成婚事时，为何要说那种心口不一的话呢？姑娘家的想法真是令人捉摸不透啊。"夫妇俩如此想着，忧虑中倒也有了几分安定。于是，为了不落人口实，便再次对春琴提出，还是早日成婚为好。不想春琴却脸色一变，怒道："怎么又提这事，我不想听！去年我已经说了，根本没想过和佐

春琴抄 | 027

助在一起。我知道你们心疼我，但即便我身体不健全，也从未想过要嫁给一个仆人，不然怎么对得起我肚子里那孩子的父亲呢？"但问她腹中孩子的父亲究竟是谁，她却仍是说："不要再问了，反正我是不会嫁给佐助的。"这样一来，又显得佐助的话靠不住了。到底谁的话可信，这一点无法判断。夫妇俩实在为难，又觉得除佐助之外别无他人，也许是女儿不好意思承认，因而故意说反话掩饰，过些时间就会说出真相的。总之他们决定先不再追问，把女儿送去有马温泉疗养，直至顺利生产。

就这样，春琴十七岁那年的五月，她由两个女仆陪同前往有马温泉，佐助则留居大阪。至十月份，春琴顺利产下了一个男婴。大家都说小宝宝长得和佐助十分相似，于是这个谜底仿佛也被揭开了。然而，春琴仍对成婚的事充耳不闻，甚至不承认佐助是孩子的父亲。鹏屋夫妇只好让二人对质，春琴厉声道："一定是你说了什么让人怀疑的话吧！你真是害苦我了！没有就是没有！你得说明白啊！"见春琴如此大发雷霆，佐助胆战心惊地瑟缩着回答："我怎么敢欺骗东家呢。我自幼蒙受东家恩惠，怎会有这种不知深浅的荒唐行为呢？我从未如此想过，真是冤枉啊！"这次佐助和春琴口径一致，彻头彻尾地予以否认，事情终究是毫无进展。

夫妇俩又问道："难道你不觉得孩子很可爱吗？如果你如此固执不肯说明真相，我们家断不会养一个没有父亲的孩子。你不肯结婚，就算我们可怜这孩子，也不得不把他送到别家去了。"他们本想以孩子作为要挟，逼他们坦白，谁知春琴竟若无其事地说："请把孩子送走吧，我本就打算一辈子孤身一人，孩子对我来说是个累赘。"这孩子就这样被别人抱走了,他生于弘化二年(1845),如今定已不在人世了,况且无从得知他的去向,反正总归是春琴父母安置的。春琴就这么一直固执己见,导致这件事不清不楚地搁置了。过段时间,她又没事儿人似的让佐助领着自己去学琴了。

那时,她和佐助的关系几乎成了公开的秘密,但让他俩正式结婚,两个人又都拒绝。夫妇俩清楚自己女儿的脾气,不得不默许了这种关系。他们这种看起来既不像主仆,也不像同门,又不像恋人的暧昧关系持续了两三年。直到春琴二十岁时,春松检校去世,她才借机自立门户开始挂牌收徒,并搬出父母家,在淀屋桥一带立户居住,佐助当然也一并跟了过去。

大概春松检校生前,便已认可了春琴的实力,允许她随时自立门户,还取了自己名字的一个字,替她取名叫"春琴"。在公开场合演奏时,检校常与春琴合奏,或让她独自弹唱高音部分,显然是想多提携她。因此,她在检校死后自立门户,也是理所当然的。但是,照她的年龄、处境等方面来看,似乎并没必要立刻离家自立。估计是她父母顾虑着他们的关系已然成为公开的秘密,却还一直保持这种暧昧的状态,恐怕不能服众,不如让他们直接迁居同住——对于这样的安排,春琴恐怕不敢不从。当然,佐助迁至淀屋桥后的待遇也并未改变丝毫,依然是无处不在的引路人。而且,由于春松检校去世,佐助再次师从春琴,如今倒是不必顾忌地可以互相称呼"师傅""佐助"了。

春琴十分厌恶自己和佐助被看作一对夫妇,始终严守主仆之礼、师徒之别,甚至连措辞细微之处,都作了十分烦琐的规定。若佐助有所悖逆,即便低头认错,春琴也得纠缠不休地指责他不懂礼数。因此，不知内情的新入门弟子从未怀疑过两人的关系。鵙屋家的用人们背地里议论道："春琴小姐对佐助倾诉衷肠时，是什么样的表情呢？真想偷看一下啊！"

春琴为何如此对待佐助呢？直至今日，在婚姻大事上，大阪依然比东京更讲究家世、财产、排场等。大阪本就是商业城市，商人们互相攀比，封建的风气可想而知。因此，像春琴这样不肯放下骄矜的世家小姐，对于佐助这样代代为仆的人的蔑视，恐怕会超出我们的想象。并且，盲人性情乖僻，决不肯把自己的弱点示人，不肯受人欺负，好胜心极强。或许她认为接纳佐助成为自己的丈夫，是对自己的侮辱，对这种事情要仔细斟酌。也就是说，她耻于与身份低微的人发生肉体关系的心理，造成了她反而疏远冷淡佐助的后果。这样的话，春琴眼中的佐助应当只是生理上的必需品而已，但我却认为她大概是故意如此的。

《春琴传》中记述："春琴素有洁癖，衣物若有微垢便替换。贴身内衣每日更换，并命人濯洗。坚持命人早晚清扫房间，毫不松懈。入座前，必用指尖轻拭坐垫或榻榻米，倘有纤尘即嫌恶不愿坐。曾有一身患胃病的弟子，不知自己口中散发异味，前来春琴家中学艺。春琴照例将三味线拨弄得铿然作响，而后便放置一旁，蹙眉而不置一词。弟子不明缘由，惶恐之下再三询问，春琴方才答道：'我虽眼盲，但嗅觉尚佳，你速去漱口吧。'"

大概因其身为盲人之故，才有如此严重的洁癖吧。伺候这样的盲人，用人们用心之苦简直不可估量。引路人这个工作，并不只负责挽手引路，还得照料她的饮食起居、沐浴如厕等日常生活中的琐事。佐助自春琴幼时，便开始做这些工作，对她的脾气秉性了如指掌，因此除他之外，没人能让春琴满意。从这点说来，佐助于春琴而言，确实是不可或缺的存在。尚居道修町时，春琴还需顾及父母手足，如今她已然成为一家之主，除她的洁癖和任性更进一步之外，佐助肩负的事务也越来越烦琐。

鸭泽照说过一段传中未记述的事："师傅如厕完毕后从不洗手——或者说她根本不需要自己动手，一切都是佐助替她做，沐浴时也是如此。据说高贵的女人不介意让别人替自己擦洗身体，不以为耻，师傅对于佐助来说，无疑也是高贵的女人。或许也有从小失明、习惯如此的缘故，如今已不会有任何情绪波动。"

此外，春琴还非常爱美，她失明后虽然不曾照过镜子，却对自己的容貌极有自信，为服装、发饰的搭配费工夫的样子，简直和目明者毫无区别。想来也许是她记忆力极好，一直记得自己九岁时的模样，且终日听闻世人对自己的赞美和恭维，因此十分清楚自己姿色过人。不仅如此，她对于化妆的痴迷也非同一般。她常饲养黄莺，以黄莺粪便与谷糠混合使用来保养皮肤，并极善用丝瓜汁水。脸部或四肢皮肤不光滑会使她心情不畅，皮肤粗糙更是她的大忌。弹奏弦乐者出于拨弦之需，大多十分在意左手指甲的生长情况，三天左右必须修剪，还得用锉刀修整。但春琴不止左手，连四肢指甲都得修剪。不过是微不可察地生长了一两厘[①]而已，她却必得命人修剪得整整齐齐，剪完后亲自一个个摸索着检查，决不允许任何歪斜翘棱。实际上，这些事情都由

---

① 日本长度单位，寸的百分之一。

春琴抄 | 031

佐助一个人承包了，之后得空才能练琴，有时还得替师傅指导后辈。

肉体关系也是多种多样的，像佐助这样，对春琴的身体了解得巨细无遗、无所不知的地步，是平常的夫妻或恋人无法想象的。可见佐助本人也失明之后，还能在春琴身边侍奉而不犯大错，并不是偶然的。佐助一生未娶，自学徒时代至八十三岁高龄，除春琴之外未与其他女性相处过。所以，他到底是没有资格把别的女人与春琴相比的。但他晚年鳏居时，常对旁人不住夸奖春琴皮肤光滑、四肢柔软，这简直成了他那时唯一的话题，总是絮絮叨叨说个不停。他常常伸出手掌，说师傅的脚正好可以放在他手上；还抚着自己的脸颊说，连师傅脚后跟的肉，也比自己的脸光滑柔软。

前文说过，春琴身材娇小，其实是穿着衣服显得瘦弱，但脱下衣服时，她身上的肌肉意外地多些，且肤色白得几乎透明，不论年龄几何，皮肤都十分有光泽。她平素爱吃鱼类、禽类食物，尤其喜欢鲷鱼刺身，在那时的女子之中，可算得上是一位惊人的美食家了。她也嗜小酌，晚饭时的一合①酒必不可少，或许她皮肤状态好与此有关。（盲人进食往往吃相不雅，令人心生怜悯，何况正当妙龄的美女盲人。不知春琴是否认识到这一点。反正，她厌恶除佐助之外的人看见她进食的样子。受邀做客时，她也只是拿起筷子装装样子，给人十分高雅的感觉。但实际上，她在饮食上却极尽奢侈。她的食量自然不大，每顿不过两小碗饭，每道菜基本只下一次筷，但菜肴种类却极多，这就给伺候饮食的佐助生了不少麻烦，仿佛就是为了给他添堵似的。煮干烧

---

① 日本体积单位，升的十分之一。

鲷鱼、给虾蟹去壳是佐助极拿手的,他还能从香鱼尾部把鱼骨完整剔出,而不破坏鱼的形状。)

春琴发量极多,如丝绵一样松软柔滑。她双手纤细,且由于经常拨弦之故,指尖极有力,若被她打一巴掌真是疼得要命。她易上火,身子却时常发冷,就算盛夏也从不流汗,反而双足冰冷。她一年四季都把纺绸夹棉袍,或绉绸窄袖棉服当睡衣穿在身上,下摆长至曳地。她就穿着这个,把自己的双脚包裹起来睡觉,睡姿却丝毫不乱。为防血气上涌,她一般不用暖炉或是汤婆子。如果实在太冷,就让佐助把她的双脚抱在怀里,但往往不易捂热,反倒是佐助的胸口被冻僵了。春琴沐浴时,为了不使浴室被水汽笼罩,即使是冬天也得开着窗子。泡澡时,每次在温水里浸泡一两分钟,如此反复多次——若时间过长则会心悸,被水汽熏得头昏脑涨,因此得在短时间里把身体泡暖,然后迅速洗干净。

对这些了解得越多,越能体会到佐助的辛苦,况且他所得到的报酬十分微薄,不过是相当于小费的补贴而已,恐怕连买包烟都不够。所穿衣物也只是逢年过节时,东家赏的几件而已。虽然他偶尔代替师傅授课,春琴却并未认可他的特殊地位,仍命弟子和女用直呼其名。佐助陪她外出授课时,仍在玄关处等候。

有一回,佐助长了虫牙,右边脸颊肿得厉害,入夜后痛苦不堪。但他强忍着不表现出来,只是时常偷偷漱口,并在伺候春琴之时,留心着不被察觉。不一会儿,春琴上床后,让他给自己按摩腰肩部,佐助听命照做。按了一会儿,她又说:"行了,给我暖脚吧。"佐助毕恭毕敬地横卧在她脚边,敞开衣襟,把她的脚掌放在自己胸膛上。他只觉胸口冰冷,脸却因被窝里热气蒸腾而火烧火燎,牙疼得更厉害了。疼痛难忍之下，他把春琴的双脚从胸口挪到肿胀的右脸上，才勉强止疼。春琴却立刻嫌恶地朝他脸上踹了一脚，佐助不防，"啊"的一声叫了起来。春琴骂道："不用你暖脚了！我让你用胸口，没说用你的脸！脚掌没长眼，人人都是一样，你骗我做什么！你牙疼对吧？我从你白天的表现就能知道，而且脚掌能感觉出来你左右脸的温度不一样，肿胀的程度也不同。要是这么痛苦，你照实说出来不就行了，我也不是不懂体恤用人。你故作忠心，却用主人的身体给自己的牙齿止疼，真是无法无天、厚颜无耻、可恨至极！"

春琴对待佐助大抵如此，尤其是佐助对年轻女弟子态度亲和，或给她们授课时，春琴便更不高兴，但她不会明显地表现出自己的嫉妒，只是一味刁难佐助。这时，佐助便是最痛苦的了。

其五

一个单身的女性盲人，再怎么奢侈也得有个度，就算恣意享受锦衣玉食，开销也是有限的。但在春琴家中，一个主人却要五六个用人伺候，每月用度绝非小数目。为什么需要这么多的花费和人手呢？首要原因是春琴喜欢养鸟，尤其喜爱黄莺。

如今买一只啼声悦耳的黄莺，怎么也得花上万圆[1]。虽说那时年

---

[1] 日元单位。

代久远,状况应大抵相同,至于啼声的分辨方法和赏玩形式,现在和以往似乎有所不同。拿现在举例来说,有"咯啾、咯啾、咯啾咯啾"这样的越谷啼声,也有"嚯——喊——呗咔空"这样的高音啼声,如果黄莺除了"嚯——嚯咯啾"这种原有的叫声外,还能发出以上两种声音,那就值钱了。林子里的黄莺一般不啼叫,偶尔叫几声,也并非"嚯——喊——呗咔空"这种声音,而是"嚯——喊——呗嚓"这样粗俗的鸣叫。要想让黄莺发出"呗咔空"或"空"这样带有金属性的美妙余音的啼声,须得使用人为手段来训练,即捕捉尚未长出尾羽的野生雏莺,让它跟随别的"黄莺师傅"学习。如果是长出尾羽的黄莺,说明它已记住了父母那种粗俗的叫声,无法矫正了。

　　黄莺师傅从前也是这么人为训练成的,有名的诸如"凤凰""千代友"之类,都有各种各样的名号。若听闻某地某人家里有只名鸟云云,饲莺者为了更好地训练自家黄莺,必得千里迢迢地赶去寻访这只名鸟,并恳请饲主让自己的鸟学习啼声。这种练习称为"取声",一般早上便出门,得连着学好几天。有时"黄莺师傅"也会去某些地方"出差教学","黄莺徒弟"们聚在周围,恍若歌唱培训班那样壮观。当然,每只黄莺的品质、音色都有区别,同样发越谷啼声或高音啼声,旋律有好坏之分,余音有长短之别。因此,获得一只上品黄莺十分不易。一旦得到,便可获取大笔"授课费",售价昂贵也是理所应当的了。

　　春琴家里饲养的品质最好的黄莺名为"天鼓",她乐于朝夕听鸟鸣。天鼓的啼声实是天籁,高音"空"之啼声澄澈而富余韵,宛如极尽人工之巧妙制成的乐器之音,令人想不到会是鸟鸣声,且其啼声悠长，极富张力，音色圆润。因此用人们饲养天鼓十分小心，喂食更是慎之又慎。一般调制黄莺的饵食，要将大豆和玄米炒过后磨成粉状，再掺入米糠制成粉末；另外将鲫鱼干或雅罗鱼干也磨成粉备用，称为"鲫鱼粉"。将这两种粉等比例混合，最后用萝卜叶汁溶解。这个过程十分麻烦。此外，为了让黄莺的叫声更动听，还得捕来一种在野葡萄藤上筑巢的昆虫，每天给黄莺喂一两只。如此难以照料的黄莺，春琴家大概养了五六只，因此总得有一两个用人专管饲鸟。

不仅如此，由于黄莺不在人前啼叫，因此要把鸟笼放进一个叫作"饲桶"的桐木箱里，糊上纸帘密封，让光线略微透过。这饲桶的纸帘窗框是用紫檀木或黑檀木精雕细琢而成，或以蝶贝镶嵌、绘以描金画作点缀，巧夺天工，甚至留存下来成为古董，如今价值一百、两百，甚至五百圆这般高价也无甚稀奇。"天鼓"的饲桶是从中国舶来的珍品，镶嵌的骨架是紫檀木所制，下半部缀有琅玕翡翠板，板上细细雕刻着山水楼阁，实为上品。

春琴常将这只箱子置于卧房壁龛旁边的窗台上，专注倾听"天鼓"啼啭，心情也随之愉悦起来。因此用人们尽己所能，泼水逗引"天鼓"啼叫。天气晴朗时它叫得最欢，所以天气不好时，春琴的心情往往也不大好。冬末至春季，"天鼓"啼叫最为频繁，到了夏季则啼叫次数减少，春琴心情烦郁的日子也多起来。总的说来，只要饲养得当，黄莺的寿命还是比较长的，关键是要悉心照料。若交给毫无经验的人饲养，鸟儿很快便会死去，一旦死去，又得重新买一只。春琴家里的"初代"天鼓在她八岁时死去，那之后短时间内并未得到适合继承的"第二代"天鼓。几年后，终于训练成了一只不逊于先代的黄莺,春琴仍将它命名为"天鼓",十分宠爱它。

《春琴传》中记载,第二代天鼓啼声亦灵动美妙,胜过迦陵频伽[①]。春琴日夜将鸟笼置于座右,钟爱非常,常命弟子侧耳细听其啼啭,而后告诫道:"你们听天鼓的歌声!它从前只是一只籍籍无名的雏鸟,因自小苦练、日久功成才有此天籁之音,与野生黄莺有着云泥之别。人或有言:'如此只是人工之美,非天然而成,不及于山谷中沿路寻春、信步探花时,无意中听闻从云霞深处顺流而下的野莺啼啭来得风雅。'但我不敢苟同,野莺啼鸣需得天时地利,方显雅致,单论其音色,尚不可称为美妙。反之,若闻天鼓之类名鸟啼啭,即使足不出户,亦可感受幽深寂静的山峡风致。溪流潺潺流动之音、山顶樱花朦胧绽放之姿,皆浮现于心中,如同眼可观、耳可闻;其啼鸣声声,仿如充满鲜花云霞,令人忘却自己身处喧嚣俗世中。这便是以人工巧技,同自然风光一较高下,音乐的秘诀亦在于此。"她又嘲讽愚钝的弟子道:"小鸟尚能懂得艺道之秘诀,你们生而为人,竟不如鸟类!"虽言之有理,但春琴动辄拿弟子与黄莺相较,恐怕无论佐助还是其他弟子,都受不了吧。

春琴钟爱云雀仅次于黄莺。这种鸟喜冲天而飞,即使被关在笼子里也常高高飞舞,因此笼子得做成细长的形状,高达三四尺甚至五尺。但要真正欣赏到云雀的鸣叫,还得把它从笼子里放出来,任它飞向空中直至不见踪影,于地面上听其直入云深之处时发出的啼鸣,即欣赏其"破云"之技。一般云雀在空中停留一段时间后,会再次飞

[①] 指佛教中一种声音美妙动听的神鸟,也叫妙音鸟。

回自己的笼子，停留于空的时间在二三十分钟左右，停留越久则越名贵。因此，在云雀竞技之时，需将笼子排成一列，同时打开笼门将它们放飞，最后一个返回笼中的则为胜者。劣等云雀返回时，会误入旁边的鸟笼，更有甚者落在离笼子一二丁距离远处。但一般的云雀都能准确辨认出自己的笼子，因为它们通常垂直飞向天空，在某处停留一段时间再垂直飞回，自然能回到原处。说是"破云"，并非指破开云层横向而飞，而是由于云朵掠过鸟儿飘去，看起来便如同云雀"破云"一般。

在晴朗的春日里，淀屋桥一带居于春琴家附近的人家，常能看到这位盲女师傅站在露台上放飞云雀。她身边除了佐助一直侍奉在侧，还有一个照看鸟笼的女用。女师傅一声令下，女用便打开笼门，云雀快活地一边啼叫着，一边高高飞起，轻盈的身姿没入云霞之中。女师傅抬起失明的双眼，追随着云雀飞翔的身影，入迷地听着云间传来不断的啼鸣。时有同好者带着各自引以为傲的云雀，前来较量一番，这时左邻右舍的人们也会登上自家露台，想要听听云雀的叫声。这之中总有些家伙，嘴上说是看鸟，其实是想一睹美人之姿。町内的年轻人应当已看惯了她的容貌，但总少不了好事又好色之徒，一听见云雀的叫声，就知道可以看见女师傅的风姿，于是都迫不及待地攀上屋顶。他们如此哄闹，大概是觉得盲人有特殊的魅力和风韵，而被好奇心驱使所致吧。或许也是因为，春琴平时挽着佐助的手出门授课时，都是沉默不语、表情沉郁的；但在放飞云雀时，却能看到她笑容爽朗、说话谈天的样子，显得她的美貌更加生动活泼了吧。

除此之外，她还养过知更鸟、鹦鹉、绣眼鸟①、三道眉草鹀②等，有时种类繁多，可达五六只，其花费绝不是小数目。

春琴在家凶横刁蛮，在外却出人意料地亲切和气，受邀做客时，一言一行皆优雅高贵、魅力十足。观其风韵实在难以想象，她在家里竟是个惯常折磨佐助、打骂弟子的女人。另外，春琴在交际应酬时好打扮、讲排场。逢婚丧节庆时，都以鵙屋家小姐的身份和规格赠礼，慷慨非常。即使是给一众用人、轿夫、人力车夫等人的赏钱，也是数额惊人。

那么，春琴真是个花钱大手大脚、挥霍无度的人吗？似乎并非如此。我曾在一篇题为"我眼中的大阪和大阪人"的文章中提及大阪人生活俭省，说东京人的奢侈表里如一，但大阪人无论在人前如何铺张讲究，人后必定会节省不必要的开支，杜绝浪费。春琴出生于大阪道修町的商贾之家，怎会在这方面有所疏忽呢？她既有极端铺张奢侈的一面，也有极端吝啬贪婪的一面。攀比排场原本就是生性好强的表现，若是不符合这一目的，就不会随意浪费钱财，也就是所谓的"不花冤枉钱"吧。春琴并非随心所欲地挥金如土的人，而是考虑好用处和效果后才花钱，这一点是十分理性和精明的。但在某些场合，她的好强反而会转变为贪欲。比如收取弟子的学费或酬金，身为女子，本该和其他的授课师傅们保持一致。但她却自视甚高，要求收取和一流检校等额的费用，分毫不肯退让。这也就罢了，她甚至还对弟子们年

---

① 因眼周为白色短绒覆盖形成异色眼圈而得名。一种树栖鸟类，以昆虫、花蜜和某些果实为食。分布于亚洲南部至大洋洲、非洲。
② 以野生草种和昆虫为食的鸟类。主要分布在亚洲东部地区，俄罗斯远东地区、蒙古国、朝鲜半岛、日本列岛和中国。

中、岁末时节送的谢礼指手画脚，暗示希望多收礼品，极其执拗。

曾有一盲人弟子，因家中贫困，每月常拖欠学费，到中元节该送礼时，也无力置办礼物，只买了一盒白仙羹，并向佐助诉苦道："请您怜悯我家中贫困，替我向师傅求情，宽恕于我。"佐助亦同情不已，便惶恐地代他向春琴传达心意、陈述实情。春琴一听却变了脸色，说道："我反复强调征收学费和酬金，或许别人认为我贪婪，其实并非如此。钱财勿论多寡，只是要定一个大概的数量，否则师徒之礼何在？那孩子不仅拖欠每月学费，如今还拿着这么一盒白仙羹充作赠礼，真是无礼至极，说他蔑视师长也不为过！既然如此贫苦，怕是学艺也无法进步。特殊情况下，我不是不能免费授课，但也仅限于对前途有望、为人爱惜的麒麟之才而已。能克服贫苦、成为了不起的精英的人，生来与众不同，仅凭毅力和热爱是行不通的。我看那孩子除了脸皮厚之外，艺术上并无可取之处，却硬要我怜悯他家境贫寒，实在狂妄！与其日后丢人现眼，不如趁早放弃这一行。若还不死心，大阪也有其他厉害的师傅，随便找一个拜在其门下便是，我这儿的课业就到今日为止，以后不必再来了。"话说出口，无论如何道歉都无济于事，那个弟子到底还是被拒之门外了。

如果有弟子送来厚礼，就算她授课时一贯严厉，在那一天也必定会对送礼之人和颜悦色，甚至说一些言不由衷的褒奖之辞，让听者不寒而栗。弟子们提起师傅的恭维话，都感到十分畏惧。因此每人送来的礼品，春琴都得一一查验过，甚至连点心盒子也要打开来看。至于每月的收支，她必定把佐助叫到跟前，让他拨着算盘细细结算。她对数字十分敏感，精通心算，即使数字只听过一遍，也不会轻易忘记。

在米铺、酒馆的花销，就算是两三个月以前的支出，她也记得分毫不差。总之，她的奢侈仅仅是极端的利己主义，为自己挥霍的钱财，必得从别处补回来，结果最后倒霉的还是仆人们。在春琴的宅子里，只她一人过着贵族生活，佐助等一众仆人却被迫缩衣减食、省吃俭用。她甚至对下人的米饭量也斤斤计较，导致大家饭也吃不饱。仆人们背地里议论道："春琴师傅说黄莺、云雀尚比我们更忠心，并非没有道理，毕竟比起我们，她更爱护那些鸟啊！"

春琴父亲安左卫门尚在世时，每月按春琴要求送去补贴费用。但父亲死后，长兄继承家业，便不能对她事事满足。如今，奢侈的贵妇生活似乎不足挂齿，但在以往，就算是男子也不能挥霍无度。即使家境殷实，也得遵循旧式家庭衣、食、住方面的规制，节制花费，生怕被诽谤为僭越不尊，耻于与暴发户为伍。春琴得以生活奢靡，不过是其父母出于对这个别无乐趣、且身体不健全的女儿的怜爱疼惜而已。但长兄当家后，春琴便无可避免地受到种种指责，每月的补贴也有了上限，一旦超出则不予应允，她的吝啬小气与这事应该也有关联。不过，家里给的补贴除维持生活外，应仍有富余，因此春琴才对授艺之事不甚上心，才有底气对弟子们盛气凌人。

事实上，春琴门下弟子屈指可数，只有寥寥几人而已，因此她才有闲暇逗弄小鸟。但无论是生田流的古琴还是三味线，春琴在当时的大阪，都称得上是一流名家，这绝不仅是出于她的自负，凡公正者皆认可这一点。即使憎恶春琴为人傲慢，暗地里也对她的记忆感到妒忌或是敬畏。作者认识的老艺术家里，有个人说他年轻时常听春琴弹三味线。此人是为净琉璃伴奏的琴师，流派不同于春琴，但他说近年来

春琴抄 | 041

的地方歌谣中，无人能像春琴一样弹出那般美妙的乐曲。另外，据说丰泽团平年轻时也曾听过春琴演奏，并感叹道："可惜！此人若是男儿身，定能以弹奏粗杆三弦一举成名，成为令人敬佩的名家！"——他认为粗杆三弦是三味线艺术之极致，非男子无法究其奥义。那么，他是在惋惜春琴天赋异禀却身为女子呢，还是感觉到春琴的乐声中有着男性特点呢？照这些老艺术家所说，盲听春琴弹奏三味线，曲调清亮，仿佛男子所奏。不仅音色优美，还极富变化，时而弹出悲伤深沉之音，实在是女子中少见的高手。

如果春琴懂得处世圆融、为人谦逊，一定能声名显赫吧。但她偏偏出身富贵，不知生活之艰辛，行为举止随心所欲，因而使人们敬而远之。虽有才华，却树敌众多，反而埋没了自己，可谓自食其果，也着实不幸。入春琴门下弟子，皆是早知她的实力、非拜她为师不可的人，做好了为了学到本领，甘愿受她严苛鞭挞、哪怕被怒骂责打也在所不惜的觉悟。即便如此，也鲜少有人能够长期忍受，大多无法坚持下去，若是业余爱好者，甚至一个月都坚持不了。要说春琴的授课方式，称得上已超出了鞭策的范畴，往往成为恶意的折磨刁难，甚至带有嗜虐色彩，这大概是带了几分自认为出名的傲慢所导致的吧。换句话说，春琴认为既然这种作风被世人容许，弟子也早有觉悟，那么越是如此，越显得有名家风范，于是逐渐忘乎所以、无法自制了。

鸭泽照说道："来学艺的弟子实在很少，其中还有人只是为了一睹师傅的姿色而来的，业余爱好者们大多是这类人。"春琴美貌且未婚配，又是有钱人家的小姐，有这种事也是难免的。据说她对待弟子严厉刻薄，也是为了击退这些半开玩笑的好色之徒的手段，然而讽刺的是，她这样反倒更受欢迎了。我斗胆猜测，就算是最勤奋的专业弟子，想着"从这美貌盲女的鞭笞中得来的不可思议的快感，其吸引力更胜于修行学艺本身"的人，恐怕也并非不存在吧。这些人里总有几个是让·雅克·卢梭。

其六

现在，我要讲述春琴身上降临的第二次灾难。但由于传记中对其中详情避而不谈，因此非常遗憾，我无法准确指出其原因以及加害者。但最接近事实的，恐怕是由于前文记述的某件事情，导致某个弟子对春琴怀恨在心，因而对她施加报复引起的。

在此最值得怀疑的，是土佐堀的杂粮店"美浓屋"老板九兵卫的儿子利太郎。这个少爷是个败家子，一直自诩精于艺道，不知何时也拜入春琴门下学习三味线。他仗着家中财产，不论走到哪儿都摆出一副大少爷的架势，嚣张跋扈，把同门师兄弟都当作自家店铺的伙计，对他们不屑一顾。春琴虽然也对他十分嫌恶，但他送上门的礼品十分贵重，这一点有效地使得春琴无法拒绝，反而毫不怠慢地认真授课。然而他却大言不惭道："师傅这般人物也得让我三分。"他尤其看不起佐助，极反感佐助代课，扬言道"不是师傅上课我就不学"。看着他愈加气焰嚣张的样子，春琴大为光火。

这时，利太郎的父亲九兵卫为日后安享晚年，选了一个叫作"天下茶屋"的幽静去处,在那儿修建了便于隐居的草屋,还在院子里栽种了十几株古梅树。某年阴历二月,九兵卫在此处举办赏梅宴,春琴应邀赴宴。宴会主管便是少爷利太郎,另外还有一些助兴艺人、艺伎等,春琴则不必说,定由佐助陪同前往。那天,利太郎一个劲儿地为佐助劝酒,使得佐助十分为难。最近,他常陪师傅在晚上小酌几杯,酒量稍有长进,但也并非海量。况且出门在外,若没有师傅允许,是绝对不能沾酒的。况且要是喝醉,恐怕会耽误重要的引路工作,于是佐助便装作饮酒状,想糊弄过去,不想却被眼尖的利太郎发现了,对春琴说道:"师傅,要是没有师傅您的许可,佐助就不喝酒。今天不是来赏梅的吗,就让他好好放松一天吧。要是他真喝醉了,这里还有两三个人巴不得替您引路呢。"听他扯着那破锣嗓子喋喋不休的声音,春琴也只好苦笑着应付说:"好吧,那就稍微喝点吧,但你们可别把他灌醉!"利太郎及一众喽啰便欢呼着"师傅同意啦",随即左一个右一个地过来劝酒。即便如此,佐助还是控制着饮酒量,七成左右的酒都倒进了洗杯器里。

那天在座的一众艺人们,得以一睹久闻大名的女师傅的真容,都感到传言非虚,惊叹于这位半老徐娘的美艳和气韵,一时人人交口称赞。或许也是因为他们看出了利太郎的心思,想要巴结他,才对春琴说出这些溢美之词。但当时三十七岁的春琴,看上去确实比实际年龄年轻十岁左右,肌肤白皙细腻,见其颈项便觉浑身战栗。她把那双光滑白嫩的小手恭谨地放在膝上,略微垂首,那张双目失明的脸实在明艳动人,吸引了在座所有人的目光,足以令人心神迷醉。

滑稽的是,当大家来到院子里散步时,佐助也领着春琴来到梅树林,一边悠闲漫步一边说:"喏,这儿也有梅树。"他领着春琴,在每一棵树前停下,拉着她的手抚摸树干。许是盲人非得用触觉感知物体的存在,才能领会其状态之故,欣赏花木时亦循此法。看着春琴用那双纤纤玉手,抚摸着老梅树盘曲粗糙的树干,一个助兴艺人怪里怪气地说:"啊,真羡慕梅树啊!"另外一个艺人挡在春琴面前,做出滑稽的动作,模仿梅树疏影横斜之态说道:"我就是梅树呀!"惹得众人哄堂大笑。这不过是对春琴献殷勤的一种手段,表达赞美之情罢了,并无侮辱之意。但春琴对这种花街柳巷的粗俗玩笑十分不习惯,心里很不舒服。她总希望自己和目明者一样被同等对待,讨厌被歧视,而这种玩笑无疑令她恼火。

入夜后换了场所、重开酒宴之时,有人说道:"佐助,你也累了吧。师傅就交给我吧,那边已经摆好筵席了,你先去喝一杯再来吧。"佐助也想着,得在被他们灌酒之前先填饱肚子,于是退到别的房间去吃晚餐。但他刚开口说"我用餐了",就有一个年老的歌伎拿着酒壶黏上来,纠缠道"再来一杯、再来一杯",因此他比预期多花了些时间才吃完饭,但不见有人来叫他,便一直在原处等候。

这时,正厅里不知发生了什么事,只听见春琴说着:"叫佐助过来!"但有人硬要挡在她面前:"若是想去如厕的话我带你去吧。"说着便好像抓了她的手,把她带到了走廊上。但春琴固执地甩开他的手,站在原地说:"不必了,还是帮我把佐助叫来吧。"佐助赶紧跑过来,光看她的脸色便能猜到发生了什么,心想若是因为此事,能让那小子不再来家里就再好不过了。但好色之徒不得逞怎会轻易罢休呢?

第二日,利太郎仍是厚着脸皮、若无其事地来上课,春琴却一反常态地对他说:"既是如此,我就认真教你,若你受得了这种严苛修行，就忍耐着吧。"于是便开始严格授课，弄得利太郎简直喘不过气来："真是受不了，每天要流三斗汗。"以往，别人一直给他戴高帽、吹捧他的技艺，他也为此自鸣得意，这回却被恶意挑剔，漏洞百出了。因此，春琴毫不留情地责骂之下，他那颗假借学艺而别有所图的散漫之心，也逐渐无法忍受、偷懒耍滑起来。无论春琴教得多认真，他都故意心不在焉地弹奏。于是春琴忍不住骂他"笨蛋"，还拿着拨子丢了过去，不留神划破了利太郎眉间的皮肤，他惨叫一声："啊！好痛！"用手拭着额间滴滴答答留下来的鲜血，留下一句"你等着瞧吧"，便愤然起身离去，从此再不见踪影。

另一种说法认为，谋害春琴的是住在北新地一带的某个少女的父亲。这个少女想成为艺伎，因此决定好好接受训练，忍耐着学艺的艰辛，一直在春琴门下苦修。有一天，她被春琴用拨子打破了脑袋，哭着逃回了家。那伤痕留在她前额发际处，导致她父亲甚至比她本人更加火冒三丈。大概这位是她的亲生父亲，而不是养父吧。他怒气冲冲地说道："虽说是学艺，但对这么个未成年的女孩子，再怎么严苛也得有个分寸吧？她日后要靠脸挣钱的，现下留了这么个伤疤，可不能就这么算了！我看你怎么收场！"可能是他言辞过激，春琴听不下去，反驳道："我这儿授课本就如此严厉，若这样就受不了，何必来学艺呢！"父亲听了不服气道："打骂不是不可以，但眼睛看不见还动手可就太危险了，你也不知道会打到哪儿、会留下什么伤，盲人就该有盲人的样子！"

佐助看那气势汹汹的样子好像要动手，连忙介入其中调解斡旋，好容易才把他劝回家了。春琴脸色铁青，浑身颤抖着却一言不发，直到最后也没道一句歉。因此有人说，这个父亲是由于女儿容貌被损，才对春琴加以报复，也去损毁她的容貌。说是伤到了前额发际处，也不过是在额头中间，或耳后某处留下了一点伤痕。如果因此埋下祸根，而对春琴实施报复，让她终生容貌被毁的话，就算是出于家长爱子心切的心理，这样的复仇也过于残忍和执拗了。首先，对方是个盲人，就算毁其容貌，对她本人的打击也没有那么大。如果他仅以加害春琴为目的，应当有其他更痛快的方法吧。

在我看来，复仇者的意图并不只是让春琴感到痛苦，而想让佐助也为此伤心悲叹，这样一来，最终还是春琴遭受最严重的伤害。如此想来，比起前面提到的少女的父亲，似乎利太郎更为可疑，这么想也更合理吧？利太郎对春琴这个有夫之妇的感情到底有几分真意，我们无从得知。但比起少女之美，男子年轻时更憧憬年长女性之美，这点也不足为奇吧。可能是利太郎阅遍不同女子，对一般人看不上眼，最后才被这盲女迷住了吧。起初，他只是出于一时好奇而出手调戏一番，但不仅遭到狠狠拒绝，甚至还被划破了眉间、受了伤，因此才狠毒地蓄意报复。但是春琴树敌众多，也许除了利太郎之外，还有什么别的人因为别的理由对她怀恨在心也未可知，因此，不能草率断定是利太郎所为。而且，未必一定是由于对春琴的痴情引起的，在金钱问题上，如前例举的眼盲穷学生那样遭受残酷对待的人，又岂止一两个呢？

另外，不如利太郎那般厚颜无耻，但也同样嫉妒佐助的人有好几个。佐助表面身为"引路人"，却处在一个特殊的位置上，时间长了也无法隐瞒，门中弟子无人不知其二人的关系。对春琴抱有好感的人，暗地里十分羡慕佐助的福气，但有时也反感他殷勤侍奉的样子。

如果佐助是她名正言顺的丈夫，或至少享受了情夫的待遇的话，也就无话可说了。但看起来，他不过就是个引路人、仆人而已，从按摩到搓澡，春琴所有的琐事他都得承包下来。看着他忠心不二的样子，知情者觉得十分可笑，不少人嘲讽道："不过领个路而已，就算吃点苦头我也可以做，没什么了不起的。"他们憎恨佐助，甚至说："如果有朝一日春琴的美貌受损，不知那家伙会如何痛心呢？他还会老老实实、尽职尽责地服侍春琴吗？这倒是值得一看的事情。"因此，这群人也不是没有别有用心地施加报复的可能。总之各种臆测众说纷纭，但依然难辨真假，真相不明。

还有一种意想不到的揣测似乎也很有说服力，说是加害者恐非其门下弟子，而是竞争对手中的某个检校或是女师傅，虽无可靠依据，却算得上是最透彻的看法。春琴素来倨傲，在艺道上自视第一，世人似乎也颇为认可，但这大大伤害了同行授艺师傅们的自尊心，甚至对他们来说是一种威胁。

所谓"检校"，是从前由京都赐给盲人男性的一种显赫官职，可拥有特殊服饰和代步工具，所受待遇也和普通艺者截然不同。若传言说这类人技艺不及春琴，他们自然会对春琴产生根深蒂固的仇恨，甚至可能会用阴险的手段，葬送她的技艺和名誉。听说有人出于对同行技艺上的嫉妒，而害对方喝下水银这种先例。春琴在声乐和器乐两方面都造诣颇深，因此有人借其爱慕虚荣且以貌自得之机，想要毁其容貌，使她不能再现身于众。如果加害者不是某个检校，而是某个女师傅，那定是她为春琴以貌自得而心生妒恨，认为毁其容貌更有快感的缘故吧。思及此般种种令人生疑的原因，便可以推想到，春琴早晚都会遭人算计的后果，因为她已在不知不觉中埋下了诸多祸根。

上文提及的、在天下茶屋举行赏梅宴过后约一个半月，三月末丑时过半，即上午三点左右，《春琴传》中记述那次灾难道："佐助被春琴的痛苦呻吟惊醒，随即从隔壁房间奔过去，急忙点灯察看，有人撬开了防雨窗，偷偷潜入春琴卧房，因其早已察觉佐助起身赶来，一无所获便逃之夭夭，佐助赶来时已不见其踪影了。盗贼惊慌失措之时，恰好看见一只铁壶，便随手抄起，向春琴头上砸去，随后溜之大吉。热水飞溅于她肤白胜雪的丰颊上，留下了一点令人惋惜的烫伤。比之原貌不过白璧微瑕，从前的花容月貌犹在，但春琴自此便对自己脸上这处细微的疤痕感到极其羞耻，常以绉绸头巾覆面，终日笼居一室，不再现身于人前，即使亲近的家人或弟子，也再难窥见其容貌，因此产生了种种臆测。"

传记续述道："春琴之伤极其轻微，无损其天生容颜。不愿与人见面是她的'洁癖'所致，将不足挂齿的伤痕视为耻辱，当是盲人思之过虑所致。"又提到："然而不知为何，数十日过后，佐助罹患白内障，眼前骤然一片漆黑。佐助发觉眼前逐渐朦胧，难辨物体形状，竟突然迈着盲人的怪异步伐，行至春琴跟前，狂喜叫道：'师傅！佐助也失明了！从此便见不到师傅脸上的瑕疵，真是时机恰好，必是天意！'春琴闻之，怃然良久。"

或是虑及佐助衷情，不忍揭露真相之由，其前后文只能说是故意歪曲事实记述。佐助突然患上白内障的说法令人难以信服，并且无论春琴洁癖如何严重，作为盲人如何过虑，如果真是因为这点无碍原貌的伤痕，实在不必以头巾遮面、不见他人。或许事实上，她的花容月貌已变得惨不忍睹了。

根据鸭泽照以及其他两三个人的说法，那盗贼提前潜入了厨房生火烧水，而后提着铁壶闯入春琴卧房，壶口对准春琴的脸部，将开水径直倒了下去。这是他原先便计划好的，并不是普通的盗贼偷窃，也不是惊慌之时的随手举动。那一晚春琴完全失去了知觉，第二天才转醒，但被开水烫烂的皮肤需要两个多月才能干透，实是极重的伤。关于春琴容貌被毁之难，还产生了种种奇怪的传言。比如说她头发脱落，左半边已秃，这种风闻恐怕也不能当作无凭无据的臆测而一概排除吧。佐助失明后，自是不能看见春琴的容貌了，但"即使亲近的家人或弟子也再难窥见其容貌"这种说法又当如何呢？绝对不让任何人看怕是不可能的，比如鸭泽照这样的人，便不会没见过，但她遵从佐助之愿，决不会把春琴容貌的秘密诉之于人。我曾为此事向她打听过，她只说"佐助认定师傅始终是一个美貌的女子，因此我也就这么认为"，但并没告诉我详情。

佐助在春琴去世十多年后，才向身边人提起他当时失明的原委，因此人们才得知了事情的真相。春琴受到凶徒袭击那晚，佐助同往常一样睡在她隔壁卧房，忽地听见响动醒了过来。长明灯已灭，一片黑暗中传来呻吟声。佐助惊得跳起身来点灯，然后提着纸灯笼，往屏风那边春琴的床前走，并借着模糊的灯光在金箔覆盖的屏风上反射出的朦胧的光线，环视房间里的状况，却并未发现哪里凌乱。只是春琴枕边扔着一只铁壶，而她静卧于褥中，不知为何一直喃喃呻吟着。

起初佐助以为春琴被梦魇住了，便走到枕边想把她摇醒："师傅！您怎么了！师傅！"这时，她不由得"啊"地叫出声，用手覆住双眼，呼吸困难地说道："佐助，佐助，我被毁容了！别看我的脸！"看她痛苦挣扎着，挥动双手想把脸遮住的样子，佐助道："师傅您放心，我不看您的脸，我把眼睛闭上了。"说着便把灯笼挪远了。

春琴闻言松了口气，就这样昏迷了过去，不省人事了。但之后，她在睡梦中仍不断呓语："不要让任何人看到我的脸，这件事一定要保密！"佐助安慰道："您别担心，伤痕治好后，您一定能恢复原来的美貌。"春琴回答："我受了这么严重的烫伤，怎会不损伤容貌呢！我不想听这种安慰！你还是别看我的脸比较好！"随着她意识恢复，这种话也越说越频繁，除医生之外，她甚至不愿给佐助看自己受伤的样子。换药或换绷带时，她会把所有人赶出病房。

佐助仅在事发当晚，跑到春琴枕边的那一瞬间，瞥见了一眼她被烫伤的脸，便不忍正视，一下子背过身去。在那摇曳的灯影中，他心里其实只留下了一种超人类的、怪异的幻影。那之后，佐助也只能看到春琴缠绕着绷带的脸上露出的鼻子和嘴巴。仔细想来，正如春琴害怕被别人看见自己的脸一样，佐助其实也怕看到她的脸。每每走近病床，他便尽量闭眼，或转移视线不看她。因此，他实际上并不知道春琴的相貌变得如何，并且主动避开了可以得知的机会。

春琴休养得当，伤势也日渐好转。有一天，病房里只有佐助一人侍坐在侧时，春琴突然拿不定主意似的问道："佐助，你看过我这张脸了吧？"佐助答道："没有！没有！您吩咐了不让我看，岂敢违背！"春琴又说："伤口马上要痊愈了，到时肯定得拆绷带，医生也不会再来了。别人暂且不提，但肯定得被你看到我的脸了。"一向争强好胜的春琴，此时却泄气一般流下泪水，频频用手隔着绷带轻拭两眼。佐助闻言，亦默然不语，和她一样呜咽起来，转而又像期待着某事发生一样,说道:"我肯定做到不看您的脸,请您放心。"

这之后过了数日,春琴已能下床,处于伤口愈合、随时都可取下绷带的状态了。

某天早晨,佐助偷偷从女用的房间里,拿来她们使用的梳妆镜和缝衣针,端坐在床上,对着镜子,将针刺入自己眼中。他并没有拿针扎眼就会失明的常识,只是想尽量用不遭罪又方便的办法,让自己变成瞎子。于是他试着拿针扎左眼珠,但是要扎中眼珠并不容易,眼白部分又很坚硬,扎不进去。眼珠比起来还软些,他试了两三次,恰好刺中合适的位置,"噗呲"一声刺入两分左右,眼前倏然白浊一片,他便知道自己失明了。既没有出血也没有发热,连疼痛也几乎没感觉到。这是由于破坏了晶状体组织,而导致的外伤性白内障。佐助又用同样的方法刺瞎了右眼,瞬间双目失明。据说这么刺瞎双眼后,起初还是能看到模糊的物体形状,过十日左右才会完全失明。

过些时候,春琴可以下地行走了,佐助摸索着来到里屋,对她叩头说道:"师傅,我也成了盲人,这辈子都看不到您的脸了。"春琴只问了句"佐助,这是真的吗",便久久地陷入沉默深思。

佐助有生以来,从未体会过像活在这几分钟的沉默中这般快乐。据说从前的恶七兵卫景清①,因源赖朝②的英俊容貌而断复仇之念,并

---

① 即平景清,是平钟清之子,日本平安末期武将,通称上总七郎、兵卫慰、信浓守。景清曾杀死自己的伯父,因此有"恶七兵卫"之称。
② 源赖朝(1147—1199),源义朝第三子,名将源义经(1159—1189)的异母兄,日本平安末期至镰仓时代的武将、政治家,日本首位征夷大将军,建立了镰仓幕府,是日本幕府制度的开创者。

发誓以后再不看他的脸，剜去了自己的双眼。虽然佐助动机不同，但其志悲壮如出一辙。然而春琴恳求他的，难道竟会是这种事吗？过去她流着泪倾诉的，难道是"我遭受如此灾难，希望你也能和我一样成为盲人"这种意图吗？这一点实难揣度，但"佐助，这是真的吗"这么简短一句话，在佐助听来，应当是她颤抖般的喜悦心情吧。

在两人沉默相处的时间里，佐助的身体机能逐渐产生了盲人独有的第六感。他自然而然地觉察出，春琴如今对他除了感谢之外，再无他念。虽然他们之前有肉体关系，但两颗被师徒之礼阻隔的心，如今方才融为一体。他又回想起了少年时，躲在黑暗的柜子里练习三味线的画面，但时至今日，心情已然不同了。或许一般的盲人仅持有对光的方向感，所以其视野并非完全黑暗，而是有微弱光亮的。佐助如今失去的是外在的眼睛，却打开了自己心里的眼睛，想着："啊，这就是师傅真正居住的世界啊！我终于能和师傅住在同样的世界里了！"他衰退的视力已无法分辨房间的样子，或是春琴的模样，只有那张被绷带包裹的脸，仿佛还朦胧映在他灰白的视网膜里。他认为那不是绷带，而是两个月前师傅的那张完美白皙的脸，宛如前来接引的神明一般，浮现在朦胧的光圈中。

春琴问道："佐助，你不痛吗？"

佐助回答："不，不痛的。比起师傅所遭大难，这根本算不了什么。那天夜里歹人闯入，使师傅蒙受此难，我却毫不知情地蒙头大睡，实在是我的疏忽。您每晚让我睡在您隔壁卧房，就是为了有备无患，然而却出了这般大事，让师傅受苦受难，自己却安然无恙，实在令我心不能安，真希望自己受到惩罚。于是我向神灵祈求赐予我灾难,否则我将无法赎罪。我朝夕叩拜,终于有了成效,如愿以偿。今早一起床,便觉察自己双目失明,定是神明怜悯我愿,应我所求。师傅,师傅,我看不见师傅受损面貌,但我能看见这三十年来已刻在我眼底的、令我眷恋的容颜。请师傅一如既往地允许我侍奉在侧,我失明事发突然,也许暂时无法活动自如,做事笨拙不堪,但至少您身边的起居琐事,不要交予他人。"佐助感到似乎是春琴脸庞所在之处有微光照射过来,便用失明的双眼对上去。

只听春琴说道:"你为我下如此决心,我很高兴。我受人妒恨而遭此祸,说实话,让别人看见我这副样子倒无妨,但唯独不想让你看见。你竟然如此察知我的心情。"

佐助回答:"啊,谢谢您。师傅这么说,我实在高兴,这是双目失明也无法换得的。虽然我不知那个令师傅和我陷入悲伤不幸的人是谁,但若他损毁师傅容颜只为令我痛苦,那我不看您的脸就是了。如果我失明了,那便等同于师傅不曾遭此难,其诡计也就化为泡影了,他定然不曾如此料想过。其实我不仅没觉得不幸,反而感到无比幸福,一想到我对那个卑鄙小人的阴谋将计就计、趁其不备便轻松取胜,心里就十分痛快。"

春琴说道:"佐助,什么都不要说了。"

语毕,失明的师徒二人相拥而泣。

最了解此二人转祸为福后生活状态的尚存者,怕是只有鸭泽照了。她今年七十一岁,作为内弟子入住春琴家是在明治七年(1874),即她年仅十二岁的时候。鸭泽照在向佐助学习丝竹之道的同时,也在两个盲人之间斡旋,承担一种不需与二人接触的"联络员"的工作，此二人，一个是突然失明，另一个虽是自幼失明，却过着衣来伸手、饭来张口的娇惯生活，因此，必须有一个能伺候二人生活的第三者存在。他们希望雇用一个能不分彼此的女孩子，鸱泽照被录用后，二人对其品性十分满意，她得到了信任，便一直伺候他们。春琴死后，鸱泽照只侍奉佐助一人，直到明治二十三年（1890）佐助获得检校之位为止。

明治七年，鸱泽照初至春琴家时，春琴已经四十六岁，那场灾难过去了九年，她已然是个上年纪的老女人了。她告诉鸱泽照，自己的脸因故不能示人，也不会示人。她身穿凸花纹纺绸圆领外衣，跪坐在厚厚的坐垫上，浅黄绉绸头巾覆面，只露出一点鼻子，头巾两端垂到眼睑上方，把脸和嘴都遮掩了。佐助失明时四十一岁，已至初老而失明，何其不便。但他依然无微不至地照顾春琴，尽量不让她感到丝毫不便，旁人看见着实感动。

春琴也不满意别人伺候，说道："我周遭之事，明眼人还干不了，已是长年累月的习惯了，只有佐助最熟悉。"她的穿衣、入浴、按摩、如厕等琐事，还是全由佐助费心。鸱泽照的工作与其说是帮春琴，倒不如说是帮佐助做事为主，极少直接接触春琴身体。只有伺候春琴吃饭时，鸱泽照必不可缺。除此之外，她只负责间接地帮佐助拿些必需品等。比如春琴洗澡时，她将他们二人送到浴室门口，然后退下等候，听到里边拍手示意，再前去迎接。此时春琴已起身穿好浴衣、包好头巾了，其间所有事都由佐助一人完成。盲人给盲人洗澡是什么样呢？或许就如从前，春琴以指抚摸梅树树干那样吧。何其费事暂且不提，万事如此简直烦琐至极，令人目不忍视，心想"这样能行吗"。但他们本人似乎十分享受这种麻烦的过程，在其中默默无言地交流彼此细腻的爱情。

这样说来，失去视觉而相爱的男女，他们用触觉感知世界的程度，恐怕不是我们能想象到的。佐助对春琴全身心的照料，以及春琴欣然期待他的服侍，两人沉溺其中，乐此不疲，这也不足为奇吧。且佐助在陪伴春琴之外，还得抽空给许多弟子授课，每当此时，春琴便窝在房内独处。她为佐助赐号"琴台"，将弟子课业全部交给他继续，那块"琴曲指南"的招牌上，"鵙屋春琴"的名字旁边还挂上了一行写着"温井琴台"的小字。佐助忠义温顺，早已博得近邻怜惜，因此门下弟子甚至比春琴授课时更多。有趣的是，佐助为弟子授艺时，春琴在屋内独处，沉醉于黄莺啼鸣，但若有必须佐助帮忙之事，她便不顾正在进行的授课，直接"佐助！佐助！"地叫起来。这时，佐助便会放下一切，立刻赶到里屋去。因此，佐助总是在春琴身边伺候，寸步不离，也不出门授课，只在家中教授弟子。在这里必须说明，此时，春琴位于道修町的鵙屋本家店铺已经逐渐衰落，每月的补贴费用也时常中断，若非如此，佐助何必教授音律呢？他就像一只在忙碌中抽空飞回春琴身边的鸟儿，就算在授课也心不在焉，恐怕春琴也同样为此烦恼吧。

继承了师傅工作的佐助，虽然收入有限，还是支撑着一家的生计，但他为何不正式同春琴成婚呢？是由于春琴的自尊心，使她至今还无法接受这桩婚事吗？鵙泽照听佐助亲口说，春琴其实已经想开了，但佐助看到春琴这个样子，却十分悲伤，他无法想象春琴会变成这样一个可悲、可怜的女子。但失明的佐助毕竟已经看不见现实世界,飞跃至永久不变的境界中了。在他的视野里只有过往记忆中的世界,若春琴因遭受灾祸而性格大变,那这个人便不再是春琴。他的心中只有那个骄纵任性的春琴,否则,他眼里的那个美貌的小姐将会被破坏。因此,不想成婚的不是春琴,反倒是佐助。

佐助将现实中的春琴,作为唤起臆想中春琴的媒介,因此避开与她形成对等关系,不仅恪守主仆之礼,而且比以前更加谦卑、恭谨地竭诚服务于她,努力地想尽早使春琴忘却自己的不幸,恢复往日的自信。而他自己却甘于和往日一样,拿着微薄的薪资,接受和下人同等待遇的粗糙衣食,将收入全数交予春琴所用,并断绝其他开支,减少用人数量,从各方面厉行节俭。同时,只要是能抚慰春琴心情的事,佐助无一遗漏,因此自他失明以来,所受劳苦反而增加了不少。

据鸭泽照所说,当时弟子们见佐助衣衫褴褛,深觉可怜,有人劝他该稍微修整边幅一些,但他完全不以为意。并且他不许弟子们称他"老师",而是直呼"佐助",大家都对此十分为难,便只能尽量避免称呼他。只是鸭泽照由于工作需要,无法不开口叫他,她常称呼春琴为"师傅",对佐助便直呼其名,久而久之也就习惯了。春琴死后,鸭泽照变成了佐助唯一的聊天对象,因此两人一有机会,便沉湎于回忆亡师往事之中。后来,佐助成为检校,人们才能无所顾忌地称呼他"师傅"或是"琴台先生",但他仍喜欢让鸭泽照唤他"佐助",而不准她用敬称。

佐助曾对鸭泽照说:"或许所有人都认为,失明是不幸的,但我失明后,从未体会过这般感受,反而觉得这个世界仿佛成了天堂,只有我和师傅两人,居于莲台之上。说起来,我失明之后,看到了许多

春琴抄 | 057

之前眼睛完好时所看不到的东西，就连得以认真观察师傅容颜之美，也是在眼盲之后，还有她四肢之柔软、肌肤之光泽、声音之动听，也都真实体会到了，为什么失明之前，就没有如此感受呢？真是不可思议。尤其是师傅弹奏三味线的美妙旋律，也是在失明后才细细玩味。之前我也常说，师傅是修习此道的天才，但此时才真正领会其货真价实，而惊觉我的技艺尚不成熟，与她比起来可谓实力悬殊，之前竟然从未意识到，真是太不应该了！反省自己何其愚蠢，若神明让我恢复视觉，我定会拒绝。师傅和我都因为失明，才得以品尝到常人所不知的幸福。"

佐助所言未超出其主观说明，有多少与客观事实一致尚有疑问。但暂且不论其他，春琴的琴艺不正是以她遭难为转机，而显著进步了吗？无论她的音律天赋如何高妙，若不曾体会人生的酸甜苦辣，就难以参透艺道真谛。她一直娇生惯养，待人苛刻，却未曾尝过劳苦或是屈辱，无人挫其高傲锐气。然而上天让她遭受了痛苦的试炼，使她徘徊于生死边缘，粉碎了她的狂妄自满。想来这场使她容貌损毁的灾难，从许多意义上来说，都无异于一剂良药。爱情也好，艺术也好，都使她达到了曾经做梦也不曾想到的高妙境界。

鸭泽照经常看到春琴为了打发无聊时光而独自抚琴，佐助则在一旁出神地垂头侧耳倾听的场景。弟子们听见里屋传来的精妙绝伦的琴声，皆是惊诧地议论道："那把三味线是否有什么特殊奥秘？"这段时期，春琴不仅琴艺精进，在作曲方面也颇下苦功，常在半夜悄悄以指甲拨弦，钻研谱曲。鸭泽照记得的曲子有《春莺啭》和《六朵花》这两支，先前她弹奏给我听，从中足以窥知春琴作为作曲家的极富独创性的天赋。

其七

  春琴自明治十九年（1886）六月上旬起患病，病前数日，还与佐助到植满花木的院子里打开鸟笼，放飞心爱的云雀。鸭泽照目睹这对盲人师徒携手，仰天而望，倾听云雀的啼鸣从遥远天际传来。云雀不断啼叫着，越飞越高，飞入云层里，却始终不见返回。时间过去太久，两人都担心起来。等了一个多小时，终究还是没等到云雀飞回笼中。春琴从此怏怏不乐，不久便罹患脚气病①，入秋后病情加重，同年十月十四日因心脏麻痹溘然长逝。

  除云雀外，春琴家中还饲养着第三代天鼓，春琴去世时，它仍活着。但佐助长久难忘心中悲痛，每闻天鼓啼鸣，即潸然泪下，一有闲暇便在春琴灵位前焚香并弹奏《春莺啭》，有时用古琴，有时用三味线。此曲是春琴的代表作，倾注了她的心血，其以"缗蛮黄鸟，止于丘隅"②为起句，歌词虽短，但伴奏曲调复杂，是春琴在聆听天鼓啼鸣时产生的构想。这曲调由"莺泪解冻"般的、深山积雪消融的初春开始，引人进入溪涧流水、松涛响动、东风造访、山野飞霞、梅香诱人、樱花如云等千变万化的美景中，隐约诉说着越谷穿枝的啼鸟之心绪。春琴生前弹奏此曲，天鼓亦欢喜雀跃，放声高歌，似欲与弦音一较高下。天鼓听得此曲，或许会想起自己故土中的溪涧峡谷，向往那

---

① 医学名称为脚气病性心脏病，为维生素 B_1（硫胺素）严重且长时间缺乏而引起的一种心脏病。
② 语出《大学》中引用《诗经》的诗句。但《诗经·小雅·绵蛮》原文为"棉蛮黄鸟，止于丘隅"，意为"毛茸茸的小黄鸟，栖息在山的角落里"。

里广阔天地间的明媚阳光。

如今,佐助弹奏《春莺啭》,他的神魂又将飞往何处呢?习惯了以触觉作为媒介,唤起想象中春琴的他,难道要以听觉来弥补这个缺憾吗?人只要不丧失记忆,就能在梦中与故人相见,但对于即使是活人,也只能在梦中相见的佐助而言,或许根本无法明确诀别的时刻。

顺带提及,春琴与佐助所生的孩子除前文提及的那一个外,还有两男一女,女孩儿出生便夭折了,两个男孩儿皆是尚在襁褓,便被河内的农户收养。春琴死后,佐助似乎对这两个遗孤并无念想,未曾将他们接回。暗自想来,孩子们应当也不愿回到盲父身边。

因此佐助晚年既无子嗣,也无妻妾,由弟子们看顾照料,在明治四十年(1907)十月十四日,即光誉春琴惠照禅定尼忌辰这一天,以八十三岁高龄辞世。其孤独生活的二十一年里,塑造了一个和在世的春琴迥然不同的"春琴"形象,并愈加鲜明地看到了她的风姿。据说天龙寺的峩山和尚听闻佐助自刺双目之事后,盛赞他参悟"须臾间祛除内外杂念,化丑为美"之禅机,并称此为"通达之人方有的做派",不知读者诸贤赞同与否。

闻书抄

WEN SHU CHAO

其一

《改定史籍集览》第十三册"别记类"中所载《丰内记》一文，又名《秀赖①事记》，据说为桑原求德编撰，记载了目睹大阪灭亡的高木仁右卫门皈依佛门、变为宗梦和尚的故事。同书上卷某节中，载有石田三成②之嫡子——隼人正重家③的后续，其中写道："嫡子石田隼人，其时十二三岁，质容非凡，贤达闻于世，受天下人崇敬，载誉史册。然兵败关原合战④，一说其父战死，又听闻或是下落不明。其后唤

---

① 即丰臣秀赖（1593—1615），日本战国时代武将、公卿，丰臣秀吉第三子。秀吉死后，由于秀赖年纪尚小，政务由"五大老"代为处理，但"五大老"之一的家康与"五奉行"之一的石田三成不和，并在前田利家死后爆发关原之战，丰臣家也由此开始衰落。

② 石田三成（1560—1600），日本战国时代至安土桃山时代的武将、大名，石田正澄之弟。关原之战中西军的实际领导者，丰臣政权"五奉行"（安土桃山时代丰臣政权时期制定的职务，负责政权运作）之一。丰臣秀吉死后拥立其子秀赖，并与德川家康及武将派对立。

③ 即石田重家。石田三成于关原战败后，重家听从叔父石田正澄命令，逃往妙心寺，在住持劝导下，家康允许其出家。隼人正为日本古代官名，是隼人司长官职称。隼人司是指挥管理隼人族的部门。九州南部有一种被称为隼人族的异民族，行动勇猛迅速，被征为官城警备。

④ 日本庆长五年（1600）九月十五日发生于美浓关原地区，交战双方为德川家康率领的"东军"及石田三成领导的"西军"。战争一天结束，家康战胜而取得统治权，并于三年后成立德川幕府。此战是应仁之乱以来日本最大规模的内战，也被称为"决定天下的战争"。

来看护道：'生于武士之家，不求延年益寿，身披甲胄、领兵上阵而战死沙场，方为体面。留我一无用之人，苟延残喘，追悔莫及。且哀于无所归路，不如与这山野为伴，切腹自裁为好，速速替我介错①！'看护道：'合战无疑已败，将士昨今两日四下逃窜，却无人称三成战死，真假未明，尚需静候。素日受令堂三成恩泽，此时应暂避圣高野山②，静心忍耐。'嫡子照做，两名童子身着召具③，下得玉床，远远避开行卫，由看护陪行至天王寺附近。不久折返，似是被俘而不知所踪，看似精干十足，实则外强中干，无法依靠。人事更迭，隼人身边唯此二童子，手无寸铁，向阿部野行进。时值九月半，夜晚寒凉难忍，三人手脚冰凉，草露难分，急于寻路而不得。行至瓜田，三人共商后路，似无可行之法。隼人正道：'我们如此行迹，隐匿山野，逃亡者无疑，须得循大道而行。'其言之有理，三人便出了堺町，行经纪伊大道，历七日七夜登上高野山，参拜先师御前。隼人正合手祈愿道：'若父亲尚在人世，则再遂我愿；若已战死，愿您助其往生。'圣师答道：'隐居避世，有违大将之子本意；告发于山下武士，则使其有刎颈之险，二童子亦难以幸免，思前想后，不知当作何处置。'（中略）此外，治部少辅④多女，蒙天下恩惠，傍居都城。往昔人情世

---

① 为剖腹自杀者断头（的人）。
② 位于日本和歌山县，是日本佛教密宗真言宗的本山，山顶上是弘法大师空海开创的、距今已有1200多年历史的真言密教总寺院金刚峰寺。2004年，高野山被联合国教科文组织登记为世界遗产。
③ 朝臣服饰的一种。
④ 日本古代官名，为治部省次官职称。治部省负责处理外交事务、高官户籍管理、监督寺社佛阁等处人员的礼仪，也裁判庶民婚姻诉讼。石田三成被织田信长授予此官职。

故繁杂，难以栖居洛中，遁匿西山，摘菜、汲水、伐木，离世静心，供佛度日。"

此般描述，令人哀伤不已，不禁感慨：败将之子的命运即是如此吗？实在催人泪下。然各典籍中所记述隼人正之生平皆有出入，未必同《丰内记》所载内容一致。如今试图依据渡边世祐博士所著《稿本石田三成》一书，列举各类异说。

关原合战当时，隼人正并非身处佐和山[①]，而是和毛利辉元[②]、增田长盛[③]、长束正家[④]等嫡子共同作为人质，滞留大阪城内。一说九月十九日夜，隼人正在乳母和名为津山甚内的武士帮助下，自大阪逃至京都，进入妙心寺[⑤]寿胜院内，寺里将此事告知所司代奥平信昌[⑥]，不久，得德川家康令，留隼人正性命。遂剃其发，赐号"宗享"，后成为寿胜院第三代大禅师，于贞享三年（1686）闰三月八日圆寂。但随隼人正而来的津山甚内却不知所终。那乳母嫁与妙心寺南门前下赖净

[①] 古近江国东城郡的山城，是近江国一个重要的据点。位于今滋贺县彦根市。
[②] 毛利辉元（1553—1625），日本安土桃山时代至江户时代前期的大名，关原之战西军总大将，丰臣"五大老"（丰臣政权末期制定的职务）之一，另几位为德川家康、前田利家（死后由其子前田利长递补职位）、宇喜多秀家、小早川隆景（死后由上杉景胜递补职位）。
[③] 增田长盛（1545—1615），丰臣"五奉行"之一，日本战国时代、安土桃山时代至江户时代初期的武将。
[④] 长束正家（1562—1600），丰臣"五奉行"之一，日本战国时代至安土桃山时代的武将，关原之战失败后自杀。
[⑤] 位于日本京都市右京区，原为花园天皇的离宫萩原殿，天皇退位后改建为禅寺，为日本临济宗妙心寺派，本尊为释迦如来。
[⑥] 奥平信昌（1555—1615），日本战国时代武将至江户时代初期的大名，先后侍奉过武田家、德川家，参加过关原之战。正室为德川家康长女德川龟姬。

圆,据说为田宫氏先祖,如今仍傍居妙心寺。

此外,据《岩渊夜话》所述,宗享禅师受泉州[①]岸和田城主冈部宣胜扶助,最终老死岸和田。而《古今武家盛衰记》《诸家兴废记》《翁草》等所记述内容又有不同,一说隼人正自大阪脱逃是在九月十七日夜;一说津山甚内应是乳母之父津山喜内;另有一说称名叫和田千之助的武士,跟随隼人正逃亡奥州[②],托津轻为信[③]藩地内的相识之人帮助,偷偷潜入,装作门客,幸而逃过搜查,留下一命;还有说津轻家名为衫山氏的旧臣,即是三成之子孙。

如上诸说,皆称隼人正平安长寿,与《丰内记》所述的悲剧故事截然不同。据《户田左门觉书》所记,三成之子左吉自佐和山逃至高野,但无法明确隼人正与左吉是否为同一人。则只能推断,三成遗嗣中应有一人遭遇《丰内记》所述之难。《丰内记》还写道:"治部少辅多女",大概可以佐证他有好几个女儿。但嫡子隼人正的事迹如前所述,众说纷纭,莫衷一是。关于其女的情况,也仅见于一两部书的零散记述中,详细内容一概不知。

《稿本石田三成》中写道:"三成之女中,确有在关原之战中幸而存活者。"《板坂卜斋觉书》记载,家康于关原之战后,释放敌方妻女。其登位为将军时,曾与其敌对之人的妻女,亦于京都堀川

---

① 即和泉国,日本古代令制国之一,俗称泉州。其领域大约包括现在大阪府大和川以南地区。
② 即陆奥国,日本古代令制国之一,领域多有变动,一般包括今福岛县、宫城县、岩手县、青森县、秋田县及东北鹿角市、小坂町等地。
③ 津轻为信(1550—1608),日本战国时代、安土桃山时代及江户时代早期的大名,陆奥国弘前藩初代藩主。

观礼。于佐和山战死的正澄①之妻亦未受追责，平安活到庆长十二年（1607），于当年二月二十八日去世。三成之女亦有幸存者。据说其中一女嫁与丰后国②的安岐城主熊谷直盛③，另有一女嫁与尾张国④的犬山城主石川贞清⑤。

另外，据《常春藤拔萃》记载，德川赖宣⑥时期，纪州地区有个民间医生叫作佐藤三益，赖宣听闻其妻为三成之女，遂命大臣查证，得知她确在关原之战后，得乳母机智救助而幸存。赖宣深切怜悯其经历，赐了她三十名帮佣。另有传言称，熊泽蕃山⑦之弟——泉忠爱之妻是三成外孙女，亦是阿波国⑧人箕浦平左卫门的女儿，即平左卫门之妻乃三成之女。若这些传言属实，则可认为三成的子孙后代广布各地，各得良缘，幸福而终。

而《丰内记》所述"难以栖居洛中，遁匿西山，摘菜、汲水、伐

---

① 即石田正澄（1556—1600），日本安土桃山时代武将、丰臣家家臣，关原之战时与父亲正继守备佐和山城，战败后自杀。
② 日本古代令制国之一，也称丰后、丰州，领域包括今大分县北部以外的大部分地区。
③ 生卒年月不详，日本安土桃山时代武将、大名，先后仕于丰臣秀次、丰臣秀吉，安岐城主，于关原之战时战死。
④ 日本古代令制国之一，亦称尾州，领域包括今爱知县西部。
⑤ 石川贞清（？—1625），日本安土桃山时代至江户时代初期大名。
⑥ 德川赖宣（1602—1671），德川家康第十子，德川秀忠之弟，江户时代著名民政家，江户三百藩之纪伊藩藩祖，德川幕府御三家（除德川本家之外，拥有征夷大将军继承权的三支分家）之一。
⑦ 熊泽蕃山，生卒年月不详，日本江户时代前期，阳明学派最主要的代表人物，提倡儒学，主张实行仁政。
⑧ 日本古代令制国之一，领域为今德岛县。

木，离世静心，供佛度日"，又作何解呢？尤其是据江村专斋的《老人杂话》记载，三成之女中甚至有沦为歌伎之人，"舞女名为常盘，招之即来，自称石田三成之女。如此一来，真西山孙女亦为歌伎"。

如若父亲三成享年四十一岁，膝下应多为幼女，同胞姐妹中竟有两人嫁与城主，其他人或嫁与武士，或嫁与民间医生。削发为尼或沦为歌伎之说暂且不提，莫非她们嫁入夫家后，因其谋逆者后代的身份，遭丈夫疏远冷落？还是仅关原之战时未至婚期的妹妹们四处飘零呢？若是如此，生活幸福的姐姐们，为何对身陷囹圄的妹妹们袖手旁观呢？何况，若长兄尊为妙心寺的大禅师，四个姐姐又嫁入高门，妹妹们为何不去求援呢？或许身为谋逆者后嗣，就算互相知道手足的存在，也唯恐提及父亲之名而不通音信吗？时至今日，提起此般种种疑问，也无从得知其原委，细细追究并无裨益。但我曾在数年前，读过一本题为"安积源太夫闻书"的旧抄本，对于书中所载的三成之女，究竟是前面提及的哪一位甚为好奇。

《安积源太夫闻书》乃前述故事之依据，但老实说，此书是否值得信赖，或是后来的好事者作伪，我并不详知。但要说读此抄本的缘由，那是在我蛰居高野山龙泉院，撰写《盲目物语》时的事，应当是在昭和六年（1931）。一日，我收到来自江州[①]长滨町的某人来信，现摘录信中主旨如下："我拜读阁下登载于杂志《中央公论》[②]九月刊中《盲目物语》一文，感悟颇多。故事描写战国时代女性命运之悲

[①] 即近江国，日本古代令制国之一，俗称江州。领域大约为今滋贺县。
[②] 日本综合性月刊，前身为明治二十年（1887）创刊的《反省会杂志》，经多次改名并逐渐发展为综合性杂志。

哀多舛，能将此描述得淋漓尽致，阁下之笔力毋庸置疑。但事实上，除此之外还有两个特别吸引我的理由。其一，敝人远祖恐自故事中的盲人主人公所居时代起，便居于江州长滨；其二，敝人家中自古秘藏《安积源太夫闻书》抄本，其内容为：一名曾属石田治部少辅部下的武士因故失明，沦为逆贼丰臣秀次[①]的守陵人。我不知此抄本自何时起为家中所藏，亦不知此书作者安积源太夫是何人。但此书若真实可信，则源太夫当为宽永至天和年间的武士，壮年时期曾滞留京都。敝人一族中有以安积为姓之人，或源于此，但查看安积氏家谱，并无明证。期盼他日能求专家鉴定，明确此书是否具有历史价值。此次拜读《盲目物语》，想到此书，或可为阁下用做参考。"

这位还在信中写道："我向阁下推荐品读此书，并非乞求阁下鉴定，我不知阁下撰写《盲目物语》的资料和构想源于何处，只是碰巧手头得此书，与其时代背景相同，但内容不同的另一个'盲目物语'，我不敢妄言自己珍藏之书优于阁下所著，但比较之下，此书中盲人所经历之舞台极富色彩，体现的悲剧故事之异常与深刻，丝毫不居下风。若得阁下灵笔，将其改写为故事，定能让人们在故事中得到更多感动。如此看来，阁下作为小说家，或许也无须深究此书的历史价值。"

我由于职业关系，常会收到未曾谋面的读者寄来这类介绍，虽

[①] 丰臣秀次（1568—1695），日本战国时代政治家、公卿，太政大臣丰臣秀吉的养子和外甥，生母为秀吉亲姐姐。秀吉前二子皆早夭，便指明秀次为继承人。但之后秀吉再得一子（秀赖），便开始转变对秀次的态度，秀次有所察觉而自暴自弃、作恶颇多，后被秀吉流放并赐切腹自尽。

大多以失望告终，但当时仍对这类书籍抱有兴趣。总之我给这位读者写了回信，恳请借阅此书。他再次回复道："请您阅毕尽快归还。"同时寄来了书籍。如此人所言，我不过一介小说作者，无甚古籍知识，本无鉴别此抄本真伪的资格，便事先批注申明道："时天和二年（1682），壬戌年阴历二月记之，安积源太夫六十七岁。"

读其序言部分，安积源太夫年轻时定居京都，某年——宽永十八年（1642）秋，在嵯峨释迦堂附近的草庵里，拜访了一位老尼——石田三成之女，听说了她的童年往事。老尼用草叶擦拭着眼中秽物，命其记载下其中尤为打动人心的、时至四十年后的今日仍无法忘怀的种种情节，以流传后世。前文所述的守陵盲人，即是在那老尼的故事里提到的，如此一来，此书定是关于老尼的身世。她又说道，此为幼年时由乳母陪伴，逃离佐和山，欲托熟悉都城者引路，与那盲人不期而遇的来龙去脉，则只叙述与他相关之事，从内容上来说这盲人毫无疑问是故事的主人公，自然便成了第二盲目物语。

其二

上述抄本之文体与小濑甫庵①的《太阁②记》《信长③记》相似，叙述方法也与那时的军记类作品无甚差别，此书特点如前所述，在于其以盲人所述为主旨，且一直通过老尼的口吻，或者说从老尼生平的一部分来讲述此事。即此书的作者安积源太夫，唤起自己四十年前探访嵯峨草庵的记忆，无法忘记与那老尼促膝长谈所听闻之事。从中派生出的另一个故事，反而占了更多篇幅，时而直接叙述，时而间接叙述，结果难免成了盲人告诉老尼、老尼告诉作者这般转述又转述的过程。并且，作者从老尼那里听说此事是在四十年前，老尼从盲人那里听说，更是四五十年前的事了，其时间跨度可想而知，因此无法断言其回忆绝无差错。再者，其写法也多有不通畅之处。但抛开此般不确定性，如今读来仍凄恻感人，随着故事的展开，盲人沉痛的言辞似历历在目，实在深感肺腑。

盲人所言容后细说，先来看看老尼的陈述。她说庆长五年（1600）佐和山城陷时，她大概十岁，如此说来安积源太夫探访嵯

---

① 小濑甫庵（1564—1640），日本江户时代初期儒学家、医师、小说家，自幼喜爱中国文化，在家乡拜师学习儒学及中医。青年时代从政，以医道侍于关白丰臣秀吉。下文《太阁记》一书，记叙了丰臣秀吉一生事迹，具有极高的史料价值和文学价值，在日本文学史上有一定地位。
② 即丰臣秀吉（1537—1598），原名木下滕吉郎、羽柴秀吉，是日本战国时代、安土桃山时代大名、天下人，著名政治家，继室町幕府之后，首次以"天下人"的称号统一日本，战国三杰之一。
③ 即织田信长（1534—1582），日本战国时代、安土桃山时代大名、天下人，战国三杰之一，另两位为丰臣秀吉、德川家康。

峨草庵时，正值宽永十八年（1642）秋，她应是五十一岁左右。但据源太夫所见，老尼肤色白皙，目光澄澈，气质非凡，面容肌肤仍泛光泽，看起来不过四十二三岁。其举止高雅自不必言，姿势言谈皆优美非常，虽是尼姑，却处处婀娜，无人可比。闻书的作者如此写毕后又说道，传闻此尼姑曾赴宴席为人助兴，她无依无靠且身为女子，又是谋逆者之女，遭世人疏远，处境艰难，或许不如此便无以为生。若此事属实，她年轻时的姿容定是令都城中人追捧。因此我想，这老尼莫非就是《老人杂话》中所述三成之女、那名舞伎常盘的第二重身份吗？《闻书》中仅说此为传言，并无提及常盘之名，但我总觉其中有所关联。

据源太夫所述，那老尼所居草庵位于嵯峨释迦堂东北方、通往大泽池路旁的灌木丛荫处，仅两间简陋草屋房，一间较宽敞的充作佛堂，同一个十三四岁的小姑娘两人居于此，早晚供奉神佛。虽距都城不远，却是一处冷清之所，平日里无人问津，老尼也似乎不喜与人接触。笔者源太夫称不问老尼生平过往，于某个秋日拜访释迦堂时，得以由和尚引荐与其相见。或许笔者出人意料地格外年轻，与黑色袈裟裹身却仍难掩美色的尼姑共处狭窄一室，促膝交谈，一边抚慰其孤寂生活，一边为自己的冒犯致歉，逐渐引出老尼的身世。

起初，无论问及何事她都仅仅答道"羞于启齿"，似是想逃过好事者的目光，频频俯首躲避，回答时有中断。源太夫无意中看见安放小如来的佛龛里立着写有"江东院正岫因公大禅定门"的牌位，正是三成的法名，便立刻起身上前，恭谨奉香行礼。见其举动，尼姑的态度略有缓和，似显出愿意作答之貌。

顺带说明，那牌位上的法名是三成皈依佛门时，大德寺①的圆鉴国师为其所选。石田氏灭亡后，国师仍念与其生前深交，建其一族的慰灵塔，并收敛三成遗骸，建起墓碑，时常为之祈祷冥福。庆长七年（1602）十月初一，于三玄院祭奠故人逝世三周年，诵佛偈②道："自启一炉烧归魂，早梅香动出前村；即今欲问三年别，十月桃花终不言。"

国师这般的出世禅僧，吊慰此等风云儿郎之灵、为其做法事并不足为奇。但在德川氏霸业已定的当时而言，即便是家人亲属亦无参拜者，更遑论上香供花之人了。而看见不过是个路人的源太夫，竟出人意料地拜谒父亲牌位，尼姑的感激不难察知。如此渐渐被这位特意来访者的好意打动，开口谈论起来。但即便如此，源太夫的提问一旦涉及尼姑自身，她仍含糊其词，令人不得要领。也就是说，尼姑所述之辞为父亲三成受刑身死前后的两三年里的遭遇和见闻，以倾听来自盲人的转述为主。而她自己是如何出家为尼，成为这间草屋的主人之前历经多少人世浮沉，却只字未提。相比她转述盲人所言，幼年时迫于战乱而体会到世事无常的悲伤，在此后留存为她记忆里最深刻的印象。另外，为了不让听者对唯一的故事失去兴趣，将话题的重心引向盲人的悲剧一方，尽量回避被触及自身的问题。

据尼姑所说，庆长五年（1600）九月十八日，城池危在旦夕，一

---

① 日本寺院名，创建于1352年，位于今日本京都市北区，是京都最大的寺院，也是禅宗文化中心之一。大灯国师为开山祖师，后经战乱被焚，一休大师以80岁高龄任大德寺住持，又重建了大德寺。丰臣秀吉曾在此寺内举行织田信长的葬礼。
② 佛家语言，类似俗称的名言警句。

众家臣皆挥刀自戕之时，她自己做好了必死的觉悟，小小的手紧握着短剑柄，却被母亲拦住苦苦劝道："你年纪尚小，又是女儿身，万一被敌人发现，或许会大发慈悲放你一马，切勿急于自尽，能逃便逃！你父亲或未战死沙场，一定隐忍栖居某处。你是全家唯一可能幸存的人了，定要见到你父亲，一起替我们祈祷冥福便好。"她攥住母亲衣袖哭喊央求道："今日若与母亲分别，此后如何是好，请让我与您一同赴死吧！"但母亲却叫来乳母拉开了她，无奈之下含泪离城。尼姑并未透露这里提到的"母亲"是父亲三成的正室还是侧室，也未说明自己是否有兄弟，料想她应是庶出之女，不受重视反而得以平安出城吧。乳母拉着她的手，她却拼命挣扎着，不愿离开母亲身旁，但翻滚的火焰却把她与母亲隔开，乳母在一旁焦急催促着。此时比起悲伤，心里还是先想着避开飞溅的滚烫火星。最终回过神来时，已是潜入远离战乱的僻静深山老林里了。

处于此地，她明白已不必畏惧火焰的灼烧，也不必担忧敌人的追捕，于是又想起了母亲，心中仍是为自己被乳母带出城避难而懊悔不已。看着城池上空泛起浓烟滚滚，又引得泪水盈眶，想着母亲已在浓烟中殒身，心如死灰，却还是对乳母胡搅蛮缠道："求您了！带我去那儿，去母亲身边，到那烟幕里去！"乳母担心她的声音传到林子外边，便对她使眼色，"嘘"地小声斥责制止她。"公主！"乳母责备道，并用手捂住她的嘴。乳母见她渐渐平复、止住哭泣的样子，便说道："进城后也并非没有合适的熟人帮忙藏身，确认你父亲是否平安之前，好好活着便是。"

但她当时年仅十岁，是如何理解乳母反复说到的"父亲大人"的呢？父亲曾是"五奉行"之一，权势强盛，天下无双。此次为对抗江户内府而调动京都兵力，是一个能够聚集大军的大人物。他将自己和母亲安置在华美的城池中，身边众多侍女伺候，作为大名①的内人、女儿幸福度日，父亲对自己来说，无疑是值得感谢的人。但要说家人亲情，于她而言，父亲未免过于高大、过于疏远了。自她懂事以来，父亲就算偶尔归来，也多半是和武士们密议京都或江户的形势。实在是一个过于繁忙、从未好好疼爱孩子的父亲。这样的父亲在女儿的眼中，仅仅是一个"英雄"，与其说是亲情，不如说是敬畏感更强。她为父亲战败而感到遗憾，也祈祷父亲能平安得救，如今母亲已死，或许也无心期盼父亲卷土重来了。再度现世、再次得到大名的财富和权势，并重建被烧毁的城池，这是父亲无比期待的事。但于她而言，对于在没有母亲的城池里的生活，她已不再有任何留恋。

女儿的心思大抵可想而知，但乳母反复的劝慰之词，使她幼小的心摇摆不定，甚至怀疑父亲或许真能获救。如此情况之下，二人相伴逃往京都。如《丰内记》中所形容的隼人正的经历一样，二人在九月下旬的寒冷晚风中瑟瑟发抖，胆战心惊地避开往来人群的视线，穿梭于混杂着战胜之后耀武扬威的关东军，以及落荒而逃的败军的街道之中，耗费了数日。但比隼人正幸运的是，乳母并不似那个看护一样薄情寡义，将女孩儿平安带到了城里的熟人家中。进城途中听到不少关于父亲三成的传闻：有的说他必定还隐匿于伊吹山，有人说他藏身于故乡石田村某个曾施旧恩的平民百姓家；有人否定道，三成这般武士

---

① 日本古时封建制度中对领主的称呼，一般指占据一国（令制国）或数国的封建武装领主。在室町幕府时代、安土桃山时代、江户幕府时代的待遇各不相同。

不可能苟活，定是为了尸身不被发现，而让家臣把自己的头颅和躯干分别埋葬了；也有人猜测道，或许他乔装改扮，说不定就沿着这条路去了大阪，打算集合军力，再次举兵攻打德川大人；还有人像煞有介事地谎称自己亲眼看到了治部少辅刚被捉拿回京。每每听说，她们时而拍着胸口放下心来，时而又提心吊胆。

两人过濑多桥时，看见许多往来行人在一块公告前止步围观，不禁也停下脚步，乳母匆忙念道："一、石田治部，备前宰相，两三人于岛津捕来，作为御用献礼，下旨降罪，永代不得为官。二、其身旁有两三随从，成事不足，可讨之，诸位中有告发者，可下旨赐黄金百枚。三、其村中差送应上报其途中境况，知情不报者与其一类论处。关乎其居所、传闻等皆应上报。"念罢便偷偷拉着公主的衣袖示意她赶紧离开，二人从人墙中钻出来，乳母说道："放心吧，您父亲安然无恙。那块告示立着，就说明您父亲仍隐匿于某处。通告说会奖励逮捕他的人云云，但他藩地内的百姓皆受其恩惠，谁能忍心用绳子捆住自己的旧主呢？"乳母又安慰道"不要灰心，很快便会迎来相见之时"云云，但她心里显然并非如此想的。

进入大津城①，便听闻昨日在石山逮捕了一名优秀的武士，称自己知道治部少辅的下落。她们不露声色地靠近群众聚集之处细听，并拉住了一个博闻多识的长者询问，确认那名武士名叫小幡助六郎信世②，正是俸禄两千石的家臣。据说信世随主出征关原战场，却不知何故流落石山，被当地民众逮捕。但令人心生敬佩的是，他被带到大津军

---

① 日本古城，今大津市为其旧址上重建而成，是滋贺县厅所在地。
② 即小幡信世（1571—1600），石田三成的家臣。

营,受德川大人亲自审问,德川问道:"你不可能不知道你主人三成的下落吧?"他却干脆地拒绝透露:"如您所说,我十分清楚,但若说出来,便是违背了武士道精神。无论如何拷问,就算粉身碎骨,我也绝不会坦白的。"

其实信世并不知道三成的去向,甚至尚在战场时便不知主人行踪,心里猜测或已逃往京都,便寻其踪迹到了石山,德川大人亦猜测到其内情,说道:"不,他并不知情。但此人值得敬佩,杀掉实在可惜,放了吧。"信世当即被释放,却并不以此为喜,说道:"我与主人分离便再无生存价值,又被人所捕而受辱,不如自裁!"遂切腹自尽。其毅然赴死之事迹为世人所知,人们纷纷评头论足道:"真是个值得敬佩的武士!治部少辅真是得了个优秀的家臣啊!"

"小幡助六郎大人英勇之名极盛,才能有此举啊!"乳母亦深受感动,说真正的忠义便在此时体现。"公主与我偶经此地,亦是缘分,实当拜祭遗体,在别处上供,然无法如愿,实在可惜。"迎着比叡山①的狂风前往逢坂山的路上,乳母流着泪如此感叹,又愤然道,"田中兵部大辅②着实可憎!忘恩负义!"

路上又听闻别人议论纷纷,说应德川大人命令生擒治部少辅的便是田中兵部大辅。"原来如此,兵部那位大人与我们大人素来亲近,

---

① 横跨今京都市左京区和滋贺县大津市的山脉,别称天台山,自传法大师最澄由唐朝回国后,就一直是日本天台宗的总本山。
② 即田中吉政(1548—1609),日本战国时代、安土桃山时代武将,江户时代大名,通称九兵卫。兵部大辅为日本古代官名,是兵部省次官职称。兵部省是管理武官的人事、诸国的兵马、城池等一切军务的部门,负责录用京都和地方的兵士并制成名簿。

又是同乡，这样的人派出追兵，至伊吹山麓各村落，于山路、山谷间，甚至掘土撬岩般地搜寻，大人恐怕无法安心藏身了。想必现在一定饥肠辘辘，也无法潜入村子里觅食，只能独自一人隐匿于深山。此处街道日落后总令人心慌惊惧，何况是夜晚的深山，寒冷自不消说，或许还有野猪、野狼出没。若有人能捧来一碗热粥或泡饭就好了，大人身边不知是否有武士陪同，还是孤身一人呢？前有石桥山的赖朝公[①]为例，但他巧妙摆脱了困境，再逢吉运。大人遭此横祸，都是田中兵部大人干的好事。他靠着大人的推举安身立命，从前秀次公谋反时，太阁大人曾对他起了疑心，最后得以被宽恕，是受了谁的荫蔽啊！想想那个时候，他怎么能狠心对大人引弓呢！依附于德川大人之势，便加入佐和山城敌对之列，甚至受命抓捕大人，这算什么！"乳母气愤地自顾自理论道。

到京都安顿下来后，如"今日摄津守[②]被捕""今日安国寺[③]出事"此类的传闻每日不绝于耳。公主每每听说，都预感心中所想的噩耗即将传来，已灰心了大半。某日傍晚，她一眼看到了从外头急匆匆赶回来的乳母的神色，心里便想到"终究还是来了"。据乳母说，城

[①] 即源赖朝（1147—1199），日本平安末期至镰仓时代的武将、政治家，镰仓幕府时期首任征夷大将军，也是日本幕府制度的建立者。平安时代末期武将源义朝的第三子，名将源义经的异母兄长。
[②] 即下文提到的"小西摄津守"，小西行长（1558—1600），日本安土桃山时代后期武将。摄津为日本古代令制国之一，领域大约包括今大阪市大部、堺市北部、北摄地区及神户市须磨区以东。
[③] 即安国寺惠琼（1539—1600），日本战国时代、安土桃山时代的佛教僧侣、大名。

里人人议论道治部少辅已被捕，说九月二十一日，治部少辅出现在江州伊香郡一个叫古桥村的地方，被兵部大辅门下叫作田中传右卫门的家臣抓捕。详情未明，只听说最初大人是逃往伊吹山，在那出与随行武士分别，仅带着渡边勘十、矶野平三郎、盐野清介三人前往浅井郡草野谷，又从草野谷进入大谷山，暂隐于山中。不久，三人亦辞行，大人孤身自高野村赴古桥村。说是由于古桥村为其先前领地，且村中法华寺三殊院里，有个叫善说的僧人，曾是他幼年的老师。僧人受大人请托，助其藏身一两日，但村民很快便有所察觉，于是又逃至名叫与次郎太夫的同村百姓处。与次郎太夫是个值得称赞的好人，接纳了曾对自己有恩的大人，将他安置在家附近的岩洞中，偷偷送去食物。但日子一长便传入里正耳中，再无法隐瞒了。大人知道与次郎太夫为难，彻悟自己运数已尽，前往兵部大辅军营自请受捕。

乳母将公主叫到隐蔽处，将自己在街上所闻之事悉数告知，又哭诉道兵部大辅可恨。据与次郎太夫申诉说，田中传右卫门负责抓捕，将其运送到井口村暂住三日后，由兵部大辅亲自押送，经犬上郡高宫、宿首山一晚，第二日便到了大津内府殿的军营里。每日不知何人透露消息，将父亲境况传达得巨细无遗，大街小巷里人们口中的议论也传入避世而居的公主和乳母二人耳中。由于是京城好事者添油加醋的宣传，难辨真伪。据说父亲在逃亡途中苦于食物匮乏，竟采食路旁野草稻穗。加之委身于岩洞中，腹部受凉，被捕时还苦于腹泻。兵部大辅到底没忘昔日交情，优待父亲，给药医治，父亲亦欣然接受，饱餐了一顿韭菜粥后酣睡一场。兵部大辅虑及父亲心情，敬佩其先前统领上万将士的非凡气度，但奈何胜败天注定，便露出安慰的神色与其寒暄，但父亲却满不在乎地笑道："为秀赖大人除害，报太阁大人之恩，只恨自己武运拙劣，却无怨无悔。此为太阁大人所赐，请作为我的遗物收下吧。"说罢便将贞光①短刀给了兵部大人，且仍直呼兵部大辅为"田兵"。

此外，他被带往大津军营时，内府大人②命人在军帐门外铺好榻榻米，将父亲用绳缚住安置其上，供往来众将士观赏。有人说福岛左卫门太夫③经过时，于马上怒声斥道："你发动无益之战，才落得如此下场！"父亲毫无惧色，抬头反讥道："我运气不佳，未能生擒尔等，实在可惜。"有人说福岛大人走后，黑田甲斐守④大人经过，看见父亲立即下马，恭敬招呼道："您运气不佳，想必很遗憾吧。"说着还体恤地脱下身上穿的外褂，替父亲披上。有人说筑前中纳言，即那个叛徒小早川大人⑤，本可止步，却因想看父亲被捕之境况，不听他人劝阻，偷偷窥视其貌。父亲怒目瞪视秀秋，厉声骂道："我不知你有二心，是我失策。但你忘却太阁厚恩，背义失约，于关原之战叛变，恬不知耻！"中纳言大人闻言无话可说，面红耳赤地退下了。

然而还有人说，内府大人替父亲松绑，并以厚礼相待，因父亲曾

---

① 日本名刀品牌。
② 即德川家康。
③ 即福岛正则（1561—1624），日本安土桃山时代、江户时代的武将、大名，其父为福岛正信，其母为丰臣秀吉的阿姨。
④ 即黑田长政（1568—1622），日本安土桃山时代到江户时代初期武将，父亲为黑田孝高。甲斐，即甲斐国，日本古代令制国之一，境内多山。
⑤ 即小早川秀秋（1582—1602），日本安土桃山时代至江户时代初期大名，曾为丰臣秀吉和小早川隆景之养子。关原之战时从属西军，但实则是东军内应。

闻书抄 | 079

为"五奉行"之一，便赐以佐和山二十三万石规格与其相会。其时父亲交由本多大人[①]看押，本多大人对父亲说："秀赖大人尚年轻，不辨是非黑白，你却无端引战，受此绳缚之辱，实在可笑。"父亲却答道："不，我考量天下形势，担心不灭德川便无益于丰臣家，才说服各大名起兵开战。不想强行拉入本无意引战之辈，于紧要关头出现了通敌者，才使原本必胜的战局遗憾落败。"本多大人又说道："智将考量人和，懂得审时度势。而你不顾诸将未同心合力，便草率引战；战败后不引咎自裁，却被敌所捕，不符你平日做派。你对武略一概不知，和你这种人谈论大将之道也无济于事。"父亲闻言，紧闭双唇，再不开口。

每日听闻此类传言，不绝于耳。二十六日，内府大人为参见秀赖大人，正赶赴大阪正门，与此同时得知父亲也被送往大阪，途中由柴田左近、松平淡路守二人护送。父亲同小西大人、安国寺大人一起，脖子上被套上铁链，困于囚车中，一到大阪便游街示众。后被送往堺町，同样游街示众。据说翌日将被押回京都巡街。

关于此事也有诸多传闻。父亲、摄津大人、安国寺大人被捕时皆衣衫褴褛，一副逃亡者的落魄姿态，内府大人乘车看见此状，说道："此三人终究是一国或一城之主，尤其治部少辅身为执掌天下政务之人，就算兵败而无处容身，那也是武家常事，不足为耻。如今此般衣衫褴褛而于京都、大阪示众，非我等同样身为武士之辈的本意。"便

[①] 即本多忠胜（1548—1610），日本战国时代至江户时代初期武将、大名。十岁即侍奉于松平原康（后改名德川家康）身边。其人忠义骁勇、战功卓著，被称为"战国第一猛将"。

赐三人窄袖便服，摄津守与安国寺大人欣然接受，并向内府大人谢恩。父亲却面露不解，问道："这到底是谁所赠？"身旁人答："此为江户之殿下所赠。"父亲又问道："江户殿下是哪位？"对方又答："便是德川殿下。"父亲闻言，大胆嘲笑道："何必称他为殿下，能称得上殿下的，除秀赖大人无他。"

说起父亲，他受太阁大人所重，虽出身微贱却优秀出众，是女儿眼中唯一伟大的男人。如今山穷水尽，却仍不屈于德川大人威势，仍拼死反抗，确是父亲素日气魄，因此猜测传闻应当属实。但想到如此刚毅的父亲被困于囚车，铁链锁颈，游街示众于大阪、堺町，比起可悲可叹，更能感到心中满腔壮烈之情。据实说来，即使战败也不输气势的父亲，应当比摄津守大人和安国寺大人之辈更伟大，或可称为英雄气魄。但父亲被示于街道，受污言秽语辱骂唾弃，但他苍白的脸上却露出坦然的微笑，仿佛傲视众生，自命不凡。怯懦的女儿别说目睹，连想象此景都觉得惊惧可怖，毛骨悚然，悲痛万分。当听说父亲又被送回京都，关押在所司代①奥平大人的宅邸中时，仿佛觉得他就在自己附近，既生怀念，又觉畏惧，不禁身体发软。

如此到了十月一日，终于在京都游街示众后，将于七条河原斩首。当天，她只在别处见父亲最后一面，未能决心与其辞别。公主与乳母二人整日畏缩家中，后来听闻，按照第一辆车载父亲、第二辆载

---

① 即京都所司代，是幕府在京都的代表，负责幕府与朝廷的交涉，向朝廷传递幕府的指示；同时也负责监察朝廷、公家贵族和关西地区各大名，并将大名上报公文先送交幕府审查。此外，京都所司代也管理京都治安、裁决近畿地区的诉讼和管理京都、伏见、奈良各地的町奉行。

安国寺大人、第三辆载小西摄津守的顺序，囚车沿路南行，经室町大道出寺町，到达七条河原。围观群众极多，从远近闻讯而来的各类男女挤满街道。父亲至死仍然刚正不屈，将要砍头前，七条道场的僧侣准备为他诵经念佛，也被父亲拒绝道："不必！"

其三

　　以父亲为首的受刑三人的头颅，与在水口城自尽的长束大藏大辅①的头颅，一并悬于三条桥一隅整整三日。三天过后某日，乳母提议道："好了，外边风头已平静下来，今天就去祭拜一下您父亲吧！"乳母也担忧过，让孩子去见受刑后面目全非的父亲是否妥当。若路途遥远也就罢了，但父亲受死之处，就在近乎咫尺的河原，借宿在与父亲所处同一都城之内，又距离相近，或许就是父女缘分未尽的证据。乳母知道，公主一定想见自己的父亲，便唤她一道前往。他受刑前竟拒绝了僧人为他诵经，就这么孤独死去，实在可惜。乳母便说道："若是公主去为您父亲祈福，无论怎样的得道高僧诵经祭祀，都无法相比。"天色渐暗，黄昏时分，她们避人耳目，偷偷出了门。

　　乳母之言固然有理，但若论公主心里的真实想法，她不禁怀疑父亲是否也想见自己。她做梦也想象不到，即将受刑被斩首时，父亲真

---
① 即前文所述长束正家。大藏大辅为日本古代官名，是大藏省次官职称。大藏省是管理诸官厅的收支、诸国的田地课税、货币、金银、物价的部门。

的会想起自己，担忧自己现在处境如何吗？之前居住的城池中有大把的兄弟姐妹，父亲甚至不曾好好和自己交谈过，况且他也没有特别的理由记住自己的存在。临死前，父亲的脑海里大概已抛却了对家人的眷恋，只剩下未消的雄心未抵和壮志未平在心中燃烧吧。因此才对俗世功名依依不舍，不肯相信弥陀普度众生的慈悲吧。父亲并不会为了自己的祈福而感到欣喜——年幼的女孩儿牵着乳母的手，心里带着这种隐秘而模糊的想法，一步步向前走着。天气晴朗，地面暮色渐浓，这三日月光似乎更明亮，比之半月前在近江路上的颠沛流离，此时从河原吹来的夜风同样刺骨。

　　来到并排的四颗头颅前，沉默地牵着公主之手的乳母从斗笠下环视四周，趁着无人时给她使了个眼色，悄悄解开了斗笠的系绳，从袖子里拿出一串念珠。公主也学着乳母的做法，蹲在地上诵了会儿佛经，再次抬头时，便可仰视悬挂的头颅，恐怕这是她第一次认真地直视父亲的面容。父亲的脸上挂着她至今从未见过的奇异的表情——鼻翼两侧有阴影，双目紧闭，两眼周围凹陷发黑，或许也有傍晚光线昏暗的缘故吧。但从关原之战战败，至前几日受刑为止，这半个月里的身心疲惫，也让父亲憔悴不堪。饥饿、寒冷、腹泻和连续六天的风餐露宿之后，又被绑、受刑、困于囚车中到处游街示众，他抵抗着诽谤，承受着屈辱，愤怒、苦闷、悔恨交织于心，怎能不使他日渐消瘦呢？虽是如此，他其实也并非听信传闻，而自发想象出来的那样形容憔悴。先不论死者头颅所散发的凄惨气息，他的脸上已不见生前盛气凌人的气魄，成了一副超越俗世争斗的、神清气爽的神态，仿佛在说着："我终于卸下了重担，可以放松了。""如果父亲生前，对我露出如此温和的表情，大概会让我更仰慕他吧，或许让父亲这般固执的人发生改变的只有'死亡'吧！"——女孩儿如此想着，心中开始泛起悲伤。作为孩子叹息父亲的逝世，为父亲死于非命的伤感，重新在心中涌现。

乳母道："我知你心中不舍，但若一直站在此处，路人定会生疑。祭拜完了的话，我们就快回去吧，趁天还没黑。"女孩儿对着另外三颗头颅，按次序祈祷过来，又一次回到父亲面前呆立片刻，开口向乳母问道："奶妈，那是什么？"手指着的是头颅边立着的一块小小的白木牌。其实她从刚才开始，就一直在微弱的光线中透过那一轮新月的光芒，看着那块牌子上写的像是和歌①的文字："石田治部大人，封地旱而三成亡。"歌词内容即是如此，但当时的女孩儿并不明白，那是恶作剧者所写的、嘲讽父亲之死的涂鸦。

"公主，"或许乳母早就发现了那块牌子，只是不想让她看见，"走吧，不早点回去的话，走夜路会很危险。"说着便突然用力牵起她的手。"但那到底是什么？"大人越是如此回避问题，小孩子反而越想知道原因，这似乎是他们偏执的癖好。小姑娘并未打算离开，看着那歌词，又看看父亲的头颅，仿佛想要找出二者之间的联系。那木牌字里行间提到"治部大人""石田""三成"这些词，肯定说的是与父亲有关之事，但说父亲什么了？以她现在的智力，无法解释这种别有深意的俏皮话。

"哎，奶妈，这写的是和歌吧？"

---

① 日本的一种诗歌，由中国的乐府诗经过不断发展演变而来，包括长歌、短歌、片歌、连歌等。

"不知道,管它写了什么。"

"这说的是父亲吧?没错吧?"

一不小心说漏了嘴,竟在这种场合喊出了"父亲",她自己也吓了一跳,乳母更是抢先一步"嘘"地向她示意,把她拉到自己身前,用斗笠下的瞪视代替了言辞斥责。此时,二人后方似乎有人往这边走了两三步,出人意料地走近了。

"喂——"有人喊道,"喂——"

乳母并未作答,把朝向来人一侧的斗笠帽檐拉低了些,并把怀里的女孩子抱得更紧了。乳母担心的不仅是刚才的话被人听到,更为有人悄无声息地接近而惊讶——即使要问话,也不必如此没规矩地贴近。她不想让对方看见自己的脸,因此也看不到对方的长相,不明来者样态,但从那蹒跚的步伐和沙哑的嗓音判断,应当是个老人。

"喂,夫人,冒昧打扰一下,您来祭拜治部大人的首级吗?"

未得回复,来者又道:"——我不问便是。但大人首级位于何处,面朝何方,请您赐教。夫人您瞧,愚僧眼盲,不是坏人。"

他真是失明的法师吗?不,或许是佯装失明,打算窥探二人行径,万不可大意。虽不知其来处,但失明者会在这种时刻,独自来到此处吗?乳母半信半疑,将公主护在身后,转而仰视发话者。只见那沐浴在浅淡月光下,衣着单薄而脏乱的男人,像乞丐一样拄杖而立。他自称"愚僧",或许是僧人打扮,依稀可见其领口挂着几颗大念珠,但很难分辨他身着之物是否为法衣,袖口和下摆都已磨破,头发也乱糟糟的。然而,他似是为了更好地证明自己确为盲人,昂首挺胸地抬起脸面对月光。

闻书抄 | 085

像是从未用剃刀似的满是胡须的脸上双目紧闭,在月光照射下,瘦削而满是污垢,无法估计大概年龄,说不定未必是上了年纪的老人。起初以为是老人,大概也是由于其失明而脚步虚浮、声音嘶哑吧。如此说起来,乳母甚至觉得在某处见过这个形迹可疑的乞丐。自二人入京以来,公主整日窝在家里,乳母则为了打听消息,每天上街探听各种传闻。定是在某处遇到过这个和尚,还不止一两次,而是数次与其擦肩而过,乳母这么想着,终于记起来这个和尚是住在河原的一所小房子里,名叫"顺庆"的修行者。

此处离开《闻书》之正文内容,加以注释。当时出现在公主和乳母面前的名叫"顺庆"的修行者,在其他文献中也有记载,可佐证确有其人。那时顺庆的小屋所在之处,也就是三条河原附近立着一块刻有"秀次恶逆冢文禄四年(1595)七月十四日"的石塔,顺庆在其一侧建了草庵,朝夕为秀次一族祈冥福。石塔下葬着丰臣秀次的首级,以及其子女妻妾的遗骸。那便是文禄四年(1595)秋,秀次遗族数十人被斩首的地点。依照京都瑞泉寺①的由来所述,顺庆殁后,此石塔因洪水冲击而毁坏,便无人造访故地。庆长十六年(1611),角仓了以②开拓高瀬川时,不忍其荒废,重修新冢,同时除去了石塔上的"恶逆"二字。并且,角仓氏还向寺里的中兴教高僧请愿,希望他主持法

---

① 位于鹤冈八幡宫东北,院内的庭园为禅宗庭园初期的完成形,是镰仓对狭窄山谷修造而成的寺院。
② 角仓了以(1554—1614),日本安土桃山时代以来的京都豪商。起初通过朱印船贸易起家,同时致力于国内河流开发,后疏通大堰河,又挖通富士川等河流,深受一方民众尊敬。

事，为死者追授法号刻于无缘塔。另外，他还用大佛殿①和聚乐第②的建筑余料创立寺庙，经幕府许可冠号为"慈周山瑞泉寺"。如今的瑞泉寺即为草庵旧址，从前的加茂河原十分宽阔。但顺庆处于何故为秀次一族守墓呢？此中缘由容后再述，总之从《闻书》来看，他确为盲人。

当时，世间之人普遍将恶逆之冢称作"畜生冢"，因此称这个修行者为"畜生冢顺庆"，三条河原一带无人不知。顺庆常由十四五岁的小和尚牵着，在京都街头游荡，或在某人家门口诵经，或被请入屋内进行保佑祈祷，每日靠着别人微薄的布施糊口。往往有此闲暇，孤身一人徘徊至河原或桥边，凭栏远眺，用失明的双眼俯瞰流水。每当此时，他总喜欢出声自言自语，引得路人不自觉地顿足侧目。很多过路人往往认为，或许因为他是个修行者而在念诵咒语。但也有人说那似乎并非咒语，而是在用普通的语言在说着什么。于是街上的人开始悄悄凑近其身旁，侧耳细听他所说的话。

"天下乃天下人之天下，关白③家之罪当归咎关白，天经地义。不应似庶民妻儿，造成今日狼藉之状，自由无拘束，终至今日政道。吁，切记因果报应，切记。"随之又两三次反复诵歌道，"人世间不昧因果，同乘车行，善恶共轮回。"

---

① 位于日本奈良东大寺，是日本现存最大的木结构建筑，始建于公元752年，是为安置殿内的15米高卢舍那大佛像而建。
② 日本安土桃山时代末期，丰臣秀吉于京都内野（即平安京大内里遗址东北），今京都市上京区兴建的城郭及府邸名称。
③ 日本古代官职，本意源自中国，为"陈述、禀告"之意，经遣唐使引入日本，后成为日本天皇成年后辅助政权重要职位，相当于中国的宰相。

闻书抄 | 087

发音不甚明确,仅为自己可闻而反复吟诵,听一两遍仍然难以听懂。自他一两年前在"畜生冢"边搭起小屋住下来后,长久以来总重复一样的话,听的人多了,便确认其言辞即如上所述。确认之后,人们便渐渐将他视作怪人或是疯子,不愿将他请入家中给予施舍,因此他渐渐窘迫不堪,几乎已沦为乞丐了。话虽如此,他究竟从何处来此桥下依然不明。从他念诵上述文字看来,恐怕是杀生关白①之遗臣吧?无论如何毫无疑问的是,他十分同情关白一族死于非命,批判政道之刑法残酷,因而咒骂丰臣家当道。正因如此,没人愿意和把此事挂在嘴边、随时可能招致灾祸的修行者扯上关系。

此时乳母已确认对方就是顺庆,稍微安下心来,但被恶徒抓住把柄仍觉不快,说道:"噢,你就是那个畜生冢的——"话刚出口便噤了声。

"是我。"仰视月亮的修行者把脸转向乳母的方向,下巴贴在长长的拐杖头上,"您认得愚僧,想必是这附近的居民。欢迎您大驾至此参拜,真是令人钦佩啊。"

乳母否认道:"哪里哪里。"然后在对方再次发问前,用手扶住了他的拐杖。"我们也是刚刚路过这里,不是过来参拜的,您问的首级……"她岔开话题道,"在这儿呢,您朝着这个方向拜吧。"乳母殷勤地替他指了方向,而后默不作声地用眼神示意,招呼公主快走。

然而,站在被告知地点处的那个修行者,却不知为何并没有

---

① 即丰臣秀次,其被丰臣秀吉收养,继承关白之位。但在丰臣秀吉第三子秀赖诞生之后,秀吉对秀次便不再信任,秀次后来做出很多不人道之事,以至于得了个"杀生关白"的绰号。

立刻进行参拜。背后传来三步并作两步的草鞋声，只听他问道："莫非……"

乳母又转过头去。

"冒昧问一下，莫非你们二位和治部大人有亲缘关系吗……"

"没有，没有。"乳母压抑着自己的慌乱。

"但是，夫人，愚僧方才无意中听到了二位的对话。请坦白告诉我吧。"

被如此要求的乳母沉默着浑身颤抖起来，修行者大概也觉察到了，深深叹了口气。

"唉，我也明白，二位现在草木皆兵，突然在此处被询问，不告诉我也是理所当然的。但是夫人，愚僧在很久以前，对治部大人既有感恩之情，也有怨恨之意。但事已至此，我只求为他祈祷来生之福。因此，我常独自歌颂，想必您也听过吧。"说着，他把"人世间不昧因果，同乘车行"这句歌词，用不同于往常的、带着悲伤沉痛的情感，缓缓地吟咏了两次。

"您觉得如何？这首歌的深意，如今才为世人所知。愚僧咏唱此歌，并非最近一朝一夕的事，想起来已是六年以前，那个令人难忘的文禄乙未年（1595）秋天，关白大人一族被灭口之时……"盲人面对别人说话时，也看不见对方的脸，或许正因如此，看起来总像在自言自语。若是乳母趁着他自顾自说话时偷偷溜走，也并不是行不通。但不知为何，法师一心倾诉的模样，竟令她一时停住了脚步。连小女孩儿也是如此，那人所说的话，直至她长大成人都依然记忆深刻，随着年岁增长才逐渐理解其含义。当时他用那伤感的语气所说的话，女孩儿并未明确理解，但心中一半恐惧，一半又是"此人究竟是谁"的好奇，紧紧揪着乳母的衣袖，仰视着修行者的脸庞。那脸完全被笼罩在月影之中，同后面高出一截的父亲的首级相比，竟相差无几。

"唉，那时的事，公主或许是不知道的，但夫人您应当还记得吧。那三条桥下，曾悬着关白大人的首级，之后其子女、妻妾也都被拉出来，明明无人戴罪，却被一一斩杀。嗐，那时聚众围观的情状也和如今相似，桥上桥下都挤满了一众看客。愚僧没能挤进人群里，虽然目盲，也想为这些可怜之人祈求临终之福。我被人推搡着总算到了刑场边上，耳边涌入女眷们的哭泣、看客们的议论。那时才得知，他们在此河原掘了二十间①大小的坑，四周扎起竹枝环绕，大人的首级便面西置于其中。八月二日清晨，惹人怜爱的孩子们和年轻貌美的女人们，每两三人一车被载上大街示众，最后都被拽进坑中。下令实施如此残酷刑罚的，恐怕就是太阁大人本尊。唉，夫人，就算是处置关白大人的子女妻妾，也应当有个合适的刑罚，怎能是如此羞辱于人的恶劣行径？围栅外聚集的看客，无一不控诉此举，无一不诅咒当时的执行者，也就是治部少辅大人。那……唉，如您所闻，那位治部大人，就在六年前被他悬首的关白大人葬身的桥边，以同样的方式丧生，这不正是因果轮回吗？"

他似乎由于语气加重，喉间卡了一口痰，像得了哮喘一样发出"咳咳"的响声，喘了口气。但纵然如此，这位法师真的像坊间传闻那样是个疯子吗？今晚初见其谈吐，如此相对交谈听起诉说，或许可

---

① 间为日本面积单位，一间为六叠，即六张榻榻米大小。

以称其为怪人，但绝非疯子。事实上，乳母从方才开始，便一直保持着紧握女孩儿的手、打算迈步离开的姿势，想着听他说一会儿就回去，不想却逐渐被他的话吸引。尤其是乳母得知她们的交谈被那人听见，便十分在意他出于何种用意叫住自己。但显然，对方并无恶意，多半是察觉自己二人为石田一族之亲属，想要做一番倾诉罢了。那人问了首级之所在却不参拜，而是特意凑近搭话，乳母认为他不过是借机靠近，但自己却错过了回家的机会。

"恕我直言，那时世间大多传闻道，关白大人遭此厄运，实为治部大人谗言佞语挑拨之过。在二位面前讲述此事实在失礼，治部大人受太阁大人恩惠，掌管天下，称心如意，纵有谋逆之嫌，稍加斡旋便可调解。但他假作忠义，却夸大其词地把关白大人的罪名放大，在太阁大人耳边煽风点火，导致骨肉相残——不，请见谅，或许并非如此，但世人皆作此想。并且，为何甚至要置那些天真幼童、无辜妇女于死地呢？如果那也是太阁大人的意思，便无话可说，但人人认定那是治部大人唆使。愚僧心想，太阁大人也好，治部大人也好，施以如此心狠手辣的刑罚，必定遭人憎恨，不会有好下场，在不久之后定会遭受报应，因此我吟诵此歌。如您所见，太阁大人不久便殒命，治部大人如今也沦落至此，不正与此歌所唱内容如出一辙吗？虽感可怜可悲，但各人命运皆为彼时所致，一切都已成定局。唉，您二位理解愚僧所说的话吧？"

"嗯……道理是这样没错……"乳母终于说了一句话，只觉遗憾却无话可说。平日里不管别人如何说自家主人，她总是温和谨慎，只顺从地听着，绝不开口反驳。但此次被对方如此诘难，禁不住反唇相讥道："您身为出家人，如此非难一个死者，真是……"

"啊，那……"

"还是说，您对他尚留有遗恨呢？"

"啊，唉，如您所见，愚僧乃出家人，对于治部殿下已全无恨意。但您如此发问，只能说愚僧虽已剃度出家，但毕竟尚为凡夫俗子。请您见谅。"修行者这么说着，又不知为何自顾自地颔首道，"啊，是啊，是这样。"

他又接着说道："说实在的，遑论折辱他人，仅是回忆往昔，愚僧便比任何人更觉耻辱。如今说什么都无济于事，我已双目失明，沦落街头行乞，皆是自己作孽而食其恶果，无法怨怼他人。更何况治部大人是原来的主人，怨恨他实当遭受惩罚。"

"啊，那您是……"乳母不禁追问道。

那修行者无精打采地垂头，像远道而来的、疲惫不堪的人一样，几乎整个身子都靠在了拐杖上，说道："对，很久以前，我本是侍奉治部大人的武士，沦落至此皆是咎由自取。若世道未变，此战本应随行出征，为大人效犬马之劳。未能如愿，实感遗憾。但人各有志，浮世多变，悔恨无益。"

"那么，请问您的名讳是？"

"还需要自报家门吗……"他说到此时，雁啼而过，修行者似被那声音吸引，抬头仰望天空，"唉，那说来话长。其实愚僧大抵能猜到，二位应是治部大人的亲属，因此有许多话想问。坊间皆对我诸多议论，无人认真理会我，只把我视作疯子，因此我至今都未能坦白自己的身份。既然您二位愿意开口问，也好让我一吐为快。唉，拜托了,"修行者又像乞求般重复道,"拜托了。"

"如您所知,愚僧在'畜生冢'旁结草为庵,为关白大人一族祈求冥福。但您知道我为何如此吗?身为治部少辅大人身边的武士,为何会双目失明,失去俸禄而沦落至此呢?我想把其中缘由仔细说给有心之人听,即使不能博得同情怜悯,也希望能记住世间有如我一般愚蠢的人,竟会在这座桥边,在已往生的大人首级之前,与二位不期而遇,相比定是佛祖的指引,尤其是这位公主——"他把盲眼转向了女孩儿的方向,接着说,"唉,愚僧清楚公主是什么样的人。先前尊贵的公主,今后可能要遭受劳苦了。但比起公主您,世上还有遭遇更悲惨的孩子。这些孩子的父亲是尊贵的关白大人,他住在华贵的宫殿'聚乐第'里,却在愚僧旧主——石田治部少辅大人的算计下,在那座桥下被斩首而了结此生。而愚僧比任何人都想把这段故事讲给公主殿下您听……"

女孩儿向乳母一边贴得更紧,看着修行者阴森森的面孔和乳母的面孔。乳母在此情况下,似乎也束手无策,不知如何应对。若修行者所说属实,与自己同侍一主的武士竟落魄至此,想到如今自己的遭遇,不禁感到同病相怜的悲哀。而且,断然拒绝如此热情的搭话并非她的本意,她也想听一听和自己主人相关的往事,眼前的困惑随着时间推移逐渐消失。乳母摸了摸女孩儿因沾了夜晚的露水而潮湿变重的衣袖,不禁想道更深露重,可不能让孩子受凉。更重要的是,迟迟未归会让房东担心。继续听修行者长谈下去的话,或许秋夜将明了。

其四

看着两人犹豫不决的模样，那修行者又提议道："确实，这么晚了也不便在此处久立交谈，二位也担心夜归之途不安全吧。那么，并非强求，二位可否同愚僧一道去看一下'畜生冢'？若二位想为治部少辅大人祈求来世之福，怎么说都应当以为关白大人一族祈福为先，他们如今虽长眠于草叶荫蔽之下，却仍然怨恨治部大人。抚慰其怨灵，将是对我佛的无上功德，不会占用二位过多时间。这之后，二位返回住所也可；愚僧草庵虽简陋肮脏，但二位若觉夜路荒凉可怖，在寒舍对付一夜，至天明再返回也未尝不可。"

此话一出，乳母定是被打动了。她一直烦恼先主死前未曾诵经念佛，因此不可能对这番话置若罔闻。纵然不是如此，她可能也担心大人会堕入地狱，在"畜生冢"那众多亡灵作祟之下，更加不可能得以超度。乳母不禁把这视作天赐良机，催促着惶惶不安的公主，一同跟随那修行者往河原走。然而，那晚她们参拜了"畜生冢"后，到底是留宿草庵了，还是返回自己的住所了，闻书中并未详细记载。但此细枝末节之事，不必执意追究。重要的是那晚过后，女孩儿和乳母每日前往三条桥边参拜石田之首级，而后顺道前去参拜"畜生冢"，并在那修行者的草庵里稍作休息。

如前所述，三成遗骸后由大德寺取回，因此不再曝尸桥边。二人虽无法再祭拜他，却仍常去"畜生冢"奉香供花，也总会带食物给修行者。此举首要目的虽是为了抚慰秀次一族的亡灵，但随着她们与修行者日渐亲近，比起参拜已故之人，还是听他诉说往事，尤其是他前半生的经历更为吸引人，二人一有机会便听得津津有味。

说起草庵，听来或觉风流雅致。但当时的河原，有许多流浪者的小屋建于其上，顺庆的住所应当就是那乞讨小屋的一种罢了。顺庆与一个小和尚同住，每每女孩儿和乳母前去拜访时，小和尚平日里阴郁的表情也会稍微明朗起来。他有时会说"二位今日也来参拜吗，真是令人敬佩"，有时又说"辛苦了，真是感激不尽"，仿佛在参拜他的亲属一样，对二人客气地道谢。

小女孩儿记忆里，顺庆常把她抱到膝上，抚摸着她的头发和两颊，说着"好可爱的公主啊""长得胖乎乎的呢"之类的话，但她却觉得有些阴森可怖。被长者疼爱固然好，但那修行者衣着肮脏，身上还散发着异臭，甚至还用皮糙肉厚的手掌拨弄她的头发、抚摸她的脸颊。如此举动，若是同时说点什么倒还好，但他却只是长久地沉默着爱抚。虽说他身为盲人，或许必须这么做才能感受到女孩儿的惹人怜爱之处。如此说来，或许眼盲倒是个好事，他可以悄悄地享受小姑娘柔软的头发和肌肤的触感。

但当时的女孩儿并不觉得反感，或许是因为他看起来似乎心驰远方、若有所想，甚至有时会有眼泪"吧嗒"从他失明的双目中落下。有一次女孩儿"咦"了一声，拂去掉在头上的泪水，抬头看着他的脸问道："为什么哭呀？"

他慌忙说："啊，对不起。"然后抱紧了小女孩儿，用长满胡须的脸摩挲着女孩儿的脸颊说道："公主，这么摸着公主殿下的头发，不禁回想起了过去悲伤的往事。因此公主您，一定要平平安安地长大啊。"说着,眼泪又扑簌簌地掉下。

那修行者一开始便将女孩儿唤作"公主殿下",显然是对治部少辅难以忘怀。对于此事,女孩儿的记忆并不明确,不知是乳母对他说明了真相,还是根本没有说明,只是下意识地肯定了他的推测呢?总之修行者无时无刻不记着自己是在和石田一族的亲属交谈,以这样的状态讲出了以下提及的回顾。但他所说的话断断续续,前后没有关联或顺序,或许只是根据他当天的心情状况而定。有时是回答问题,有时是自己兴之所至的主动讲述,应当是女孩儿成人之后,才将这些内容整合成了一个完整的故事。

闻书的作者源太夫从嵯峨尼姑那里听到的故事,也就是她在脑海中大致重新汇编而成的故事,并非顺庆亲口所述,请读者务必以此为前提阅读。但我在决定将它再次转达给现代的读者时,却苦于不知该采用何种形式。既然不是盲人的直接讲述,那是否要用盲人亲口讲述的口吻来写呢?还是要传递一种,尼姑对源太夫讲述的感觉呢?然而无论哪种方式,都会造成前后文脱节、难以连接的缺陷。我本打算从尼姑接近盲人的经过写起,逐渐转移到盲人的自身经历,突出其分界点,使其能够自然过渡。如此一来,势必还是得模仿闻书的写法,采取直接、间接两种叙述方式适当结合的写法。但从故事的性质来说,我认为大体上还是靠从盲人角度直述为好,因此也只好选择顺着他的故事展开叙述。

言归正传,这名叫作顺庆的盲人修行者,在尚未盲目时曾是名为"下妻左卫门尉某某"的武士,原侍于石田家,后因故失明。因其性喜音律、杂艺等,便习此道,不久后成了关白秀次大人所雇的盲人乐师。然而这只是对外的说法,他受石田家驱逐而沦为浪人[1],其中另有实情。想来左卫门尉应是受了主人三成的密旨,为探听当时受种种流言传闻的秀次一家的动静,作为细作进入聚乐第,为关白效力。他能得此使命,无疑是深受主人三成之信任的。如前所述,他嗜好音律之道,且与当时作为检校[2]、声名在外的伊豆圆一交情匪浅,这些都是三成选中他成为细作的有力理由。

战国时代,赴敌国执行间谍任务的绝非寻常武士,而通常会选用乐师。由于乐师为眼盲艺人,专以助兴为业,是不通武艺的残疾人,容易让人放松警惕。即便是戒备森严的大名贵胄之官邸,也往往出乎意料地得以轻松进入,常伴主人左右,甚至能得到接近贵妇身边的机会。当时的武将大名将此类盲乐师安插为间谍的事例,散见于诸书典籍中,尤其是陶晴贤[3]派盲人法师作为间谍,命其探听毛利元就[4]行动的故事,最为脍炙人口。老奸巨猾的元就发觉那位法师是敌方奸细,用反间苦肉计将晴贤诱骗至严岛。此外,小田原[5]的北条早云[6]发布告示称:因盲人无用,遂逮捕领地内所有盲人,沉入海中溺死。有盲人听闻此事,试图逃出其领地求生,北条早云甚至在其中秘密地安插了

---

[1] 指日本明治时期到处流浪、无家可归的穷困武士。
[2] 日本古代授予盲人乐师的最高一级官名。
[3] 陶晴贤(1521—1555),日本室町时代至战国时代武将,大内义隆之家臣,因主人不理政事、沉醉玩乐而发动了政变杀死了他。
[4] 毛利元就(1497—1571),日本战国时代大名,毛利弘元次子,幼名松寿丸,被称为"西国第一智将"。
[5] 即小田原城,北条氏居城,位于今神奈川县小田原市(古相模国足柄郡小田原),一度是关东地方易守难攻之城。
[6] 北条早云(1432—1519),日本战国时代大名,也是日本史上第一位战国大名。

细作。还有传闻,甲斐的武田信玄①为清除德川派来的细作,竟将领地内八百个盲人斩尽杀绝。《续续群书类从第十教育部》所载北条幻庵②笔记中,有一段劝诫女用接近盲人十分危险的内容如下:"一、盲人乐师侍奉,应赐美酒与月俸。尔等需谨记,尽心伺候便好,不可与其亲近,杜绝无妄之灾。切记盲乐师身为男子,若无女用相伴严禁入内。(中略)近年来,盲乐师无人陪同便可自由出入宅邸,实属过分自由。为护诸侯封国安全无虞,不可任其行动。若为平民,则可安心无忧。年幼弱小或年老体衰之辈,虽举止不当,亦应精心侍奉,一视同仁。另外,乐师中嬉笑轻浮之徒若列于三宴之席中,可于宴席一旁,或于宴席后赐食,用心伺候。"

此作者幻庵为北条早云之子,名长纲,法名宗哲,于天正十七年(1589),以九十七岁高龄离世。此书是北条氏康③之女——即幻庵的侄女嫁与武州④世田谷⑤的吉良氏朝⑥时,幻庵赠予她的礼物。"近年来,盲乐师无人陪同便可自由出入宅邸,实属过分自由。"——

---

① 武田信玄(1521—1573),日本战国时期,甲斐国著名政治家、军事家,武田信虎嫡长子。
② 北条幻庵(1493—1589),本名北条长纲,相模北条家首代家督北条早云的第三子。
③ 北条氏康(1515—1571),日本战国时代的武将、大名,以杰出的军事及政治才能出名。北条氏第三代当主。
④ 即武藏国,日本古代令制国之一,俗称武州,领域包括今东京都、埼玉县全境、神奈川县横滨市、川崎市全境。
⑤ 即世田谷城,位于今东京都世田谷区。原为吉良氏统治,后于小田原之战中投丰臣秀吉。
⑥ 吉良氏朝(1543—1603),日本战国时代武将,吉良赖康之养子。1590年小田原之战时逃亡千叶,后效力于德川家康。

此句可表明,家臣身为男子尚被拒于玉帘之外,不得进入,但乐师却可自由进出。幻庵担心此风俗存有祸根,因此说"盲乐师身为男子,若无女用相伴严禁入内";又强调"不可与其亲近,杜绝无妄之灾""嬉笑轻浮之徒";连赐予美酒佳肴也应"可于宴席一旁,或于宴席后赐食"。对盲乐师如此谨小慎微,但常年雇用的知根知底的仆人却无此局限,不在受禁之列,凭"则可安心无忧"一句便可知晓。

既提到北条早云及幻庵之事,顺便写一写下妻左文门尉之师伊豆圆一吧。中山太郎所著《日本盲人史》的《本朝盲人传》中说道:圆一本姓伊豆,父名土屋昌远,母为菅沼氏。其随父昌远,即武田信虎[1]赴京后,双眼患病失明,因此随母亲至远江国[2]井伊谷[3],寓居于舅舅治郎右卫门菅沼忠久[4]家中。后归于德川家康一派的今川义元[5]门下,侍奉在侧,后又侍于义元之子氏真[6]。后因家康与氏真渐生嫌隙,圆一又赴小田原,效力于北条氏政[7],更名为氏政圆一,曾赴京都任盲人最

---

[1] 武田信虎(1494—1574),日本战国时期甲斐国大名、左京大夫、陆奥守、甲斐守,武田信玄之父。
[2] 日本古代令制国之一,俗称远州,领域大约为今静冈县西部。
[3] 即井伊谷城,位于今静冈县滨松市北区引佐町。
[4] 菅沼忠久(?—1582),日本战国时代武将,菅沼元景之子,通称次郎右卫门尉。
[5] 今川义元(1519—1560),日本战国时代骏河今川氏的第十一代当主。史载今川义元为镰仓八幡太郎源义家系的名门,室町幕府足利将军家的同族。
[6] 即今川氏真(1538—1615),今川义元之子,幼名五郎、彦五郎。为日本战国大名今川家的末代家督,被认为是日本战国时代的"阿斗"。
[7] 北条氏政(1538—1590),日本战国时代、安土桃山时代关东地方的大名。第四代后北条氏当主,北条氏康的长子,母亲为今川义光之女瑞溪院。正室为武田信玄之女黄梅院。官位为左京大夫及相模守。

高官职"检校"。圆一渡三河时,见到家康,受赐黄金。永禄年间被授家康圆一之名,接密旨归于井伊谷的治郎右卫门菅沼忠久、石见守近藤秀用、三郎太夫铃木重长三家麾下,并遣人前往三家宣读诏谕。圆一至井伊谷,得三人答复后,向家康复命,重返小田原。

天正十八年(1590),小田原城陷,氏政濒死,召其族人,其时圆一亦侍奉在侧。众人欲助家康圆一,以兵部少辅井伊直政[1]的名义,将其诱出城外。氏政向圆一诵出其辞世遗句,并命其以"朝比奈左近宗利"之名护其家宅。庆长五年(1600),石田三成举兵,遣使者入洛中(京都),将家人安置于关原。圆一一族亦多居于关原,受命将妻儿遣往大阪,但其拒命未从。(中略)圆一后官拜总检校。(中略)元和七年(1621)十二月二十五日殁于京都,享年八十一岁,谥号诚江。(中略)据说圆一为阿茶[2]之亲戚云云。

另有一说,圆一为家康派往甲斐的间谍,是为窥探武田家机密,而信玄将领地内八百名盲人杀戮殆尽的理由便源于此。若真如传闻所说,是家康之爱妾阿茶的亲戚的话,那他能得德川氏、今川氏、北条氏三家之庇护绝非偶然。不管怎么说,斡旋于反复无常的诸位大名之间的圆一,明面上标榜自己是游艺人,暗地里却以刺探军事情报为副业,是一位典型的盲乐师。而受三成之命、致力于成为细作的顺庆,

---

[1] 井伊直政(1561—1602),日本战国时代中后期到江户初期之武将、大名,井伊氏第24代当主,近江彦根藩初代藩主。

[2] 阿茶(1555—1637),即德川家康爱妾阿茶殿下(阿茶局),父亲为武田家臣饭田直政,本名饭田须和。最初嫁给甲斐春日神社的神官,但在天正五年(1577)时,丈夫战死,她改嫁德川家康做侧室。

即当时的下妻左文门尉,有幸与圆一保持亲密往来,在其全力相助下,得以在短时间内获得当道的瞽官①之位。

此处所说"当道"②,即今日被称作"当道音乐"的筝曲、地方歌谣等,并不是什么新奇词汇。但那时的"当道"是以平曲③、净琉璃④、表白等其他杂艺为生的盲人组合。所谓"座",又分"检校""别当""勾当""座头"四官,此四个官职之下又细分为十六个等级。左卫门尉身为盲人,又精通音律,若不加入当道座,在其中谋得官职,就无法出入达官贵族的宅邸。一般而言,要获得这些官职,就必须向掌管当道的久我右大臣⑤和组织方缴纳高额税金,凭此便可让全国的盲人望而却步。

备后国⑥神石郡的插秧歌里有这么几句:"小伙子进京,背着琵琶箱;弹得叮咚响,拨弦慰心伤。"说的是乡下的盲人存够了钱,背

---

① 即盲眼乐师。
② 即当道座,盛行于江户时代,是保护盲人从事行业的组织,包括检校、别当、勾当、座头四类头衔。江户幕府崩溃之后进入明治维新时期,当道座被政府下令解散。
③ 即平家琵琶曲的简称,兴起于江户末代,明治时期开始衰退,是一种独特的日本文化、音乐。最初是由名叫生佛的盲人讲述《平家物语》,后世模仿生佛特有的声调而逐渐形成了平曲。
④ 即人形净琉璃,也叫"文乐",是日本特有的木偶傀儡戏,即有三个人分工操作木偶,并伴以三味线演奏的戏剧说唱。人形净琉璃是日本四种古典舞台艺术形式的一种,另三种为歌舞伎、能戏、狂言。
⑤ 日本古代官名,太政官之一,又称为右府、右相国等,权责和左大臣相同,平时负责辅佐左大臣,在左大臣空缺时则负责代理其政务,官位相当于正二位或从二位。和太政大臣、左大臣并称为三大臣、三公。
⑥ 日本古代的令制国之一,又称备州。领域大约为广岛县的东半部。

着琵琶箱，为获得座头之位而进京，却在途中遭遇强盗的故事，这是古代故事中常有的情节。左卫门尉是如何与圆一相识，这一点并不详知，但据说左卫门尉是多亏了圆一助力，才轻松取得了勾当之位，改名为薮原辰一，自文禄二年（1593）开始，便频频被招入聚乐第中，后住入宫殿内。

圆一成为总检校是在庆长年间，当时诸位大名已有自己的御用乐师，只有这些拥有政治背景的一流座头，才能在当道座中拥有威势，因此才能时常出入三成的宅邸吧。若是如此，或许圆一也是受了三成之命，才推举左卫门尉进入关白家，费尽心力斡旋其中。也就是说，他不仅帮助左卫门尉成为瞽官，还向他传授了间谍之术。然而，顺庆的自白中最令人感到惊异的是，他最初并未失明，而是为了获取座头官职伴装盲人。

"说实话，当时愚僧其实并未失明。那是在文禄元年（1592）夏天，我随主君渡海前往朝鲜国，居于其国都。翌年正月的碧蹄馆之战[①]中，我方打败明军，大获全胜。然其后不久，某天夜里，主君将愚僧召至御前说道：'掩人耳目召你来，是为密令你前去刺探情报的大

[①] 碧蹄馆之战是万历朝鲜战争中，一场日军企图伏击明军战役，1593年（万历二十一年）正月二十六日，双方在当时朝鲜国都西北的碧蹄馆会战。日方宇喜多秀家、小早川隆景、立花宗茂与由李如松、查大受、高彦伯率领的明朝及朝鲜联军相遇。明日两军在碧蹄馆（位于汉城以北十五公里某小山丘上的驿馆）激战整整一日，最终以双方脱离接触而告终。由于中日朝史料的重大差异，此役在后来又成为争议颇多的神秘之战。

事。近日名护屋①传来消息，淀君夫人②喜得身孕，聚乐第关白大人十分挂心。如今日本诸位大名跨海至此国，麇集兵力，连太阁大人也御驾亲征。关白大人作为天下政务掌权者，于太阁殿下远征异国时，侥幸傲慢行事，终日张狂放纵、耽溺酒色。其个中详情，三成身在几千里之外的此地，山水远隔，尚有所耳闻。至今为止倒也尚可，但万一幼君诞生，今后关白与太阁二位大人该如何相处呢？虽未必如此，但或许他会有谋逆之想也未可知。为报丰臣家厚恩，为天下苍生，此乃尽早解决的重大事件。我日夜投身军旅，为战况谋略殚精竭虑，为这一件事就已苦恼不已。因此想到了你，你不仅生性聪颖智慧，擅长琵琶演奏，且与伊豆圆一有深交，简直再合适不过。我欲秘密送你回京，佯装盲人，成为座头，伺机进入聚乐第效力。之后则是时时关注关白大人的日常行动，留心城中事态。一旦发现有异，定要及时回禀，不可懈怠。'他就是这么对我说的。"

顺庆如此叙述其中经过，感叹自己生来作为武士，只求在战场立下功名，虽是为了一时的事态而放下武器，投身于音律乐器之道，亦觉遗憾万分。三成却说："不，上战场谁都可以，但此事却非你不可。完成此命，堪比取得五六名大将之首级，实为忠义无二之举。"顺庆闻言，无法推拒主君再三请求，无奈之下只好受命。其后便与主

---

① 位于今佐贺县唐津市镇西町名护屋，是丰臣秀吉于万历朝鲜战争时所建，就规模来说，名护屋在当时为日本第二大城（仅次于大阪城）。
② 即淀殿浅井茶茶（1567—1615），丰臣秀吉爱妾。1589年，茶茶诞下一子（丰臣鹤松），秀吉赠她淀地，因此被称为淀殿。但鹤松三岁早夭，后茶茶再诞一子（丰臣秀赖）。1615年发生大阪夏之阵，大阪城陷，母子于米仓内自尽。

人三成合谋,佯装某日于战场上失踪,下落不明,暗中离开,经釜山回到名护屋,随后入京。据说顺庆在途中便开始模仿盲人举止,变成一名背着琵琶上京的眼盲法师。

但身在朝鲜的三成,是何时知晓淀君怀孕之事的呢?天正十八年(1590),秀吉攻打小田原时,曾送书信至北政所[①],将淀君邀入军帐中。此次出兵,亦将她随军带至名护屋营帐中。时文禄元年(1592)三月,淀君于帐中怀有身孕,翌年春季折返大阪。而在文禄二年(1593)五月二十二日,太阁殿下寄至北政所的书信中有提及:"近日稍有咳气(咳嗽),未致信函。又闻二丸殿下(指淀君)再得身孕,实为大喜云云。"

此信写于淀君已返大阪后,而幼君秀赖诞生于同年八月三日。三成大约是在那年年初获悉此事的。如此一来,若淀君诞下男婴,太阁与秀次之间的关系是否岌岌可危?况太阁心中,已为将关白之位让给秀次而生懊悔,秀次亦有所察觉而心生不安,会否多少带几分破罐子破摔的想法,导致行径愈加猖獗?须得尽早为将来谋划。

且秀次之所作所为,早已为人所不忍。文禄二年(1593)正月五日,正亲町太上皇[②]驾崩,举国服丧,而他作为关白却怠于净身斋戒,

---

[①] 一般为对日本古代摄政王及关白正室的称呼,如今往往专指丰臣秀吉正室妻子宁宁(1547—1624),虽终身未育,但却一直作为母亲照顾着丰臣秀吉培养的年轻武士们,支持着秀吉的霸业。

[②] 正亲町太上皇(1517—1593),后奈良天皇第二皇子,母亲是万里小路贤房之女万里小路荣子,名方仁,于1533年封为亲王。1557年,因为后奈良天皇过世而即位,但由于皇室过于贫困,毛利元就等人募集资金后,天皇才在1560年勉强举行即位仪式。

于十六日晚餐食用了鹤肉。又常着艳丽盛装进行野外狩猎。坊间普遍杜绝乐器响物，他却放肆地在聚乐城中举行宴会，或召来检校演述平家物语①，或进行相扑比赛以供娱乐。其脱轨般的残忍行径以及荒淫做派，无一不被上报至机敏的三成耳中，因此三成才向心腹武士授予密旨。

左卫门尉入京之时，京中何方寺庙的高僧正苦修大法密法，其中以变身男子之术最为盛行，只为让淀君夫人诞下男婴。既可查知淀君夫人在五年前，即天正十七年（1589）五月二十七日曾诞下一子名为"鹤松"，但那孩子年仅三岁便早早夭亡，因此不难发觉，对于此次生产，太阁殿下之焦心，与天下万民之期待，皆是难以言喻。然祈祷奏效，幼君降生，举国欢呼丰臣家万岁，太阁大人以五十七岁高龄得一继位之子，其欣喜之余，甚至为见孩子，于八月二十五日专程从名护屋返回大阪。如此一来，三成之虑渐成事实，左卫门尉对身负重任不敢轻率怠慢，时刻铭记于心。同年秋，他成功获取勾当之位，化名为盲人"薮原辰一"，时常被召入聚乐城。知晓他效力于石田三成，于朝鲜战场失踪而悄然入京，以及伪装盲人之事的，唯有伊豆圆一一人。

"目明者模仿失明之人，其难度更甚于狂言演员。何况不分白昼或黑夜、无论清醒或入睡，都要谨记自己如今假装失明，其艰辛难以言喻。且当时随着幼君降生的消息传来，百姓纷纷开始猜测关白大人的下场，亦有流传希望其平安无事之言。聚乐城中议论纷纷，城中之人自然分外警惕出入者的一举一动，带着怀疑的目光审视着，毫不懈怠地防备着暗探潜入。愚僧受召入城自不必说，连返回住所也时

---

① 信浓前司行长所写的、关于以平清盛为首的平氏家族的故事，与紫式部所著《源氏物语》合称为日本古典文学双璧。

时警惕,不被别人发现自己实为目明之人。因此,身边照料的女用、帮工甚至好友,都认为我真是个盲人。被召至御前时不得不高度紧张,而回到家中难免精神松懈,这才最为痛苦。"顺庆如此说道,又突然"唉"的一声长叹一口气,"那时的艰辛实在是非同小可。愚僧那时,表面装作座头,心中却时刻不忘自己是石田治部少辅大人的家臣,是下妻左卫门尉。如今我所处之地,比在战场上争勇比武更艰难数倍,乃以智慧一较高下的比试。为报主人之恩,为救天下苍生,我决定即使粉身碎骨也得探明城中境况。如此暗下决心,城中无人对愚僧起疑,皆来捧场助兴。各种宴会场合也无一遗漏地邀我演奏,关白大人御前自不必说,有时甚至还被召入夫人们的官中。这正是我最初所盼,不想当真实现了。"

顺庆又接着说道:"说起此事,要探查城中秘密,必得和女官们保持密切来往,才能获得更多消息。彼时关白大人家中的家臣有木村常陆介①、粟野杢助②、熊谷大膳③、白井备后守④、东福寺的隆西堂⑤

---

① 即木村重兹(?—1595),日本安土桃山时代武将、大名,丰臣氏家臣。其妻官内卿局是茶道名家千利休的弟子之一。本立功赫赫,受到丰臣秀吉重封,后因上谏勿诛杀丰臣秀次,被视为秀次同党而赐死。
② 丰臣秀次家臣。
③ 即后文的熊谷大膳亮,本名熊谷直之,生卒年不详,日本战国时代至安土桃山时代武将、大名,天正十年(1582)本能寺之变后改侍丰臣秀吉,后跟随丰臣秀次,为其家臣。大膳为日本古代官名,是大膳职次官职称。大膳职是负责在典礼上分配臣子宴席的部门,也负责管理各诸侯国献上的食物。
④ 即白江成定(?—1595),日本安土桃山时代武将、大名,丰臣秀次之家臣,别名"白井范秀"。
⑤ 即虎岩玄隆(1560—1595),日本战国时代、安土桃山时代临济宗僧人,僧阶为"西堂",因此被称为隆西堂、玄隆西堂。

等各位大人，不可随意打听。但女官们的嘴却并不严实，闲谈解闷时可以套出许多话，就是如此。那是文禄四年（1595）八月二日，之前死于河原的女眷们，即如今长眠于此墓冢之下的尸身，竟多达三十四人。愚僧初次受召入内殿时，见到许多妻妾夫人。其中尤其受宠幸的是幼君仙千代丸①殿下之母御和子前，这位夫人乃是美浓国②人日比野下野守之女，离世时十八岁，当时年仅十六岁。毕竟诞下了长子，地位甚高也是情理之中。其次为幼君御百丸③殿下之母御辰前，这位夫人乃是尾张国人山口松云之女，年十七。其次为幼君御土丸④殿下之母御茶前，竹中与左卫门之女，年十六。再次为幼君御十丸⑤殿下之母御佐子前，北野梅松院之女，年十七。此外还有摄津国小滨法师之女，称中纳言⑥或御龟前，这位夫人虽过了三十岁，已过盛年，却兴致颇丰，娴静温婉，心地善良。因是公主之母，待遇比起其他夫人差了几分。如此一来，内殿共计五位子嗣，公主时年七岁，仙千代丸殿下时年四岁，另外的是两岁和不满一岁的婴儿。"

---

① 仙千代丸（1590—1595），日本安土桃山时代公卿，丰臣秀次长子，其母为秀次侧室御和子前。
② 日本古代令制国之一，俗称浓州，位于今岐阜县南部。
③ 御百丸（1592—1595），丰臣秀次次子，日本安土桃山时代公卿，其母为秀次侧室御辰前。
④ 御土丸（1595—1595），丰臣秀次幼子，日本安土桃山时代公卿，被处刑时不满一周岁，其母为秀次侧室御茶前。
⑤ 御十丸（1593—1595），丰臣秀次三子，日本安土桃山时代公卿，其母为秀次侧室御佐子前。
⑥ 为太政官中设置的令外官，相当于四等官的次官。太政官是日本律令制度下执掌国家司法、行政、立法大权的最高国家机构。太政官的最高长官是太政大臣。

顺庆继续道："但刚才所提及的皆为侧室，正室御台夫人乃前大纳言①之女，年纪三十一二岁左右。与乡下姑娘不同，她是高贵的官中女眷，姿态优美，肤色胜雪，看上去年仅二十左右。"他这么说道，眼中仿佛在追逐某个幻影。

其话中所言御台夫人，即是关白秀次之正室"一台"，死后法号为"德法院誓威大姊"，瑞泉寺所藏画像中的她行年三十有余，若《太阁记》中所述的三十四岁属实，则顺庆以薮原检校之名入内侍候时，她应是三十二岁。其父为太政大臣实兼②之第十一世孙菊亭晴季③，即如今的菊亭侯爵家先祖，因其宅邸位于今出川，而得名"今出川殿下"。但如顺庆后续所说，这位夫人身边带有一子，显然她嫁给秀次并非初婚。带来的孩子是女孩儿，名为美屋前，两年后被斩首于河原时，她年仅十三岁。而后想起修行者顺庆抚摸着到访草庵的女孩儿的头发，沉思流泪那一幕，应当正是想起了当时年纪相仿的美屋前的面容了吧。

那么，这个美屋前的生父，即一台的前夫又是何人呢？《石田军记》中记载"其父为尾张国某人"，提到是织田信长部下之士。我猜想或许是右大臣，当时即使身为公卿，也未必手握极大财力或权力，因此未必不会将女儿下嫁给身份低微的乡下武士。其后也许偶然守

---

① 和中纳言一样，为太政官中设置的令外官，相当于四等官的次官。
② 即西园寺实兼（1249—1322），日本镰仓时代后期公卿。曾于花园天皇在位时任太政大臣。
③ 菊亭晴季（1539—1617），日本安土桃山时代、江户时代前期的公卿，一台夫人之父。菊亭家又称今出川家。

寡,也许强行拆散,而被秀次迎娶入门。万一真是如此,即使她出身高贵,也未必受到特殊对待。但据嵯峨尼姑所述,顺庆提到这位一台夫人时,脸上满溢着一种感激之情。事实上,在秀次三十余位妻妾嫔妃之中,顺庆尤为崇敬她,无论何时都不忘显露对她的敬慕。

"依愚僧拙见,无论是才学还是品貌,这位夫人都胜人一筹,她理应比其他女人更受宠爱。但事实并非如此,到底是因为她未诞子嗣。原本身为正室,应受人敬重,但她虽表面令人艳羡,实际却与关白大人徒有夫妻之名,甚少相见,日日过得乏味无聊。城中日夜饮酒设宴,热闹非凡,她却从不出席,终日困于内殿,且常常心情沉郁。其时,些许得以让她忘记孤独、排解忧郁的,只有女儿美屋前。这位公主是夫人带来的孩子,当时十一岁,容貌举止皆与母亲如出一辙。夫人念及此女无生父陪伴,对她宠爱有加。两人虽居于华丽宫殿,却只能相依为命,别无依靠,因此片刻不离,遇事便互相抚慰,也在情理之中。然不知为何,此二人对愚僧十分捧场,唤我辰一,常命我随意弹奏乐曲,打发无聊时光。我虽居勾当之位,但也并非常年研习技艺所得,不过雕虫小技而已,她们却十分满意。或许她们原本想听的便不仅是琵琶本身吧。由于我并非真正的乐师,无法讲述平家物语,只好说些世间趣闻,或是诸国传说、净琉璃、草子①等,添油加醋、手足并用地加上些滑稽动作。两人总是兴致勃勃地听着,不时发出爽朗的笑声。"

讲到这里,顺庆变了语气:"唉,人总是随着所处境遇而变化。

---

① 也称"草纸""册子",意义颇多,此处指用假名写作的随笔、散文或者是民间故事,如清少纳言的《枕草子》,吉田兼好的《徒然草》等。

如您所见，愚僧如今性情冷漠阴郁，但当时的我，武士气度尚存，是个正义之士，怎能设法取悦女眷？但我在她们面前，可谓拼尽全力逗趣耍宝。俏皮话自不必说，编造的志怪故事仿佛不必思考，便可自然而然地脱口而出，即兴也能滔滔不绝。连我自己也觉得奇怪，仿佛按下了身体某处的开关，才会自动发出那样的声音吧。"

其五

故事进行到这里发生了转变，开始讲述太阁对秀赖的宠爱，以及伏见筑城之事。

如今的秀赖公在当时被称作"御拾殿下"，究其原因，是由于当时普遍认为，诞生的孩子暂时假作丢弃，由旁人拾来，便会平安长大。遵照太阁殿下圣意，将幼君丢弃，再由松浦赞岐守大人[①]拾来，总算是得其恩惠，因此将此殿下唤作"御拾"。他还命下人称呼幼君时不得加上"御"字，直呼"拾来"。但我们怎敢直呼其名，便添上"御"或"殿下"等字眼称呼他。

文禄二年（1593）八月九日，太阁寄往北政所的信中也写道："松浦已至，如愿将孩子拾来。孩子唤作'拾来'，不必加'御'字，是为避灾，告知下人直呼其名便可。"这在当时是普遍存在的迷

[①] 即松浦重政。赞岐，即赞岐国，日本古代令制国之一，俗称赞州。其领域约为今香川县。

信行为，足见太阁这般英雄人物，为了祈求自己的孩子得以健康成长，也是煞费苦心了。紧接着，翌年正月起便在伏见城大兴土木，也是由于将要把大阪城让给惹人怜爱的秀赖幼君，建造新城以供自己隐居栖身之用。

在此之前，太阁曾考虑过松永久秀[1]在大和国[2]贵志山一带修筑的多闻城，但那处过于偏僻，因此重新物色了京坂之间的其他候补地域，最终定在伏见城。如此一来，于正月里便选了佐久间河内守、泷川丰前守[3]、佐藤俊河守、水也龟助、石尾与兵卫尉、竹中贞右卫门尉等六人，任命为普请奉行[4]，下旨道："伏见建筑工程，不可马虎怠惰，所用之物皆需列出目录，与石田、增田、长束[5]等人商谈后决定，万事皆遵此旨。"此六人"见旨不胜惶恐，唯恐以己微薄之力无法胜任此浩大工程"，想要请辞。但太阁发话说"可以胜任"，众人遂接旨领命。

太阁又命三成等"五奉行"奉旨告知各诸侯国：至二月一日，

---

[1] 松永久秀（1510—1577），日本战国时期大和国大名。松永久秀一生有多次下克上的经历，织田信长曾指出他所做的三件恶事：篡夺主家、谋杀将军和火烧东大寺。
[2] 日本古代令制国之一，又称和州。其领域相当于今奈良县。
[3] 即泷川忠征（1559—1635），日本战国时代、江户时代前期武将，木全忠澄之子。关原之战后仕于德川家康，后成为建筑名古屋城的奉行之一。丰前，即丰前国，日本古代令制国之一，俗称丰前、丰州。其领域大约包含福冈县的东部（北九州市东侧、京筑地方）及大分县的北部（中津市、宇佐市）。
[4] 即建筑管理官、监工一类的官职。普请意为建筑、修缮。奉行为日本平安时代至江户时代中授予武家的官职名称之一，本为动词，意为执行上级命令，后衍生为名词，意为执行者。
[5] 即"五奉行"中的石田三成、增田长盛、长束正家。

各国差役、工匠须悉数到达伏见城。动工当日所聚集之人,以武士为首,下至木工、土木工、苦役等,总数竟达二十五万之多。自醍醐、山科、比叡山云母坂等地的巨石被大量搬运,挖掘工程在几位分片负责的监工的督管下逐步推进。

"原本伏见此地,南边有宇治川长堤蜿蜒曲折、紧环山麓,自大阪而来的船只停靠便利;北边是京都郊外环绕密集的住宅,商贸繁盛;东边的木津川沿城而流,如古人歌中所唱'木津川尽头,樱花盛放,飘零而坠';东南边松柏繁茂,青山巍峨,自醍醐寺①传来远寺晚钟之鸣。连绵的山峰中,喜撰法师②所居的喜撰之岳、三室户等山脉相连,老松似抚琴吟唱,沙沙作响。夜晚猿声寂寂,山麓下的观音堂中,传来三十三处巡礼钟声。'三室户内月长明,宇治川边击白浪'——这首著名的巡礼歌应该无人不晓吧。

"于城中眺望,远阔山河如画一般映入眼中。平等院、扇形草坪、塔岛、山吹浅滩、宇治平原、成片的墨色松树、真木钩月、伏见指月等名胜古迹自不消说,西边是八幡③、山崎、狐河、淀川④直至一口一带,江长悠阔,千鸟竞啼,远浦归帆,渔村夕照,四季风情各有趣味。极目远眺,应接不暇。因此种种原因,太阁选择了这个风景优美的地方作为自己的养老之所。太阁殿下威势浩大,引得大小武将竞

---

① 日本佛教真言宗醍醐派的总寺,位于日本京都市伏见区,相传为日本真言宗开宗祖师空海的徒孙圣宝于公元874年创建,该寺于1994年被列为世界文化遗产,寺中金堂、五重塔等许多建筑物也被定为日本的"国宝"。
② 生卒年不详。平安时代初期僧侣、歌人,六歌仙之一。
③ 日本九州北部北九州市旧区。
④ 日本本州中西部河流。源头为日本最大淡水湖——琵琶湖。

相争功,倾尽天下钱财、人力为其筑城。因此,这项工程进度之快、安排之妥当,前所未有。木材取自木曾①峡谷、土佐②峰岭、高野③山脉,计算好时日在前一年采伐完成,并在当年由夏季洪水自然冲下。又加增六位监工,绝不懈怠分毫。

"如此按部就班,伏见城便有了两三层石墙,并开始施工建设厨房、长屋等。首先在山下的河边堆起二十丈高的山坡,密植各类树木,在松柏繁茂处建了一间书屋,将珠光、古市播磨守、宗珠、宗悟、绍鸥风格与千宗易、北向道陈等风格相结合,考究别致。并在山里用沉香长木建造了分别为四张半、两张榻榻米大小的茶室,早早便请人来各派茶道艺者,在此处进行献茶和茶道讲解。地炉边缘为止皆用沉木板,异香熏染,使在座之人心静放空。"

然而另一方面,随着这次史无前例的浩大工程逐步进展,聚乐第中的秀次又作何感想呢?太阁讲究排场,万事筹备都希望尽善尽美,这并非一朝一夕之事。与大明国达成和议之后,凯旋的士兵们未得片刻休整,便投身于这场工程中,诸国人马劳顿,归根结底是出于对御拾殿下的关爱。而在秀次眼中,伏见城的出现,简直相当于眼皮子底下出现的敌国。也许就是在这种刺激之下,日本历史上鲜有的暴君之性展现在秀次身上,他逐渐变得嗜虐残暴。

尽管《闻书》的主人公顺庆似乎有心包庇秀次,并未详细描述其残暴行径,但也作了如下叙述:"关于关白大人的所作所为,愚僧

---

① 日本地名,位于长野,是日本少有的内陆县之一,被称作"日本的屋脊"。
② 高知县旧称,来自古代日本的神话传说,意为英勇男子汉的国度。
③ 位于京都市左京区的高野川附近地区。

在入城前亦有所耳闻。文禄二年（1593）正月，先帝驾崩，天下一统，不得杀生。近京诸国海滩禁止捕鱼，京中甚至禁止买卖鱼禽类。但关白大人不顾世人侧目，时常出入北山、西山附近猎鹰捕鹿。不知何人在岔路口立起一块牌子，上书讽刺之语'不惮国丧狩猎，即为杀生关白'，因此人们便称他'杀生关白'。但他的暴行愈演愈烈，是在御拾殿下降生，以及伏见城开工修筑之后的事。愚僧并未一一在场目睹，其中几分真假并不知晓，只听知情者透露过一两件事。某次关白用膳，其中吃出了沙粒，便叫来厨师骂道：'喂！你竟然让主人吃沙子！那你自己也得吃！'便在那人口中，猛地灌入一捧庭院里的白沙，命他一颗不剩地嚼碎咽下。那厨师生怕丧命，便按他说的使劲咀嚼沙粒，直至牙根破裂、满嘴淌血，痛苦万分地趴伏在地。关白却二话不说砍掉了他的右臂，说道：'这样你还不想死吗！你若想得救，我便帮你！但你得求我救你一命！'说着又砍掉了他的左臂，'这样如何？'彼时，那个厨师瞪着双眼狠狠咒骂道：'你真是日本第一蠢材！没了双臂，活着还有何用？只恨我过去修行拙劣，才有你这样的主人！总像鲛鱇鱼似的张着个大嘴，才会吃到沙子！事已至此，生杀随意！'结果被斩首了。

"还有一次，他登上城楼，四下远眺，看见一个怀孕的妇女，正背着装满了野外刚采摘的嫩菜的箩筐，气喘吁吁地走着，打算拿到城里去卖了，好换取当天的粮食。关白看见她的模样，说道：'看那边，有个怀孕的女人走过去，那肚子未免太大了吧。鼓得这么大，恐怕怀的是双胞胎吧？真想剖开看看。'既是关白授意，旁边的年轻士兵赶紧将那妇女拉过来。但当时益庵法师在旁，巧妙地扭转了事态。

他偷偷地走到那妇女身旁，将水芹、荠菜塞进她怀里，对关白说道：'她并未怀孕，肚子隆起只是因为她怀里揣了嫩菜而已。而且她已上了年纪，是要进城卖菜的。'就这样巧妙地欺瞒过去，关白大人笑道：'那就算了。'便结束了此事。诸如此类之事不计其数，少数像这个孕妇一样得救，但多半丧命。据说关白嗜杀，尤其是怀孕妇女和肥硕壮实的男性，为此他每晚上街，寻人斩杀。他虽的确脾气暴躁，但上述行径是否属实，愚僧从未亲眼所见，只能半信半疑，姑且听之。"

接着，顺庆竟称赞起秀次性情风雅的一面来："世人皆称他杀生关白，说他嗜血残暴，但他出人意料地喜爱风雅之道，收集和汉古籍，举办连句、诗歌集会，尤擅吟诵和歌。某年春天，于吉野山举行和歌会时，他所作之歌——'心系年月御芳野，樱树荫下片刻歇；纤纤垂柳蕊初绽，晨风拂花未成线；花枝缭乱瞬时沉，芳野纷飞如风雨'，还有'千早振神眺芳野，姹紫嫣红花满原，风调雨顺吉野山，樱仍争艳声仍喑'，至今我仍记忆犹新。

"如此，芳野山赏花乃太阁大人心血来潮，同行者除关白大人，还有家康公、利家①公等其他显贵重臣。文禄三年（1594）二月二十五日，一行人自大阪出发，其时太阁大人戴着假胡须、假眉毛，以铁浆染齿②，身着华贵服饰，随行仆从亦人人打扮得年轻艳丽。围观

---

① 即前田利家（1538—1599），日本战国时代至安土桃山时代武将、大名，丰臣政权的"五大老"之一。
② 日本古代习俗，多在皇室贵族中流行，即用铁粉和五倍子（付子）粉将牙齿染成黑色。方法一般是将烧热的铁屑浸泡在浓茶或淘米水里，再添加醋、酒等，以增添染色剂的光泽。据说，染齿除了使人美貌，还有防蛀牙的好处。早在日本平安时代，贵族中就有拔眉染齿的习俗了，当时不仅是女性，连公卿和武士，也以染黑齿为美。

其出行阵仗的百姓群集，遍布山野。二十七日抵达六田桥，登上市之坂，大和中纳言秀俊卿于路边搭建茶屋，恭谨候驾。太阁一行于那处休息调整，受茶点款待，并观赏千本樱、花园、樱田、奴田山、隐松等美景，还作了首诗——'芳野山梢花竞放，遥映雪景比曙光；花木之下何户闭，今宵花影尚残香。'关白殿下亦作歌一首：'林间花苔路，雪满御芳野，山色尽含春。'

"接下来，各位公卿、大名以及绍巴①、昌叱②等人，亦在各色短笺上落笔作诗。而后穿过神社的鸟居、仁王门③，前往参拜藏王堂，于南朝皇居④后吊唁片刻后，又至樱之岳、今熊野、达天山、圣天山、辩才天山等，远眺欣赏群山峰岭之中的樱花美景，而后下榻于传说中源义经⑤曾隐居过的吉水城某旅馆。太阁于此逗留两日，命警备护卫不必严加看管，只留侍童守备，各人皆可尽情赏花，并赐予美酒佳肴。上述和歌会便是在此时举行的。太阁大人又作诗道：'不期心系芳野山，醉于花间胜似仙。'此次太阁殿下于芳野山举办花宴，极尽奢靡，时至今日仍为百姓茶余饭后的谈资。当时朝鲜之战结束，四海皆风平浪静，仆从亦对此太平盛世喜闻乐见，且太阁与关白之间的关系

---

① 即里村绍巴（1525—1602），日本战国时代连歌诗人。
② 即里村昌叱（1539—1603），活跃于日本室町时代至安土桃山时代的连歌诗人。其父里村昌休死后，昌叱由父亲之徒里村绍巴养育长大，并跟随其学习和歌、连歌。
③ 即日本京都清水寺的正门。
④ 即日本后醍醐天皇位于吉野山的皇居。
⑤ 源义经（1159—1189），日本平安时代末期的名将，出身于河内源氏的武士，源义朝的第九子，幼名牛若丸。源义经为日本人所爱戴的传统英雄之一，容貌俊秀，能力卓越，其生涯富有传奇与悲剧的色彩。

尚属和睦。但其后仅隔一年便发生那样的事，世间实在变化无常，人生实在难以预料啊。"

若是如此，秀次是从何时起，对太阁藏有谋逆之心的呢？又为何会引起怀疑呢？对此，顺庆的解释如下：

"这原本便是愚僧所要探查之事，因此时刻留心。但对于世人的议论，城中之人似有一种无形的畏怯。家臣们担忧关白大人的后路，因而聚众密议。要说可疑也称得上可疑，但除此之外毫无证据。当时，太阁大人任命中村式部少辅[①]和田中兵部大辅二人，作为城中监护，但关白大人许是嫌烦，让他们远离御前。此事自然传入太阁耳中，因此面色不善。另外，有一人名叫木村常陆介，此人为隼人佑总领大人之子，凭其家世出身，本应被委以重任，不想却被治部少辅大人夺去宠幸而未得官职，因此怀恨在心，常对秀次公谏言，劝其谋逆。此事同样真假不明。某次，关白大人郁郁不乐，闷于房中，此人暗自进入内殿，屏退御前仆从，靠近大人枕边道：'冒昧打扰，我接下来所言，若您不认同，可立时在此地将我斩杀。'语毕又轻声道：'太阁大人予您厚恩，山高海阔尚不可拟。但自从那年幼君诞生，不知是否因我等嫉妒之心作怪，总觉您与大人之间日渐疏离。说来正因没有亲生儿子，才会溺爱养子；若是有了亲生儿子，养子便成了碍眼之人。此乃人之常情，不拘身份高低。依某拙见，幼君将满五岁，或许到时会让您提前将关白之位让出吧。另外，说不定会在西边或者东边某国的偏僻乡野，给您辟一块领地。之后，您便如同被流放一般，

[①] 即中村一式（？—1600），日本安土桃山时代武将、大名。

若到那时再作打算,便为时已晚。不如趁此时声威尚强,向诸位大名说出内情,坦白心中所想,诚恳托请。持弓杀敌者,弑亲杀子而治国保天下,乃是正道。若您能受此建议,某愿为您谋划劝说同盟者。太阁所提拔的武士之中,多有功勋卓著却未得恩赏者,他们憎恨不忠却洋洋得意的自吹自擂之辈。'

"关白大人听毕,将枕头一推,端坐于被褥上,说道:'你说的话我听到了。但我虽是养子,却和大人是甥舅血亲,自小便蒙受其恩,怎可有如此企图。且大阪、伏见二城,皆为日本一流名城。若起谋逆之事,全国诸位大名中,能与我同盟者甚至不足三分之一吧。此事勿要再提,恐隔墙有耳。'关白大人断然拒绝,常陆介被如此训斥之后,却仍然凑上前去,说道:'如您所言,但战争亦靠时运,而不拘人数多寡。若您仍认为如此毫无胜算,就请让某独自去办。斗胆潜入城中,取大人性命,便安全无虞。'看他说得轻而易举,关白依然没有同意:'原来你是忍术高手啊!但那也得依靠时间、场合。此事休要再提。'常陆介又道:'您若如此认为,请允我三日,我将潜入大阪城,无论如何,我定会从城楼之上取一样物品给您过目。看了证据之后,您再做决定吧。'语毕便打算离开。关白大人制止他道:'不,别冒险,万一失手被抓该怎么办?'常陆介并未听从,后称病告假,直奔大阪而去。然而那晚,太阁殿下入京去了伏见城,守夜护卫戒备森严,牢牢把守各处门禁。但常陆介仍然轻而易举地进入城内,窥见内殿情状,听到了女眷交谈说道'主君此时应已到枚方①附近

---

① 即日本枚方市,与京都府、奈良县接邻,以七夕传说和用菊花做的偶人展闻名。

了吧'之类的话。常陆介咬牙愤恨想道：'算将军走运，若今夜你身在此城中，我便可取你性命。'但如此空手而归难免遗憾，他便登上城楼，取下大人密藏的水壶盖子，急忙赶回聚乐第，将它呈给关白大人看。

"说起那水壶，乃堺町某茶道名家之物。有一名叫宗益的人求得此壶，献给关白大人。后又被关白转送给了太阁大人。听来似乎不可思议，但如果是别的物品，或许关白心中疑虑尚存，但此物的确是自己曾经用惯了的水壶的盖子。他沉默片刻，叹了口气。后来，大阪城那边突然发觉水壶盖子丢失，以为是有人冒失遗漏，便让金匠打造了一个金盖子替代。几年后关白被诛时，聚乐城被收回，从各种器具中便发现了这件丢失之物。一查才知，这是常陆介所为。此事并非全无蛛丝马迹可循，但其一众家臣却并不知关白是否采纳了常陆介的提议。与中村、田中二人不同，关白大人与常陆介志趣相投，或许是一时被其迷惑，听信了谗言吧。"

关于聚乐城的故事还有如下说法："常陆守计谋多端，秀次亦蠢蠢欲动，暗中筹备，不论官职大小，只要有心愿成其同盟者，亲赐茶水，或是长刀、短刃、茶具等，并赠以金银钱财，互相便明了已是一条绳子上的蚂蚱，必须同生共死了。"秀次还向朝廷上缴白银三千枚：五百枚予大皇子，五百枚予准三宫藤原晴子[①]，五百枚予女御藤原

[①] 即劝修寺晴子（1553—1620），正亲町天皇第五皇子诚仁亲王之正室，后阳成天皇之生母。

前子[1]，三百枚予式部卿智仁亲王[2]，五百枚予准三宫圣护院道澄[3]。此后仍不改暴虐杀生恶习，常外出猎鹿，夜不归宿。每每此时便随身携带兵器，煞有介事。随行者亦随身携带夹箱，其中密藏兵胄盔甲，恰如奔赴战场的军队一般。如此阵仗，即使没有谋逆之心，也足以招致太阁的猜疑，难辞其咎。

"吉野山赏花宴一年之后，大概到了文禄四年（1595）二月中旬。某日，聚乐城遣来熊谷大膳大人的一位使者，带来口信说'伏见城中秋月，自古便是赋诗作歌的名所，年年如此。今年秋天一改往日，选择去北山，广泽池[4]景色异于伏见，别具风格。且其时为取悦幼君，可于八濑小原举办狩猎比赛'。太阁大人十分欣喜，以为妙策，便命使者回去转告关白大人，一切由他全权安排，还赐了一柄长刀以及许多锦衣华服。大膳大人亦觉面上有光，便启程返回聚乐城。于是，聚乐城中便为迎太阁大人大驾，开始建造宫殿，召来铁匠、木匠，为在秋季赏月前完成工程，他们夜以继日地加紧工作。

"但这或许就是招致飞来横祸的源头。那是在五月二十五日深夜时分，不知何人向治部少辅府邸送上一只信匣，说是来自聚乐城的使

---

[1] 即近卫晴子（1575—1630），后阳成天皇之正室，后水尾天皇之生母，丰臣秀吉养女。
[2] 即八条宫智仁亲王（1579—1629），日本战国时代至江户时代前期的皇室歌人。正亲町天皇之孙，后阳成天皇胞弟。曾为丰臣秀吉养子，后解除养父子关系。式部卿为日本古代官名，为式部省长官职称。
[3] 道澄（1544—1608），日本战国时代僧侣，京都圣护院住持。
[4] 位于日本京都右京区嵯峨广泽町，日本三泽之一。

者,接下来要赶去浅野弹正大人①府上,又留言说由于事情紧急,请在返回时给出答复,说完便离去了。岗哨士兵将此信匣呈给治部少辅大人,匣上仅写着'敬呈石田治部大人',并未署名。治部大人心生疑窦,便打开匣子,只见其中像是特意用孩子般的拙劣笔迹写道:'近期太阁大人将临聚乐城,为此正加紧筹备。其中,为赴北山猎鹿,各国选出数名弓箭手、枪炮手听候差遣。其实并非为了狩猎,而是意图谋逆。此事本该当面禀告,但此为大逆不道之举,本不想说。但若不说,将会让予我厚恩的主君招致杀身之祸。因此,我隐去姓名,特此告知。'

"治部大人读完后大惊失色,说道:'若上报大人,却不知关白有何怨恨。定是居心叵测之人造谣吧。'本欲不作理睬,却又觉得未必如此,一些细枝末节亦有所暗示,不如先暗中调查,同时遣使者禀报田中兵部大辅。彼时,兵部大人得罪了关白,被遣至河内国监督堤坝修筑工程。听闻治部大人有急事传召,他连夜赶回。一到城中便被治部大人招呼道'到这里来',二人来到内院亭中,屏退旁人,相对而坐,治部大人突然开口道:'田兵大人,这次是三成救了你的命啊。'兵部大人不明就里,问道:'您是否弄错了?并不记得曾得您救助。'治部又重申道:'不,这次出了大事,本来你难逃一劫,但念及昔日情谊,我保了你的命。'兵部大人脸色一变,手握刀柄说

---

① 即浅野长政(1547—1611),日本战国时代至江户时代武将、大名,原名浅野长吉,丰臣"五奉行"之首,官位为弹正少弼,是弹政台的次官之一。弹正台作为中央官职,职权独立于朝廷之外,是负责管理、揭发左大臣以下官员不正行为的部门。

道：'你在说什么！像你这样信口诋毁者，全日本绝无第二人。纵使遭人谗言，也不需你费心救我。你最近春风得意，无论何事皆随心直言，但救了我的命、使我免于斩刑这种话，未免过于嚣张。即使蒙受罪责，也不劳您费心救我，我必亲自在御前申辩。若不得昭雪，就让我堂堂正正地被斩杀便可，我不需莫名之恩。'

"听他此言，治部大人小声说道：'你不知其中详情，因此错怪了我。其实，关白大人意图谋逆之事暴露，主君暴怒道："言中村近期因病未愈，不知此事，但兵部未能及时察觉，说不过去。我正因担忧此事，才将他（田中）遣去监工，恐怕他也与那边有勾结吧！人心不可靠！赶快将兵部那混账诓骗出来，让他切腹自裁！"是我为你求情，才暂得宽宥。喂，田兵大人你最近不得圣心，未能尽职。但关白大人密谋如此大事，应当有所觉察，你却矢口否认说不知情。就算未参与谋划，也定然知情，然至今怠懒未报，实在失职，此罪责难道不严重吗？但我，不，我也是近日才得暗报。原以为未必如此，打算搁置不理，但事到如今，只好命人探查其内情。我禀报主君，是为圆场。恕我冒昧，说救了你一命绝不为过。但你当真一无所知吗？'

"治部大人屏息跪坐，说出了此番话。而兵部大人无言以对，呆滞片刻，答道：'我确实一无所知。何况最近遭其冷落，待我如同外样大名，绝不可能将此事与我相商。如此辩解说不知情，定然无法免罪，遭大人怨愤也在情理之中。为赎己罪，此后定当尽心尽力、及时禀报。'治部大人闻言，说道：'兵部大人当暂回河内，但主君认为堤坝监工换别人来做也可，且其即将驾临聚乐城中，须得万事俱备，便将此事嘱托于你，因此召你再返都城。'因此兵部大人再次回城，此后每日呈报'今日如何如何''今日又如何如何'。将城中微不足道的事情全数转告治部大人，治部大人又至御前，将兵部大人所述转告太阁，称其事已无可隐瞒。"

顺庆对女孩儿和乳母说："啊，再听我……再听我说几句。"他一面安抚面带愠色的二人，一面开始讲述旧主三成的离奇故事。

其六

"如此说来，治部少辅大人利用了许多人，将流言如真事一样扩散出去，把事情闹大了。或许你们认为，是愚僧胡编乱造，构陷三成，但那既是公主殿下的父亲，也是曾有恩于我的旧主，我绝不会无凭无据信口胡说。刚才的话是兵部大人亲口所说，但治部少辅大人看来，或许宁可自己成为恶人，也应出于忠义而为大人、幼君谋划考量，于是但凡关白大人有一丝一毫的过失，他也得以此为契机，置其于死地。或许早在身处朝鲜时，他就已经开始着手准备了。旁人或许不知，但愚僧事后回想起当时，便觉诸多可疑。"

女孩儿和乳母听得顺庆此言，再次伤感起来，屡次长长叹气。

"想必你们未能忘记，就在不久前，治部大人在江州伊香郡古桥村被捕之时，作为德川大人助手的不是别人，正是那个田中兵部大辅大人。或许二位十分蔑视这个恩将仇报的兵部大人，但九泉之下的令尊大人作何感想呢？往昔被自己当作工具利用的男人，如今却成了地方的手下,前来抓捕自己,这不就是因果报应吗?如此看来,或许他才悟透,这正是自食其果,怨不得别人。"

而后,顺庆从此处开始讲述自身情况,说明自己的内心变化。

"那时,治部大人常遣使者至愚僧住处,屡次斥责我为何音信全无,今日是否工作怠懒,等等。但我无凭无据,不可能胡编乱造啊!像田中兵部大人那般无中生有,不管不顾地将聚乐城人诬告为谋逆者,或可讨得治部大人欢心,但愚僧却无法违心奉承。且最初一年,并无任何意图谋逆的迹象,虽臣子中有一两人行为不端,但关白大人并无非分之想。我便如此照实禀报。某次,大约是在文禄三年(1594)秋天,有使者半夜里暗中造访,命我面见治部大人,我便避人耳目悄悄前往大人府邸。那是自朝鲜一别以来久违的会面,我叩拜过后,大人满脸不耐地说道:'怎么,左卫门尉,让你前去监视,是为探查情报。如今你窥探聚乐城已近两年,却像捺印一般,只回禀说并无可疑状况,确认无误。我虽目不可及,却也时时挂心。你说至今为止并无可疑,但世人却议论不断,认为关白大人并非善类。'彼时,大人脸上更显不快道:'左卫门尉,我从别的回禀者那里听说,关白大人每至夜晚,便出门寻人斩杀,暴虐堪比桀纣,但你为何从未呈报?'我答道:'此事我亦有所耳闻。但因从未目睹,我认为不可将未经证实的传闻上报给您,因此未曾提过。'治部大人闻言,厉声斥责道:'住嘴,左卫门!即使只是传闻,你听到如此暴行,怎可不向我禀报?若无法判定真假,为何不去找证据?我并非毫无察觉,恐怕你从未真心想当这个座头,或许早已忘了我对你的恩义,转而效忠关白大人了吧!'愚僧闻言,倏然跪拜于地:'岂敢,我从未想过。

怠于工作一事，我已知罪。但说我背弃您效忠关白，实在是冤枉。我左卫门尉诚惶诚恐，佯装盲人之态，然未失武士本性。况我身为间谍，若呈报子虚乌有之事，岂非挑唆太阁大人父子关系，引得天下大乱，这才是有违忠义之举。因此谨言慎行，不敢妄动。今后若有暴虐之举，即使琐碎，必定禀报。'说着，连连磕头谢罪，才算求得宽恕。"

说到此处，他面露踌躇犹豫之色，像是难以启齿、含糊不清地嘟囔道："但是，公主、夫人，你们听着，这个名叫'顺庆'的法师，不，名叫'下妻左卫门尉'的治部少辅大人之家臣，好不容易被主君委以重任，但他原本就不适合承担间谍的工作。愚僧无论如何也无法构陷不实之罪，不忍看到他人悲伤落泪。我庆幸自己获准进入此城，关白大人及其正侧室夫人们皆对我和善非常，我亦感怀其恩德，唯有真心诚意地侍奉。况如此一来更得人心，更方便完成任务，最终也能表达对三成公的忠义之心，我便是如此时时告诫自己的。但若问是否真的毫无愧疚、心安理得，其实我早已萌生疑问，时常为此痛苦不已。那时，愚僧常因自己明明可以看见，却装作盲人而产生无以言表的恐惧，或许也是由于欺上瞒下的不安心情。但比起这些，更严重的是我原本不该看到的这些，映入我眼中的世界或许不知何时将会害了我自己。这种念头在御前，尤其是在夫人身边，更加难以控制地涌现出来，甚至身体战栗不已。

"这么说你们未必能明白。愚僧暂处朝鲜时，曾在异乡经历腥风血雨，听惯了日夜不休的战马嘶鸣、枪炮雷动。久违地回到都城，生平第一次进入从未见过的、气派辉煌的宫殿伺候。身处战场之时，忍受艰难困苦乃武士的家常便饭,未有特殊感受。然而比起这些兵荒马乱之事,在御前闻到不知何处传来的幽兰芳香,却使我倍感困窘、举止僵硬。况且装作失明的痛苦,请想象一下。若是真的眼盲,或许尚算轻松,否则无论如何都不可能完全不看。若是看了,又不能让旁人觉察,只能微眯着眼,从睫毛缝儿里的那么一点点间隙,去窥测其模糊的样子。物体的颜色、形状,和睁眼看到的截然不同。所见金雕银砌的墙垣、隔门、家具以及人们身上穿的唐装、绫锦,简直精美绝伦,恍若隔世。愚僧眼见之处,殿内玉阶金梁,宛如梦境,其华贵奢靡令我胆战心惊,讶于自己竟能不可思议般在此处工作。

"唉,不提也罢。不知何时,御台夫人的身姿映入眼中,令我呼吸一窒,几乎不敢长久直视其朦胧绝美的面容。因为那张脸,只要看上一眼,便会觉得自己是在贵人身边伺候的卑贱仆从,连忙低头回避,生怕自己陷入无法挽回的沉溺。我这么形容,那该是多么令人惊叹的高贵优雅。最令我感到为难的是,侍奉夫人越久,祈祷她伺候平安无恙的心愿就越强烈。"

顺庆顿了顿,说道:"啊,我……"像是要稳住两个听众似的,仓皇将手举起。

"我……并非故意说出粗鲁之词。愚僧绝非忘记武士品性,因沉迷美色而失去本心之人,请二位不要误会。那位夫人身份尊贵,就算美若天仙,却定然与我无关。然而或许前世因缘果报,初次在夫人面前表演后,拙劣技艺竟能得夫人青睐,不时被召入内殿伺候。此后才逐渐明白其处境困顿不幸,因而心生怜悯。唉,即使身居金殿玉楼之中的人,也会有忧虑烦闷啊,我不禁对其遭遇十分同情。"

那么，顺庆话中所说的"处境困顿不幸"，是什么意思呢？想来这个夫人，也就是秀次正室——一台夫人的不幸，不久便成了顺庆之不幸的源头吧。或许这便是故事中最重要的部分，但《闻书》中对此重要内容却并未过多叙述。比谁都更清楚其中缘由的顺庆，却不知何故对此事避而不谈。他屡次提起一台夫人的不幸遭遇，但也仅限于大致的抽象说明，对于具体事件，却总是暧昧不清地一语带过。

在此，我想提醒各位读者，这位一台夫人嫁给秀次时带来一女名叫美屋前，这点我在前文中已提及，此女日后和母亲一起，在河原被杀。然而，顺庆却并不打算详述此事，却时时暗指夫人不幸，或许是透露她与带来的女儿之间，即正室夫人与美屋前之间，存在某种特殊的内情。关于此事，在《聚乐物语卷之下》的"幼君及女眷三十余人交予京都，附临终之况"一条中，有一段文字写道："第十七位名为美屋前，据说为一台夫人之女，却被（关白）纳为妾室。太阁相国闻之大怒，以之有悖人伦（中略）。多人求情，称此为关白之过，应饶此女一命，然未获准。"

另外，《石田军记》中"秀次公一族被诛，附嫔妾三十余人之事"中写道："第十七位名为美屋前，深得太阁妒恨，临终前尚以沉静安详之态念佛经。秋色已至叶未黄，似诱妾身赴黄泉。"《太阁记》中所记载的辞世和歌写道："浮世无常，亲子别离，同道亦欣喜。"想来当时世人皆称"恶逆冢"为"畜生冢"，或许就是此事在坊间流传开的缘故吧。在杀生关白以残暴嗜虐的血腥罪恶史中，此事尤为引起太阁激愤妒恨，这么说不无道理。比起谋逆之罪，此等悖德之罪或许才更导致其加速灭亡。

那么，因其享乐至上而成为牺牲品的这对母女，是以何种感情日日相对，又过着何种生活呢？其实顺庆并未透露什么特别的事，提到一台夫人时，只说"她总是闷于内殿之中，多数时候心情低落"，偶尔忘记孤独烦闷，也是因为"美屋前在身边"，甚至还说"母女二人相依为命，再无依靠，因此片刻不离，遇事便互相抚慰"。顺庆定是想让此二人以完美无缺的形象千古流芳，因此在其中多少增加了一些庇护、溢美之词。但其母女之间出人意料地相处融洽，却是不难想象的。恐怕当时的美屋前受关白宠幸，也只是被充作傀儡而已，作为母亲的一台夫人也只会怜悯孩子受难，怎会心生怨恨呢？不对，不如说是降临在女儿身上的惨痛遭遇，反而使母女二人结合更紧密。

一般认为少女也身为一名侍妾，应当与母亲别殿而居，但实际上，她多半居于母亲房中。顺庆前去伺候时，母女二人总是和睦地共处一室。早晚餐食自不必说，有时甚至还会一起游戏取乐。不难想象，容纳了三十余人的内殿中，女眷之间找茬挑刺是难免的，或许这对母女是为了避免别人背后说三道四，才故意想让人看见她们相处和睦。况且作为母亲，比起感叹自己的孤独，远不及看到孩子的不幸而心生怜悯。为了多少减轻女儿的自责，甚至是丢人现眼的想法，不如陪伴在侧，时时安慰更好。顺庆在许多场合都目睹了母女之间相处融洽的和谐画面，尤其是女儿将去关白大人御前伺候时，需要精心梳洗打扮，浓妆艳抹。母亲一一示范细节，告知女儿注意事项，其无微不至令人动容，于顺庆而言更是天神一般的存在。事实上，每逢此时，夫人便与女儿一同对镜，亲手为她梳理头发、整理襟袖，让她或站或立，细看其是否得体。时常看着日渐长高的可爱的女儿，露出喜悦欣慰的神色。

然而，人前万分谨慎的母女俩，在旁人目所不及之处，却会相拥而泣。顺庆自知她们不会将秘密透露给自己这样的下人，但在侧侍奉久了，总能觉察到母女之间的悲伤氛围。表面虽开朗阳光，但却能感受到一种无法言说的阴郁心情。一台夫人天真爽朗的笑容背后，总能感觉到一种可刻意压制的情感，可见其内心痛苦不堪。话说回来，顺庆对于这对不幸的母女的感情，真如他自己所说，仅仅是单纯的同情吗？

其七

为了解顺庆的内心，就必须明确他自刺双目，真正成为盲人的过程。据他所说，自己不知该迎合旧主三成之意，强行将关白诬陷为"谋逆罪臣"，还是该违逆旧主、庇护关白，以此谋得一台夫人母女的幸福，因此进退两难。思考再三，他认为若选前者，则违背良心；若背叛旧主，则使作为武士的自己颜面扫地。最后采取了无论如何都说得过去的手段——让自己真正失明。毕竟如果看得见，对夫人的同情会更强烈，甚至导致背弃旧主嘱托，因此失明是守住底线的最佳方式。只要眼睛看不见，只要那对母女的身姿不出现在眼前，过度的同情也会自行淡去，况且这样也算是对旧主谢罪。他在如此判断之下，毅然采取了行动。

他没有说明剜去双眼的具体事件，但大抵是在被传召至三成宅邸、被责骂工作怠慢之时，即距文禄三年（1594）秋后不久的冬季，或是文禄四年（1595）春季时分。拙作《春琴抄》中，佐助为使自己成为盲人，以针刺入瞳孔而达到目的。而顺庆身为战国时期的武士，可能采取了更粗暴的手段。据说他谎称患病，退至住所，用短刃破坏了眼球组织，并待伤痕痊愈后才重新工作。然而，原本便认定他是盲人的城中之人，却无一察觉他有所变化，一般说来，从假盲变成真盲，往往因反应骤然缓慢而容易引人生疑，但幸好身处城中时，无论坐立行走皆有向导在旁指引，因此未出大错。如此，顺庆看上去便全无变化，依然自称薮原勾当，受人礼遇，从这点说，他的计划收到了预期效果。

但另一方面，他推测自己必然改变心中所想，这一点却大错特错。他自以为失去了视力，精神上的烦闷便能随之减少，能如释重负，事实却截然相反。他使自己失明的目的之一，是"不看见夫人"，至少在这一点上，他的期待便落空了。想着看不见，却比之前"看"得更清楚。更糟糕的是，用肉眼看时，还带着良心上的谴责；但用心看，却完全没了束缚。既然不是用肉眼所见，那么就不存在对旧主的不忠、对夫人的不敬。甚至不必顾虑任何人，无论何时，都能自由地、尽情地欣赏心中残留的映像。比起佯装盲人时眯缝着眼偷看，反倒是失明了，视野反而变得更宽阔、更生动。

在此期间，关白秀次的残暴行径却变本加厉了。《太阁记》卷十七中记载："（文禄四年）六月八日，秀次公并众女眷一同登上比叡山，昼游夜宴，恶行不断。朝夕狩猎，猎得鹿、猿、狸、狐、鸟类等,数量庞大。一山人制止道:'此山乃桓武天皇[①]草创,为禁杀生、绝女色的结界之山,望关白大人遵守。'木村常陆介却辩驳道:'以我山慰我众,谁人能禁?'遂换人侍候。即於南光坊调美之体,其甚为不悦道:'贫僧惶恐,竟敢向味噌中加鱼鸟肠。'此外还有诸多放肆逾矩之行。骤然大雨倾盆,似无停止迹象,其日便停滞无法返程。御厨名为横田者,向院主借米五石,答曰:'此山自古少有食粮,况僧多粥少,还是从坂本送来为好。'不应其求。是夜,众人求粮,皆疲惫不堪。横田遭人怨怼责骂,申辩道并非己过,是院主不近人情。秀次闻之,言此山自取灭亡之时不远矣。其恶更深。"

又说:"同月十五日至北野,秀次公见一盲者拄拐,赐其美酒,拒而不接,便断其右臂。盲者惊呼求救,道:'戏弄便罢,竟要杀我。'秀次闻言,厉声斥道:'谁会助你?熊谷大膳亮亦无可奈何!'盲者知晓,杀生关白常年在此附近滥杀无辜,必是此人无疑,但伤及盲人,实在作恶匪浅。遂骂道:'哀我不幸,如何存活世间,不如尽快取我首级,好让你杀生关白之名遗臭万年。身在此位,当为国卖命,然不思如何取得敌人首级,如何匡扶天下邪法,竟自行作恶、暴虐无端,仿若桀纣再生。因果几程,必遭天谴!'"

《太阁记》的作者在此节后的附记中说道:"有人说'不昧因果',亦有人说'顺其自然'。凡事皆事出有因。秀次公六月八日登比叡山,残暴之心未及更正;七月八日登高野山,便得苦头;十五日于北野戕害盲者,最后便也是用此刀介错,皆是因果报应。其因果或

[①] 桓武天皇(737—806),日本第50代天皇,781年4月30日至806年4月9日在位。

报于后代，或报于其子，或报于其自身，时机一到，自然显现。世间俗谚，应须铭记。"

秀次于高野山自裁，担当介错的是筱部淡路守，所用刀具乃名为"浪游"的兼光利刃。依据上述记载，前月十五日，其于北野杀害盲人时所用的凶器，便是此"浪游"。据说当时，为满足秀次嗜杀之好，也为怜悯无辜百姓遇害，下人们每日从牢房内带出一囚犯，献予其屠戮。大阪、伏见、京都、堺町等地之囚犯被悉数斩杀，甚至罪不至死者，亦皆死于其刀下。

顺庆暂且搁置了自己的故事，先行讲述了秀次的结局。聚乐城中密谋诡计之传闻频频传至伏见，太阁亦无法置若罔闻，便派遣宫部善祥坊法师①、前田德善院僧正②、增田右卫门尉长盛、石田治部少辅三成、富田左近将监③等五人作为使者，至秀次处宣旨道："传闻有谋逆之野心，以为虚言，然为破各方谣言，未免疏漏，书纸七张以誓忠心。"秀次书誓纸道："我全然不知竟有此事，怎会有那般图谋。掌此城，居此位，唯您圣恩所致。倏然传旨命书纸七张，不胜惶恐，无所适从。乃召侍从卜部兼治，请神奉仙，聊以自证清白，无野心可言。"五位使者接下，返程伏见，呈递御前。太阁阅之，圣心大悦，疑虑顿消。

---

① 即宫部继润（1528—1599）。
② 即前田玄以（1539—1602），日本战国时代武将，织田信长家臣。丰臣"五奉行"之一。父亲是前田基光。正室是村井贞胜之女。别名德善院、半梦斋。官拜民部卿法印。
③ 日本古代官名，近卫府判官职称之一。

然而，太阁对于秀次的不信不满由来已久，根深蒂固。即使秀次上请梵天之帝释天①，下邀四大天王②照览，信誓旦旦欲证己清白，却断然不可能以几张纸收场。彼时，木村常陆介在淀地监工，据说七月四日夜，其跟随五位使者行迹，乘女眷轿辇至聚乐城，直接由厨房被抬至内殿，秘密谒见秀次，商谈某事之后，当夜即返。然石田三成早已在常陆介家中安插三个暗探，立即得报知晓此事。五日，右马头毛利辉元上书道："去岁之春，秀次公曾遣白井备后守以此案纸作誓书，拼力上书辩解。"其呈递上书经石田治部少辅上禀，同时竟也成了证据。或许真如顺庆所说，三成在其中动了手脚。如此多方呈报，加上莫名上书，似乎确有其事，坊间便众说纷纭、流言四起，说其父子之间未能直接详谈，不得消解嫌隙。太阁为召秀次谒见，使二人冰释前嫌、和睦如初，再遣宫部善祥坊法师、玄以德善院僧正、中村式部少辅一氏③、带刀先生堀尾吉晴④、对马守山内等五人为迎候使者，前往聚乐城。

其时，太阁又好似想起了什么似的，叫住了正要出发的玄以僧正："叫堀尾回来一下，有事寻他。"

---

① 全名为释提桓因陀罗（因陀罗），意译为能天帝。原为印度教神明，司职雷电、战斗，后被佛教吸收为护法神。
② 出自婆罗门教即印度教神话的二十诸天，分别是：持国天王、增长天王、广目天王、多闻天王。
③ 即中村一氏（？—1600），日本安土桃山时代武将、大名，"三中老"之一，官位为式部少辅。
④ 堀尾吉晴（1543—1611），日本安土桃山时代至江户时代前期武将、大名，织田家部将堀尾泰晴之子。丰臣"三中老"之一。

堀尾返回御前跪坐，面露忧色，似自言自语般小声道："那个无赖会有所察觉吗……"

太阁盯着他的眼睛，嘟囔道："若真如此，该当何为？"

堀尾即刻答道："请您放心，我有妙计。"

太阁闻言，含泪道："你又救我一命，此为第三次，感激不尽。"

后堀尾告假，离开伏见城，半道上称自己有事，与其他四名使者分道而行，快马赶往三条馒头屋一个名叫道彻之人的住处，秘密吩咐道："此次事发突然，我受命为使者。若幸得秀次公移驾伏见城便罢，若其不从，则互敌对，我必遭难。此危难关头，无暇拘礼，请将此信交予信浓守，必酬金银。此事绝不可泄露于人。"堀尾与其慎重盟约后，才匆匆奔赴聚乐城。

而面对使者迎候的秀次这边，却因不知是否遵从太阁之命而进退两难。秀次同白井备后守、木村常陆介、熊谷大膳亮等三位重臣同室共议，三人意见不一，莫衷一是。

备后认为，若此刻离城，恐身陷险境，依其所见，不如将三人之一遣往伏见，尚算合理；若不得圣意，派兵攻城，我方也可正面迎战，即使战败，到时切腹自裁便可。

熊谷大膳道："备后守所言有理。退而思之，若不于此一战，切腹自裁，实属愧对王城属地，此乃其一；龟缩于太阁殿下拱手相让之城，有违天道，此乃其二；至昨日为止，仰仗关白大人之地足有六十余州，事到如今却困于城中寸步不离，实为日本武士所不齿，此乃其三。世间流言不断，当先循父子之礼，暂退帝都，方可使众人究明真相。因此,今宵当先越志贺山,移驾东坂本。若如此仍为消其疑虑,派兵征讨,我方当出兵唐崎,正面迎战。兵力共约三万余人,若运数已尽,其时当平心静气,自裁绝命。"

木村常陆介道:"事已至此,无论如何退让、自证清白,太阁殿下也不可能宽宥饶恕。此无路可退之况,不如斩杀五位使者,今晚纵火伏见城,于其中开战。引弓射箭,方为体面,您也可于沙场留得美名。或许,不如烧尽京城,于此城中一决高下如何?先行控制京中军饷,备好弹药,加固城防,定会引人周旋调停,到时便可获足利益。"

秀次知道自己已是必死之身,行至穷途末路,觉束手无策而一言不发,只是长叹。常陆介盛气凌人地厉声谏言道:"竟不知您原来如此懦弱不堪,一旦入伏见城,便再无归来之时。或被发配高野山,落于杂兵之手;或流放他国,与俊宽①一同郁郁寡欢;抑或不予介错,让您自戕了事。真到那时,您便追悔莫及了。"

彼时,吉田修理亮正在摄州芥川监工筑堤,听闻京城流言四起,随即快马加鞭返城,恳求道:"谋逆之说,若确有其事,望您千万别去伏见。哪怕只有丝毫企图,也必须留在此城中。若无论如何申辩自证,皆无法得其宽宥赦免,望您给我一万兵力,定将不畏威势,率先上阵迎战,为您尽忠。"

粟野杢助最后赶到,说道:"各位所言皆有理有据,伏见那位殿下乃大将军,若其认定您意图谋反而率兵攻城,便不会拖延过久,

---

① 俊宽(?—1179),《平家物语》中的人物,权大纳言源雅俊之孙,真言宗僧人,法胜寺执行。因参加讨伐平氏密谋,被流放萨摩鬼界岛,亡于该地。

即刻将被围剿歼灭。我认为，石田谗言构陷，无凭无据，殿下未必信其所说。由此看来，不如遵旨前往伏见，二人当面相商，解开心结，皆大欢喜。何况派兵围城，并不一定率先获利。因为对方乃累世武士家族，战功卓著，兵力雄厚；而我方无论人数几何，皆为诸国借来之兵。入得伏见城，仍为父与子，若割骨肉情，诸事便无用。就算于此城中故步自封，也并非长久之计。若对方自外围城，切断粮道，我方士兵势必求助亲属而参降，肯坚守阵地者寥寥无几。恕我冒昧，为主君您考量才如此直言不讳，除我等外，无人肯如此仗义执言。若您知晓此理，如今便不应踌躇不前，当即刻动身前往伏见，谒见太阁。"

诸事分析合情合理，如此挑明后，几人都觉如梦初醒，便息事宁人。秀次对等候答复的五位使者回道："便应旨同诸位使者前往伏见。"此时，堀尾避开众人，诚惶诚恐地独自靠近秀次右膝一侧，神色慌张，像是多少做好了觉悟一样，确认了秀次答复后，当即退下，迅速赶往三条，将此吉报转告道彻。

秀次减少人马，特意乘辇上路，带了徒步侍从二三十人，从聚乐城出发。一行人渡过五条桥，行经大佛殿前时，周围逐渐开始骚动，似有大量群众在各处聚集，拥挤不堪。关白心想，莫非是遣人追杀我了吗？心中极其不愿死于此等卑贱者之手。轿辇抬入东福寺，随行仆从劝道："便在此平静自裁吧。"方才觉察被人算计，立时命人折返回城，切腹自尽。但年轻武士不断从后方追赶而来，报曰："观五条桥一带情势，早已遍布敌兵，无法折返。"秀次咬牙切齿，催促抬轿者疾行，并命骑马者冲散人群，持弓箭者禁乘轿辇，总之无论如何要尽快赶到藤森。然而，增田右卫门尉像是特意在半道恭候，跳下马行至轿前,毕恭毕敬道:"外面情势危急,暂且退至高野山避一避,若无分毫谋逆之野心,自能得以昭雪,不久便会真相大白。"秀次落轿,心知若尚在聚乐城中,或许还有转圜之法,如今怕是凶多吉少。"我启程至此,出得殿外时便有了觉悟,事到如今也无所惊慌。然则生命无常,若因不实之罪而丧命,难免遗憾。"又道,"勿让我丰臣秀次这等人物蒙此耻辱!若到行刑之时,务必告知于我,我必堂堂正正切腹自尽。"右卫门尉面露安慰之色,宽慰道:"尚不至切腹的地步。如今虽形势危急,但日后您亲笔奉书,表明诚心,大人自然转怒为喜,口出逸言者便希望落空,遭受处罚。"命武士于轿辇前后包围随行,经伏见城,沿大和街道行进。当夜宿玉水旅馆,看着下榻之处的破败草屋,关白不禁想起昨日仍在的荣华,彻夜未眠,枕月赋歌曰:"心念云井①之秋空,目映竹窗之孤月。"

此前在旁恭谨伺候的随从,骑兵便有二三百人。石田治部少辅委派监督的武士向主人回禀此事,治部大人提醒说如此人数过多,随行之人即骑兵二十、步兵十人即可。翌日,即九日开始,武藤左京②、生田右京、筱部淡路守、津田雅乐助③、山冈主计头④、前田主水正⑤、

---

① 此处为直译,日语中为云霄、遥远之处,亦指皇宫、都城。
② 即武藤安成(1558—1624),日本战国时代至江户时代前期武将、大名,武藤安盛之子。左京及下文的右京皆为日本古代官名,为京职长官,负责京都的租税、商业、道路等民政事务以及司法、警察之事的部门,分左右两部,各自负责东西两半。
③ 日本古代官名,雅乐寮次官职称。雅乐寮是负责培养、选拔舞人和乐人的部门。
④ 日本古代官名,主计寮长官职称。主计寮是管理税收、朝廷预算、决算的部门。
⑤ 日本古代官名,主水司长官职称。主水司是管理饮水、粥、酒、冰窖等物的部门。

闻书抄 | 137

不破万作①、杂贺虎、山田三十郎、山本主殿助②、志水善三郎、并隆西堂等寥寥数人随行，经奈良坂，于般若寺附近停轿暂歇，遥遥伏拜春日明神之森。

"三笠山中升皎月，命途虽改仍悲戚。"

是夜，借宿奈良中坊井上源五处。驹井中务少辅③、益田少将处传来文书道："为避各方巡察、信使等喧杂之人，暂停高野山一切巡察之务，仅在山口处设置两名步兵即可。"次日经宿冈野，闻当麻寺钟声。

"假寐梦中现尘世，命入绝途闻钟声。"

终抵高野山，暂居青严寺，剃发更袍，号曰"道意禅门"。众随从效仿，皆剃发。

秀次见到木食上人④，哽咽含泪道："诸事皆属意料之外，世事难料，今唯一死，自行了结短暂一生。然伏见所派检使未到，身后之事不知托付何人。"语毕，又流下泪来。

上人答曰："您登此山，性命无虞。纵使太阁愤恨深切，山中众徒一同申述，自当报您免于一死。"但福岛左卫门大夫检使、福原

---

① 不破万作（1578—1595），日本安土桃山时代丰臣秀次之家臣，有"战国三大美少年之一"的美称。
② 日本古代官名，主殿寮长官职称。主殿寮是负责内里（天皇日常生活之所）的扫除、天皇入浴的准备、管理坐舆的部门。
③ 即内务少辅，日本古代官名，八省之一的内务省次官职称。内务省（又称中务省）是侍奉天皇侧近、行使诏敕颁行等官中一切政务的机构。
④ 佛教称谓，指智德兼备的僧侣。

右马助①、池田伊豫守②等人，以大将之名率五千余骑，于文禄四年（1595）七月十三日申时离伏见，十四日傍晚抵高野山。以上人为首的一山老僧为其请命，未得允准，青严寺被围。翌日，即十五日巳时，主仆互敬临终前最后一盅酒。家臣中最年轻者最先切腹，第一个是山本主殿，第二个是山田三十郎，第三个是不破万作，此三人皆为未满十八岁的少年，平日备受宠爱，情谊匪浅。主殿使用国吉短刃，三十郎使用安川藤四郎的"九寸八分"，万作则被赐予"镐藤四郎"，由秀次亲手介错。其三人中，万作被称为天下第一美少年而声名远播。其敞露胜雪的白皙肌肤，由左乳上部刺入短刃，并划至右腰侧，最后斩首。第四个是东福寺的隆西堂，第五个是秀次，年二十八，如前所述，由筱部淡路守持"浪游"长刀为其介错。

因秀次未采用自己的计策，而赞同了粟野杢助之意见，木村常陆介便在秀次乘轿前往伏见之时，偷偷跟随至五条桥边。为确认所到之处情势，他改道至竹田驿站外，处处可见将士披甲、战马配鞍之景，便知晓是要讨伐主君。于是对随从吩咐道："尔等在此御敌，我趁隙潜入，待石田经过，将他拽下马斩首之后，我便切腹自杀。"说罢便欲冲上前去，却被一名叫野中清六的十九岁仆童勒住缰绳道："大人不可！纵然再怎么神不知鬼不觉，也无法潜入其中。此处已有重兵埋伏，若贸然闯入，定落于其手而白白送死。不如先至山崎，入夜再作

---

① 日本古代官名，马寮次官职称。马寮是分左右两部饲育、训练从诸国牧场（武藏、上野、甲斐、信浓）集中的宫中马匹，管理马具、饲料的部门。
② 即伊予守，伊予国领主。伊予国为日本古代令制国之一，也写作"伊豫国"，又称豫州、予州，其领域为今爱媛县。

谋划。或暂往北国而行，召集固守城池的各诸侯国。"常陆介闻之有理，便经东寺西行，赶往明神，投奔山崎宝寺中素来交情深厚的僧侣。然不料被寺院出卖而告密至伏见，顷刻检使便到。七月十五日，常陆介遂与主人秀次同日切腹自杀。其子木村志摩助隐匿于北山一带，惊闻父亲死讯，同日亦自戕于寺町之正行寺。

其时，熊谷大膳藏身于嵯峨二尊院①，曾与其交好的前田德善院家臣之长，名为松田胜右卫门者于十五日来访。松田最初抵释迦堂，自那处遣家臣传话道："主人德善院得圣意通传，命我转达，秀次公今日于高野山自裁。念素日与您交情深厚，您有何吩咐可悉数告知，定竭力相助。"熊谷闻言答道："谨遵圣意。本该亲自造访，当面谢恩，却劳您费心。请到这边来，最后想拜托您一件事，此外别无他求。"不久松田至，熊谷大膳出门亲迎道："得您亲临，不胜感激。想托付于您之事，即阻止众臣下仆从以死相伴，故欲留言'我死后，凡有违背此言、追随而死者，来世便断绝关系，并将其一族皆逐出五畿之内各国②'，无论如何请助我达成。"松田感动不已，答道："托付之事，悉已知晓。"

后二人互敬临终之酒，其时有三名家臣趁隙切腹自尽，称伴君而死才断绝往来，则先赴黄泉，便无咎可责。剩余几人亦觉有理，便争相欲死，松田之家臣及寺院僧侣皆出手阻拦，三五人制住一个，先一步夺去其长刀。大膳见状，含泪哽咽道："真是不明事理之辈！若真

---

① 日本寺院名，位于日本京都市右京区，属天台宗，供奉本尊为释迦、弥陀，因此称为二尊院。
② 即日本古代京都附近的山城国、大和国、河内国、和全国、摄津国五个国家。

有诚志,当保命存活,为我祈求后世之福。先走一步只会挡我黄泉之路。我若获救,定即刻出家,为我主君祈福,遗憾无法受到赦免。"众家臣无奈之下只好答道:"我等谨遵君命,如您所愿,出家为寺主之弟子,为您竭力料理后事,请您安心准备上路吧。"大膳喜极,沐浴净身后于佛前焚香,将客殿的榻榻米翻转堆起,行汲水之礼后,面西拔出短刃,站立着在腹部画下了十字。松田托付寺主为其行百日法事后返。大膳虽身份低微,但其对主仆情谊之重视,临终时的壮举,无人不为之动容。

白井备后守与粟野杢助退至鞍马地区,悄然等候圣意之时,德善院遣以名为小池清左卫门的使者传话道:"关白大人之事,北政所为救其性命,已竭力求情,然无奈未得赦令。已遣福岛左卫门大夫、福原右马助、池田伊豫守等三名检使出发,望尽快做好自裁准备。若有事托付,可代为转达。此后亦当为二位诚心祈福。"两人对清左卫门道:"法印大人之挂念,我等悉数知晓。然有要事相求,能否引见平日对我等多有关照的上人,若得允准,不胜感激。"清左卫门爽快应承下来:"此事容易,法印师父说过,二位所求皆可照做。"于是便用一顶老旧的轿辇将二人抬出,白井于大云院寺庙、杢助于粟田口一个名叫鸟居小路之人家中,同时切腹自尽。

白井之妻在十二岁时初遇备后守,自此片刻不离其身旁。此次事发,无奈于丈夫分别,隐匿于北山一带,后闻备后守切腹自尽之噩耗,便让乳母怀抱两岁幼女,几人至大云院[①]贞安上人[②]处造访。

[①] 位于今日本京都市东山区祇园町南侧,属净土宗寺院,供奉本尊为阿弥陀如来。
[②] 贞安上人(1539—1615),大云院开山僧祖。

白井之妻恳求道："我等为备后守之妻女，无依无靠，欲随夫而死，望您为我等祈福。"上人思忖片刻，暂将几人请入院内再行通报，以求指示。法印闻之，呈报太阁，领命道："若为男孩，让其自尽；若为女孩，留其性命。"上人闻之，安心领命，称可放心。但白井夫人未见喜色，再次恳求道："仰仗厚恩，感激不尽。但纵可苟活，何人可依？何处可匿？到底我将随夫而去，放心不下的唯有此女，年将两岁，您慈悲为怀，可否找户人家收养，待她成人，也可为我夫妻二人祈福吊唁。"说着拿出了真正的守备之佩刀，以及三百两黄金。上人再三抚慰，劝其活在世上为夫君祈求后世之福，方为正道。夫人答道："如此，请容我变换装束。"随后削去一头青丝，身着墨服，彻夜诵经。翌日拂晓，趁乳母抱着幼女打盹儿间隙，取来佩刀直刺心脏，伏地而终。

其死后留下的两岁幼女，一说由贞安上人与乳母一同收留，托付五条一带某商人家庭抚养。十五岁时与某男子喜结良缘，嫁作人妻，其后过着富足美满的生活。且此女自小聪明伶俐，倾心读写，早晚临摹习字本书写。有时向乳母问起双亲姓名，乳母答道："往事悲痛不堪，至今未曾据实相告，你父亲即是天下大小诸侯无人不晓的白井备后守。"小姐闻知真相，佛心顿起，于十三岁那年五月末，开始参与大云院四十八夜[①]诵经，其结愿之日正好是父亲殒命的七月十五日。忌日前夜，即十四日夜，既为结愿前夜，又值盂兰盆节[②]，依依不舍地同

[①] 源于阿弥陀佛四十八愿，需诵经四十八晚。
[②] 节期在每年农历七月十五日的节日，也称盂兰盆会、中元节（一定意义上，中元节归属道教，盂兰盆节归属佛教）。在日本，盂兰盆节是仅次于新年（元旦）的重大节日，人们各自回到故乡，举行各种祭祖及欢庆活动。

乳母一起在佛前守夜整晚。二人犯困打盹儿之时，竟入相同梦境。一年近四十之人，身着绫罗绸缎，头戴发冠，一手执笏①，正坐于佛龛。另有一三十余岁的妇人，里着深紫薄衣，外罩黑色布衫，坐于右侧。梦境中甚觉不可思议，便询问身旁之人，答曰："此二位便为白井备后守夫妇。"倏然间，一身长二丈的厉鬼出现，口吐火焰，似要折辱夫妇二人之时，一年高德劭的老僧出现，驱走了厉鬼。霎时紫云密布，异香扑鼻，虚空中飞花飘舞而至，乐声传来。夫妇转眼间便化为金佛，乘于金莲之上，缓缓升空。女孩儿与乳母醒来一看，梦里自己拼命拉住夫妇俩的衣角，其实是扯住了佛龛前悬挂的帷帐下摆。此梦境为世人知晓，或为当晚一同守夜之人所传，夸大其词称紫云密布之象持续至天明，身旁仍有异香浮动。据说虽处末世，只要心诚，便显奇异祥瑞之象，一时广为传颂。

木村常陆介亦有一十三岁之女，美貌无双，曾为秀次所垂涎，不知常陆介心中作何感想，只称女儿因故随母去了越前。木村临死前，唤来仆童野中清六道："你愿随我赴死，我心甚慰。但望暂且存命，赶往北国，替我安置好我的老母亲以及妻女，此为唯一挂念。"清六答道："谨遵君命。"便动身去了越前。其于北方见到常陆介之母亲与妻子，将京中事件始末告知，女眷答道："如此便将我们也杀了吧，大人定在冥府之路等候。"清六心想："我亲手杀此三人，虽无不可，但仆从女用们定会横加阻拦，若遭人妨碍而负主人之命，反引祸端。倒不如我先行切腹，以作示范。"如此想着，便对三人道：

---

① 古代君臣在朝廷上相见时手中所拿的狭长板子，按品第分别用玉、象牙或竹制成，以为指画及记事之用。

"京都即刻便会派人前来，若为卑贱者所杀，恐一族名声尽毁，当趁其未至而自行了断。小人追随先主，先行一步。"话音未落，便在腹部画下十字，倒地身亡。

见此情景，常陆介之妻意图效仿，欲先杀女，却被乳母按住手道："在场围观者皆妇孺之辈，怎能承受眼前此等惨状？"旁人亦上前阻拦，将母女分开。夫人怒斥道："肤浅之人！不动手寻死，难道能逃过此劫吗？此时惜命，后必蒙羞！"然无法近女儿之身，无奈之下对母亲留下一句"望母珍重"，便自尽了。其后，老母亲请来素日多有关照的上人，将自己的遗物——窄袖和服及黄金交予上人，请其为一族祈福，并留下详尽遗嘱，老人亦自刃了断，伏地而亡。危急之下得救的女孩儿随乳母一起漫无目的地逃亡，攀峰落谷，信步而行，终是迷失于山路之中。直至天明才重回原住所，却被杀手抓获。至于白井备后守之女，太阁大人曾说"女孩无妨"，但常陆介重罪缠身，自然迁怒其女。此女后被送入京都，于三条河原被斩首，曝尸荒野。

此外，仙千代丸之母——御和子前之父日比野下野守，及御百丸之母——御辰前之父山口松云，于北野一带切腹自尽。丸毛不心于相国寺门前道："妾年老色衰，终归同途，不如也将我斩首。"准其一死。另有因谋逆遭流放的延寿院玄朔[①]、绍巴法眼、荒木安志[②]、木下大膳亮等人，《太阁记》中关于此事有言："秀次公意图谋反，旁

[①] 即曲直濑玄朔（1549—1632），日本战国时代至江户时代前期的医师，号延寿院。
[②] 即荒木元清（1536—1610），日本战国时代至江户时代前期的马术家，法名安志。

人为其利用，不至牵连受死，以其全无逆反之心，唯惧长盛、三成之威，无人劝诫，遵奉行之令，发配至流放之地。"另有被羁押于各诸侯国者，一柳右近将监于江户大纳言处，服部采女正①于越后②宰相处，渡濑左卫门佐于佐竹右大夫处，明石左近至小早川左卫门佐处，前野但马③守与长子出云④守于中村式部少辅处等。后玄朔、绍巴、安志三人获赦，其余几人悉数领旨切腹。《太阁记》又道："此谋反之事，虚实掺杂，终不可知。自裁者众，却无人辩白，亦无人知真相，或皆蒙冤赴死，以为前世之报，可悲可叹。"

此说确实无凭无据，不过是根据一时传言及含混猜忌而来。不难想象，因含糊的不实之罪而死者甚多，其中甚至包含略有瓜葛而被牵连之人，可谓祸从天降。但另一方面，也有少数人幸免于难。左京大夫浅野吉长⑤曾一度罪至切腹，然其恳求道："无论如何都想会一会控告者，请让我在御前与其对质。"循其意，二人于御前对质。然控告者名为水野新八郎，曾为吉长家臣，直至最近才因故被革职，或因此怀恨在心。此次控告旧主左京大夫大人与关白大人合谋，持有确凿证据文书。那文书上的确有吉长之捺印，然审讯本人，却答道："此捺

---

① 日本古代官名，为采女司长官职称。采女司为负责采女挑选、教育管理的部门。采女是服侍天皇、皇后日常生活的女官。
② 即越后国，日本古代令制国之一，亦称越州。其领域相当于今新潟县（除佐渡岛）。
③ 即但马国，日本古代令制国之一，亦称但州。其领域大约为今兵库县北部。
④ 即出云国，日本古代令制国之一，亦称云州。其领域大约为今岛根县东部。
⑤ 实为浅野幸长（1576—1613），日本战国时代至江户时代初期的武将、大名。此处或为作者笔误。

印确为我所有,但一年前便已改印,此枚早已弃而不用。"调来数份吉长签发至诸大名处的文书为证,细察其所用判印,正如其所述,如此洗脱嫌疑。而新八郎因作伪证及伪造图章之罪,被交予吉长,即刻便被斩杀。另外,六角右兵卫督义乡①亦曾命悬一线。说起此事,便得提到义乡家臣之中,有一近江国信乐人名叫多罗尾道贺。最初,义乡欲娶道贺之女为妻,但此女美貌无双之名传入秀次耳中,后迫不得已将其献入聚乐第。此女即为御曼前,关白爱妾之一。仅此风波,即因被关白夺妻,而准岳父为自家家臣之故,便受牵连。此等荒唐冤罪,闻所未闻。吉长也好,义乡也罢,素日皆受三成反感,结果遭此灾祸时,便无人开口为其辩白。念及冤罪判刑未免可怜,便赦死罪,没收领地作罚。

前述内容有所遗漏,即于二尊院切腹自尽的熊谷大膳辞世之诗:"有哀欲问直须问,踏入嵯峨古寺中。"另有于大云院自刃的白井备后守之妻辞世之诗:"今生染布织衣妇,来世花开并蒂莲。"

此外,据说秀次赴高野山时,有许多人乔装扮作朝拜者、修行者,一直跟随着秀次轿辇而行,寸步不离。但各处皆设卡盘查搜身,跟随者或被逐返乡,或索性巡游列国。

---

① 右兵卫督为日本古代官名,为兵卫府长官职称。兵卫府为警备皇居外周区域的部门,分左右两部。六角义乡(?—1623),日本战国时代至江户时代前期武将,六角义秀之子。

其八

秀次及其家中武士之结局，或被诛杀或离散，大抵如前文所述。而顺庆假扮的薮原勾当结局如何呢？七月八日夜，秀次离开聚乐城，见其众妻妾被移送式部卿德永法印府上，顺庆便来到位于伏见的旧主宅邸，请求谒见。顺庆认为，自己本就是治部少辅家臣，关白家即将灭亡，便理应回到旧主处，听凭处置。但若真如此行动，于他而言，或多或少是需要勇气的。因为受命奉公期间，不仅未立功劳，甚至在文禄三年（1594）之秋，还被特意召来斥责其怠惰之过。对于此般痛斥，当时他也曾跪地叩拜谢罪，但其后依然呈禀一些不痛不痒的报告，并未努力获取主人特殊信赖。思及此，便觉就算回去，也未必能得旧主笑脸相迎，甚至说不定会被问罪。

尽管如此，他还是咬牙登门了，这是为何呢？或许是他那时仍难割舍武家气魄吧。即是说他心中，"即便受命切腹，也不偏离武士之道"的信念仍在燃烧，因此重寻旧主，任其裁断吧。然而，他心中存有自己都未意识到的秘密，或者说浅淡的意念，即借毁灭关白家的主人三成之手，令自己也身首异处。况且，他对此尘世已无任何盼望，已是自弃之人，与其活着目睹关白一族沦落灭亡之惨状，不如主动激怒旧主而被诛。

顺庆自述道："至伏见宅邸面见主人之时，其道：'所幸关白谋逆之事暴露，但你全无建树，有何颜面回我府邸？'愚僧惶恐，跪伏于地道：'我罪无可恕，无可辩驳，唯请您责罚。与其作为琵琶琴师，毫无价值地苟活于世，不如作为武士赴死。无论您如何处置，皆遵命领罚。'主人却面带疑虑地打量着我，问道：'为何闭眼？'我答道：'如您所见，其实我如今确为盲人。'主人惊呼，反复问道：'什么！你说什么？'又答道：'目明，则难免有忘记佯装盲人而败露之时，为不辱使命，便以短刃剜去双眼。'主人闻言，一时无语，片刻后愤然斥道：'汝之所言，属实稀罕。但仔细想来，此般作为貌似忠义，却并非忠义。你瞒得过旁人，却骗不了我。命你佯装盲人座头乃权宜之计，即便命你立时乔装混入当道座，又何需草率鲁莽地剜去双眼？况且我不过命你佯装盲人，使敌方放松警惕，便于查探消息，此重任需要你耳聪目明更胜常人。可你倒好，双目失明，出入不便，如何建功？明知重任在身，却致失明，实在说不过去！身体发肤，受之父母，此乃古人训诫。你却妄加损毁，简直大逆不道，没想到你竟连这道理都不懂！'我直冒冷汗，畏惧地连连谢罪。一想到治部大人看破了愚僧的托词，说出我心中真实所想，即使跪伏于地，也能感受到主人锐利的目光射来，不禁蜷缩起来，抬不起头，也说不出话。主人又说道：'如此畏缩之态，还想被当作武士对待，简直可笑至极。将此重任托付于你，是我失策，一想起便觉可恨，杀你都脏了我的手。便革去此职，你赶紧走吧。'说罢便径直入房内。"

三成为何竟能饶过顺庆一命呢？或因秀次已作为谋逆罪臣被送往高野山，即其计策已成功大半，则无须追究顺庆之过。或因念及下妻左卫门尉之过往功绩，认为其罪不至死。

观顺庆对于旧主的心态变化过程，大致可分为三个时期。其一为顺庆前往三成宅邸，求旧主降罪之时。在此之前，其虽同情一台夫人遭遇，但尚未丢弃武士之矜持。其二则是为旧主革职驱逐，彻底成为座头之时。此时他已非武士，遂日夜为那对身份高贵却极其不幸的母女而担忧，甚至内心不知何故，充满了自责与惭愧之念。其三为秀次族人及女眷于三条河原被斩当日。顺庆于栅栏外窥见其状，听见其中传来的凄厉哀号。自此以后，他便开始痛恨旧主三成之残虐，诅咒丰臣氏之天下，吟诵着和歌"不昧因果"，沦为一个行乞僧人。

　　话说回来，顺庆被旧主逐出府邸之时，那对母女身在何处呢？秀次乘辇前往高野山的七月八日夜里，她们先被送往式部卿德永法印府上暂住，又于七月十一日被带往法印所居之城——丹波龟山。《太阁记》之"益田少将忠志之事"提到："秀次公之幼子及受宠妻妾共三十余人，于八日夜被送至式部卿德永法印处，由前田德善院、田中兵部大辅二人轮番严守。后于十一日被送往丹州龟山之城，如实记录于法令之上。至此便已断念，知晓死到临头，不久便会返京并被交予京城，在六条河原受刑。益田少将得知事已至此，痛苦万分，无以复加。其本为江州浅井郡人，在本愿寺别支小庵中做和尚，秀次公成为天下之继承人后，其幸入三奉行之列，恩重如山，无以为报。思及此，便于赴龟山探望幼君们，始终坚信不可残杀。便将独女托付给秀赖公之母，自己于七月二十日赶往大阪，并嘱家臣藤井太郎右卫门，可视龟山之情势，危急时可先杀掉妻子，再三叮嘱不可泄露此事，甚至命藤井写下誓纸。二十二日夜，其依依不舍离开住所，急奔龟山。至阳坂，多有士兵，称奉前田德善院、增田右卫门尉、石田治部少辅之命四处巡视，不可放过一人。至龟山幼君所居之地，亟待看守通融放行，手持礼品奉上，再三恳求并明示自己手无寸铁，仍未获准，正欲丧气而返，又向守卫细问详情，对方答曰："囚于龟山城中，我等亦无法靠近，少将还是断念为好。"

顺庆亦如上述益田少将那般，为徘徊丹波龟山者之一。终究未达所愿，半途折返。然至七月三十日，被囚于龟山城的妇孺众人再次被移送京都法印宅邸。八月一日，各人皆写下辞世书。在此期间，三条河原中已掘出二十四口方坑，竹栅环绕。三条桥下筑了三座坟墓，秀次首级据面西一处，声称要让其族人、女眷前来参拜。八月二日清晨，一行人便被押到此处，两三人共乘一车，一路游街示众，方至刑场。先向秀次首级叩拜，然后依次被斩杀。

甚至连少不更事的孩童，也被扯着胳膊拖入车中，二三人挤作一处。看着这些年幼的王子公主们，围观者不胜叹惋，不论身份贵贱，皆放声号哭，不问其由。生而在世，本有荣华富贵的生活，然今非昔比，皆着丧服，不由分说便强行从乳母怀中拽出，被放到母亲膝上，孩子们还天真地招呼乳母也来。见此情状，哀痛无比。到得三条河原，孩子们被抱下车，争先恐后地朝秀次首级叩拜。一台夫人，即菊亭右府①之女，最位年长，行年三十四岁。

此次谋逆之事乃凭空捏造，只因增田、石田等人谗言构陷，须谨记。

"何故逐我入黄泉，饮恨含泪湿素衫。"

第一个受刑的是一台夫人，前大纳言殿下之女，年三十有余，风姿优雅，温婉和善，看去年仅二十。（中略）临终赋诗道："欲如书

---

① 即右大臣。

中所写,浮世长久相伴,再无可言。"

　　第二个是御妻前,年十六;第三个是中纳言夫人御龟前,年三十三;第四个是御和子前,年十八;第五个是御辰前,第六个是御茶前,第七个是御佐子前……第三十二个是御参前,第三十三个是津保见,第三十四个是最后的於知母。其中,有三十人作辞世之诗后被斩首。其所诵诗句,悲伤中却带着几分高贵。

　　"悲哉!悲哉!从未有如此惨痛之事!看客皆痛心疾首,多有忏悔之音。如此虐杀二十余人,河水亦变为血色!"——那日的河原是何等壮烈艳丽的地狱绘卷!其实我只是按《闻书》所载,将顺庆原话描述的景象再现于纸上。

　　顺庆不仅舍弃了弓矢,也舍弃了琵琶。他时而悔恨,时而愤怒,时而顿悟,时而癫狂,那双盲眼之中,终究未能消去夫人的幻影。迷茫之中,他便守着几方坟冢,过了一年又一年。我本欲将其原委更为详尽地记述下来,总之便以"闻书后抄"为题,另寻他日重拾笔砚、再展纸稿,续写详情吧。在此所述故事,不过源太夫《闻书》之前半而已。

厨房太平记
CHUFANG TAIPING JI

第一回

　　今时不同往日，称呼家中用人已不能直呼其名了。以前总是叫"小花""小玉"，如今也得客气地称作"小花姑娘""小玉姑娘"了。

　　然而，千仓家仍保持旧式做派，一直对用人直呼其名。直到去年有人提出意见，才总算变为敬称。因此，若不使用敬称称呼在此故事中出现的女用们，怕是要被现代的女用姑娘批判了吧。但是，这个故事发生在昭和十一二年（1936—1937）左右，若不直呼其名，显得不合情理，是以我在故事里都如此称呼。这点提前写明，万望谅解。

　　即使是如今的家庭中，称呼女用时也有不叫名字，而叫"姐姐"的吧。然而，像千仓家的主人磊吉这样的老顽固，却对此称呼深恶痛绝。如今鲜少见到"牛肉屋"这种店了，但在以前的东京，写着"伊吕波""松屋"之类的招牌、镶着或红或紫的彩色玻璃的牛肉店，简直随处可见。进门后在玄关处脱鞋预存，顺着面前的梯子上去，进入一个混坐的大厅，里面有许多客人围着热乎乎的炖锅吃着饭。

　　"×号桌，添酒！"

　　"×号桌，结账！"

　　女招待们拿着沾满油污的鞋子寄存牌，穿梭来往于顾客之间，而客人们必定称呼她们为"姐姐"或是"阿姐"。因此，磊吉听到这种称呼，总会联想到油乎乎的牛肉锅的气味，比起"姐姐"，他总觉得直呼"小花""小玉"要舒服得多。

其实在明治①时代，遑论"女用"，连"保姆""婢女"这种词也是惯用的。而如今却连称呼"女用"都遭人嫌恶，只好煞费苦心地想出"maid（女仆）""帮佣"之类的叫法，真是世事多变。叫人时还得把"小花""小玉"的"小"字去了，后面加上一个"子"，再加上"姑娘"，称呼为"花子姑娘""玉子姑娘"。磊吉对此亦生厌恶："若要称作'姑娘'，直接叫'花姑娘''玉姑娘'便好，偏要像叫咖啡馆的女招待一样，管她们叫什么'花子姑娘''玉子姑娘'，咱们家又不是咖啡馆。"但从乡下来的姑娘们无法理解他的想法，比起"玉姑娘"，她们更愿意被称作"玉子姑娘"。

磊吉和第二任妻子结婚成家是在他五十岁、妻子三十三岁那年，即昭和十年（1935）的秋天。当时，他们的家在兵库县武库郡住吉村，一个叫作反高林的地方，现在好像已编入神户市东滩区了。住吉村与其东侧的鱼崎町之间，住吉川流淌而过，上面架着一座反高桥，千仓家就在那桥边，在往下游数五六间房屋的河堤上。家中除磊吉、妻子赞子，赞子与前夫所生的、后入籍千仓家的七岁女儿睦子，以及妻子的妹妹鸠②子四人同住之外，还有几名女用，少则二三人，多则五六人。

家中主人除磊吉之外皆为女眷，按理说用不着这么多女用，但女眷们都是娇生惯养的小姐，若没这些用人伺候，将有诸多不便。加上

---

① 日本第122代天皇睦仁在位期间（1868—1912年）使用的年号。
② 念rù。日本汉字，据说源自中国。

磊吉喜欢家中热闹铺张，也同意女用数量多些。因此，自那时起至现今为止，千仓家雇的女用不在少数。不久从反高林搬到对岸的鱼崎，战时在热海①买了栋小别墅，战后又在京都多了一栋房子——如此，女用便更多了。而且，女主人赞子又是个老好人，只要有人来说好话、请求收留，都一概留在家里。

于是，从那时开始到如今居住的伊豆山这个家，在千仓家厨房帮工的女仆已不计其数。短则两三天至一个月不等，长则待了六七年甚至十年以上。所谓远亲不如近邻，和女用们像家人一样长久相处之后，在磊吉看来，她们都像是自己的孩子一样。老家离得远的姑娘，结婚时由千仓家准备彩礼，有两三个嫁得近的姑娘，现在还常常回来探望。

虽说千仓家雇用过大量女仆，但几乎都是关西②人。两三年前招过一个茨城的姑娘，也已经返乡不做了。如今还有一个，生在毗邻的静冈县富士山麓，此外再没有过其他关东地区的女用。由于赞子是大阪人，而且最初成家也是在阪神③沿线一带，出现如此状况也在情理之中。就算战后从阪神搬到京都，如今又从京都搬到了热海居住，女眷们还是不喜欢关东女子粗犷的性格，但凡雇女用，还是首选关西姑娘。在热海伊豆山的鸣泽居住时，家里厨房出入的蔬菜店、鱼店伙计们都说一口利索的关东话，但女用仍用关西方言回答。毕竟千仓一家都用

---

① 日本本州岛东南伊豆半岛东岸城市，属静冈县。日本三大温泉地之一。
② 关西地区，即关西地方（大阪府、京都府、兵库县、奈良县、和歌山县、滋贺县、三重县），与关东地区（东京、茨城县、栃木县、群马县、埼玉县、千叶县）相对。
③ 大阪、神户一带。

大阪腔，因此难得从关西乡下来关东工作的姑娘们，也没有机会学到一口流利的东京腔。就连切咸萝卜，也不切成圆形，而是切成条状了。

虽然磊吉是东京人，但和现任妻子共同生活了二十余年，从早到晚都被叽叽喳喳说着关西方言的女人包围着，最终自己也受了影响，口音变得十分奇怪，连原本的乡音也不知不觉地消失了。比如某次他和东京人说话时，无意中把"扔（捨てる）"说成了"丢（放かす）"，于是受到了嘲笑。夫妻间有时会因风俗习惯的一些差异发生争吵，但妻子那边总有妹妹、女儿这些支持者，一旦吵起来，每次都以磊吉的失败告终。

关西土生土长的女用到了热海以后，常常模仿来往商贩的语调，记住了许多东京腔里的词汇。比如在蔬菜店里，说"老姜"而非"土姜"，说"京菜"而非"水菜"，说"芋头"而非"子芋"，说"南瓜"而非"南京"，还把"魔芋丝"说成"魔芋条"，把"魔芋条"说成"魔芋丝"……要是在鱼店里，则说"甜鲷"而非"方头鱼"，说"六线鱼"而非"油目鱼"，说"刺鲳鱼"而非"鱼膳"，说"小沙丁鱼干"而非"小鳀鱼干"……诸如此类不计其数，如果不按照东京的说法，就没法顺利买到东西。因此，这些日常生活中常用的单词容易记住，但声调却不容易纠正，还有一些助词、助动词[①]等更是无所顾忌地随意使用，完全改不过来。从前若是在江户[②]城区里说关西方

[①] 此处作者提到了"あかん（不行）""あれへん（表否定）""しゃはります（做）""どないです（怎样的）"这四个关西方言中常用的词汇。
[②] 日本古城名，因德川家康在此建立幕府，作为全国政治、经济中心的江户城得到很大的发展。江户城于1868年改名为东京，原址在今东京都中心千代田区。

厨房太平记 | 157

言,会遭人嘲笑。但最近,大阪的相声传入东京,连电影里也时常出现。因此,常出入千仓家的商贩们反而受到影响,常用大阪话说"多少钱①""谢谢②"之类的。

磊吉一家的住所自起初的住吉反高林,迁到如今的伊豆山鸣泽,在此期间受雇于千仓家的女用为数甚多。那么接下来,我想从中挑选几位从某些方面来说令人尤其难忘的姑娘,把她们的故事写下来。然而,我虽原本打算照实记述,但毕竟是写小说,总不能说毫无润色修改。若读者们把故事中的情节都当作事实来看,恐怕会给磊吉及其他角色原型带去困扰,这点万望注意。

前文说到磊吉"在反高林初成家",其实在那之前,磊吉便用了假门牌,在芦屋那边和赞子偷偷同居了。但那与本故事并无关联,因此略去不提。居于芦屋时,磊吉家中倒也曾雇过女用,但总归是从反高林开始,才算公开成家。那时,最先来到磊吉家工作的,是一个叫作"小初"的鹿儿岛县姑娘。我们就先从这个姑娘开始说起吧。

磊吉未曾去过鹿儿岛,委实不清楚那里的地理状况,只知道每年台风袭击九州地区时,报纸上必定会出现"枕崎"这个地名。翻看地图得知,枕崎就在九州南端,几乎就在最南边上,还建了灯塔。小初就出生在与枕崎一山之隔的川边郡西南方村(今坊津町)里,一个叫"泊"的渔村,在一户以半农半渔为生的人家长大。

昭和十一年(1936)夏,小初来到了千仓家。此前,名叫"小春"和"小密"的两个女用早就在工作了。由于千仓家还想再雇一名

---

① 作者提到用标准日语说为"いくら",而用大阪话说为"なんぼ"。
② 作者提到用标准日语说为"有難う",而用大阪话说为"おおきに"。

女用，赞子的一个牙医朋友的太太便介绍了小初过来。小初那年二十岁，曾奔走于神户的两三户人家，有过帮工经验。并且"小初"也并非本名，她原本叫作"咲花若江"。千仓家保持着大阪出身的赞子的家乡习俗，认为称呼用人本名是对其父母的失礼，因此总会给她们起一个便于称呼的假名。小初初来乍到，大家便开始商量该给她起个什么名字，一致认为"初"这个名字不错。

虽不知小初曾在神户有过什么样的工作经历，但她似乎全然不通世故。来到千仓家，和老爷、夫人初次见面打招呼时，她竟然"扑通"一声跪在走廊上，结结实实地在地板上磕头行礼。

赞子问道："来这儿之前，你在神户哪里工作啊？"

她回答："在布引。"

"在那儿干了多长时间？"

"半个月左右。"

"为什么只干了半个月就不干了呢？"

听赞子如此提问，小初却只是笑嘻嘻的。

"是东家解雇了你吗？"

"不是那样的。"

"那是你自己提出辞工的？"

"是的。"

"什么原因呢？"

果然，小初又只是嘻嘻笑着，也不肯说理由。想着其中应该也没什么深刻缘由，赞子等女眷也就不再追问。但两三天后，小春得知了原因，转告给女主人们——原来，小初险些被那家老爷侵犯，因此逃

厨房太平记 | 159

了出来。

"唉？真是这样吗？"女眷们不由得面面相觑。她们有如此反应也情有可原，小初的脸的确不算漂亮，即使恭维地说也称不上美人。她本人对于这一点也心知肚明。她说自己尚在布引那户人家帮工时，总被那家的少爷嘲笑"摔一跤也伤不到鼻子"。被说得次数多了，难免心中愤懑不快。来到千仓家后的某一天，她突然从厨房冲到起居室，大喊"少奶奶"。

此处得说明一下，那时大阪仍保持将夫人称作"少奶奶"的习惯，千仓家在战争结束前一直沿用此称呼。

"少奶奶，果然是真的！"

赞子莫名道："什么真的？"

"果然像那个少爷说的一样！"小初频频摸着脸颊。一问才知，她刚刚在厨房门口摔倒，擦到了脸，两颊在泥地上蹭破了，鼻子却安然无恙，因此特意跑来告诉赞子。

这么说来，倒是令人想起战后那部叫作《乱世佳人》[1]的电影，其中有个叫作哈蒂·麦克丹尼尔[2]的黑人女用。千仓家的女儿睦子常说，一看见那个麦克丹尼尔的脸，脑海中就会浮现小初的面容。

---

[1] 根据玛格丽特·米切尔小说《飘》改编的爱情电影，1940年1月17日在美国上映。故事发生在美国南北战争时期，讲述了女主角斯嘉丽与白瑞德之间的爱情故事。
[2] 美国演员，第一位获得奥斯卡奖项的黑人演员。在电影《乱世佳人》中，饰演女主角斯嘉丽的奶妈。

第二回

　　小初有一张圆脸，高颧骨，大嘴巴，下巴突出——果真和那黑人女用有几分像。即便如此，那滴溜圆的眼睛仍惹人喜爱，且牙齿洁白整齐，说话的时候看起来闪亮润泽。

　　小初吸引人的地方在于身材体态，而非容貌。她和麦克丹尼尔相似的地方仅仅是脸部轮廓，肤色却是雪白的，身材略显丰满，并非不美观。在三十年之前的二十几岁女性当中，她的个子也算高挑，看起来整洁利落。并且她手指修长，脚偏大，但并不丑。磊吉虽未见过她的裸体，不过按照睦子所说，她的胸围甚至超过了玛丽莲·梦露。

　　女用日常着洋服是战后的事了，本故事展开时，她们基本都习惯穿和服。有一次，磊吉给小初放了假，她罕见地穿上了崭新的洋服——当时那打扮称得上时髦——便打算出门。磊吉在二楼看见，惊讶于她那匀称的身材——肩部、臂部、胸部都丰满得恰到好处，双腿肌肉匀称且毫不弯曲，穿着鞋子走路时的步伐也十分婀娜。此外还有令人称赞的一点，她总是留心着，让自己衣着整洁。磊吉十分反感脚掌脏污的女子，但小初的脚掌看起来却像刚用毛巾擦过一样，总是白白净净的。即便从领口窥视她里面穿的内衣，也像刚洗过那样干净，不见丝毫污垢。

　　因此，磊吉常常想，即使相貌平平，仅凭她如此出挑的个头和身材，若是生在大城市里的富贵人家，在衣着打扮上花点心思的话，恐怕会比现在出色十倍、二十倍吧。虽然长相普通，但至少从女校毕业的话，眼中满溢着知性的光辉，举止自有一种独特魅力。想到这儿，

厨房太平记　｜　161

磊吉不禁可怜起这个生在九州的穷乡僻壤小渔村里的姑娘了。

不知不觉间，小初来到磊吉家已过了一年。大概就在这时，小初的表妹——一个叫小悦的姑娘，拎着一个柳条箱来到千仓家寄居。这姑娘并不是刚从鹿儿岛远道而来，而是曾在离反高林不远的住吉某户人家做帮工，说是受了小姐的欺负才逃出来的，最终倒是糊里糊涂地一直赖着不走了。小悦比小初矮，胖墩墩的没什么特点，但坦率诚实这一点却和小初如出一辙。正如小初高挑的个子一样，她的性格也是大大咧咧的，看起来值得信赖，同乡的姑娘们都把她当作大姐大一样追捧。不光是小悦，泊村其他的姑娘们一个接一个地来投奔。有的是刚从九州那穷乡僻壤出来，无处可去，暂且把行李安置在小初的房间里；有的之前在阪神地区做工，因为对东家不满意，所以来找小初商量对策。无论是谁，小初都让她们留下来住在自己房中。千仓家也无法置之不理，得想方设法为她们另找去处。有时一次性来了三四个人借住，连寝具都不够，慷慨的小初便毫不在意地把客用被褥全都拿出来，弄得赞子十分为难。

说是女用的房间，其实也不过四叠[①]半大小，人数最多的时候竟能住下七八个姑娘，都像金枪鱼似的挤着睡在一起，叽叽喳喳的别提多热闹了。小春和小密这两个前辈不知被挤到了哪里，姑娘们有的紧挨着墙壁，有的被挤得睡到了地板上。从西南边小村落来的乡下姑娘们围着小初，用别人听不懂的鹿儿岛方言谈天说地，简直像到了枕崎的海鲜市场一样嘈杂。磊吉将这个女用房间内姑娘们的集会称作"鹿儿

[①] 日本面积单位。一叠即一张榻榻米大小，约为1.62㎡。日本和式房间地面铺设榻榻米，因此惯用"叠"来形容房间面积。

岛县民集会"。不消说,小初在其中几乎是领军人物一般的存在,大家都仿佛自愧不如一般,对她的命令坚决遵从。

毕竟每个人都是投奔小初来的,本就比她低了一头;再加上鹿儿岛尚未摒弃封建习俗,就算发号施令者仅仅年长一岁,也得服从照做。按当地老人的话说,这可是鹿儿岛的优良民风。一眼看去,小初确实是里面最年长的,其他全是十六七岁、最多不过十八九岁的小姑娘,小初自然够格使唤她们了。

那时,在阪神沿线的深江和鱼崎之间,一个叫青木的地方有座高尔夫球场。有个叫新田的年轻人在那里做高尔夫教练,有时他会去千仓家拜访,和赞子、鸠子她们聊聊天,或是带着睦子去附近的海滨浴场玩耍。有一天,大概是在某个夏夜的十点过后时分,不曾得知千仓一家出门乘凉、不在家中的新田,擅自从后门进了屋里。用人房的房门大开,灯火通明,"县民会"的姑娘们聊累了,都"呼噜呼噜"地打着鼾熟睡。新田不可避免地看到了小初——像堆起来的大福①一样的姑娘们横七竖八地睡着,而小初正袒露着那双比梦露更丰满的胸脯,躺在她们身上。新田大惊失色,正想偷偷溜走,却又想到"等等,可不能错过如此精彩绝伦的裸体秀"。于是他打定主意,又折了回来,拿出随身带着的相机,小心翼翼地避开重叠的大腿,非常耐心、细致地对着小初的裸体,"咔嚓咔嚓"拍了好多张不同角度的照片。

翌日,新田把洗出来的照片偷偷拿来给赞子看。

"少奶奶,给你看点好东西!"

---

① 一种传统的日本点心,类似于中国的糯米团子,即用糯米粉制成的皮包裹馅料(可以是豆沙、草莓等)。

厨房太平记 | 163

赞子一看，惊怒道："你什么时候拍了这些的？开这种玩笑可太过分了！"于是慌忙把他的照片都没收了，也没敢给磊吉看。据她所说，照片上阿初的身体似乎愈加魅惑性感。

小初在和东家说话时，基本可以用关西话沟通。而一旦与"县民会"的姑娘们攀谈，便倏然换成了一种奇妙的口音，千仓家的人就算在一旁听着，也完全听不懂。只有常去女用房里玩耍的睦子，不知不觉地和那些姑娘熟络起来，竟慢慢记住了那种方言，完全能听懂她们所说的话了。她还很自豪地说，已经可以用鹿儿岛方言表达所有内容了。以下记录的词汇表，是睦子为母亲、阿姨她们编写的方言集的一部分，仅作举例如下[①]：

げんきやいこ（元気ですか）　你好吗？

いけんすいもんか（どうしたらいいだろうか）　怎么办才好呢？

くれめっこ（下さい）　请

がっつい（大変）　不得了。

でこん（大根）　萝卜

にじん（人参）　胡萝卜

ほんのこち（ほんとに）　真的

まこて（まことに）　实在

ほんのこちまこてーいけんすいもんか（大変困ったときに使う）　遭遇困境时使用

[①] 举例部分的日文为原文，括号外是鹿儿岛方言，括号内是日本标准语。中文为译者翻译。

ない云っわとこ（何を言っているのですか）　你说什么呢！

ないせらっとこ（なにをしているのですか、人を責める言葉）　你在做什么！（批评用语）

おい（自分）　自己

あっこ（お前）　你

ぬっど（寝る）　睡觉

きめっちょ（来なさいよ）　请过来吧！

どけえいかっこ（どこへ行くのですか）　你去哪儿？

よかはなっじゃらい（いい話だなあ）　真是好事！

所谓"南蛮鸟语"，真是一点不错，这真是比英语、法语都要难得多。把字写出来还能看懂一部分，如果带上一种怪异的腔调快速说出来，简直让人听得一头雾水。

有时磊吉和妻子拌嘴，小初替赞子帮腔，用鹿儿岛方言说道："いっけつんもなかじじっこ。"

睦子便在旁边翻译说："いけすかない爺さん。（讨厌的老头子！）"

"くれめっこ"这个词大家都记住了，便总是说"お茶を持って来てくれめっこ"（倒茶来）"御飯をよそってくれめっこ"（盛饭来）。

小初在和千仓家人说话时，偶尔也会夹杂一些奇怪的发音或讹音，比如把她会把"からだ"（身体）说成"かだら"①。若纠正她说

---

① 此为讹音，无实义。

厨房太平记　|　165

"不是'かだら'，是'からだ'才对"，她也还是改不过来。

另外，她还总把"だ"的音发成"ら"，把"よだれがだらだら"说成"よられがらららら"。明明想模仿东京人说"しちゃった"，却说成了"したっちゃ"，总是混乱不清的。此外，遇到什么惊讶的事情时，总是毫无道理地发出"たあー"的一声大叫——不仅是小初，县民会的姑娘们都是这样。

前面提到过的叫作小悦的女用，这个"悦（えつ）"的发音，她们也怎么都发不好，总把"え（e）"发成加重音的"ye"。

其他姑娘的名字里面，也有许多发音听起来十分怪异。比如说有个姑娘叫"ふこ"——大概是"ふく"的讹音吧，说不定户口注册时写的也是"ふこ"。这还算好的，有些姑娘名叫"えす""つみ""よつ""えず""りと""きえ"等，根本不知道汉字该怎么写。

小初在姑娘们面前十分气派，一副大姐大的架势，其实也是个怕事的胆小鬼。偶尔有推销员或乞丐从后门溜进来，她立马吓得脸色发青，浑身颤抖起来，好像怕得把牙都要咬碎了。有一次，她冲进厨房大喊着"哑巴乞丐来了"，竟抽搐说着"哑巴""哑巴"，然后贫血晕倒，吓得大家够呛。据说"哑巴"在鹿儿岛方言里写作"啞"——但大家也无法理解，为什么这个哑巴乞丐能让她如此畏惧。

阿初虽然体格过人，但稍显神经质，最怕的就是肺结核。据说在她农村老家，要是得了肺结核，便无人问津，只能自生自灭了。如果哪户人家有肺结核患者，就在深山里搭个小屋，把患者送进去，除了送去饭食之外，不允许任何亲人靠近——或许因此她才如此恐惧。阿初有两个哥哥，一个已经染上肺病去世了，另一个也因得了骨疽①而卧床不起。这么说来，她过度紧张也是理所当然的了。一旦她有些不舒服，就会立即怀疑自己得了肺结核，因此独自郁郁寡欢。每当此时，无论家里人和她说什么，她都毫无反应，像河豚灯笼那样鼓着嘴。

赞子就说她："照照镜子！看看你那是什么表情！"

次数多了，赞子也不由得生起气来，骂道："你这种人根本派不上用场，快点滚回老家去吧！"

阿初闻言，竟也答道："那我走了。"说完便真的收拾东西回去了。不过没几天，她又会回到千仓家，这种事大概发生过两三次了。

第三回

在关门隧道②开通前，小初在老家和阪神住吉村之间往返所花的时间比如今长得多。首先，从老家泊村到私铁③南萨线终点枕崎，就有一里④半的路程。虽然有公交车可供乘坐，但小初基本都靠徒步行走。从枕崎到国铁伊集院的南萨线，当时仍是蒸汽机车，之后才升级为内

---

① 即附骨疽，又称骨痈、贴骨痈。相当于如今医学中的急、慢性化脓性骨髓炎。
② 建成于1942年，连接下关（本州西部山口县）和门司区（九州北部九州市），长约6.3公里，是世界上最早的海底隧道。
③ 即私有铁路，是由私人企业经营的铁路运输系统，常见于日本。
④ 日本长度单位，与中国的"里"代表的距离不同。1里为36町，约为3.927千米。下同。

厨房太平记 | 167

燃机车,因此还得花两个小时。从伊集院开出的急行列车在鹿儿岛停靠,再坐直行列车到神户。但是,从伊集院到门司要九个半小时,等候摆渡船要十分钟,坐船要十五分钟,在下关等火车大概要三十五分钟,从下关到神户又要十小时十三分钟——这么算的话,从枕崎出发到神户,总共需要二十二个小时四十三分钟。再加上从伊集院上车的话,多数时候是没有空位的,就得一直站着直到广岛。并且还得从三官站换乘省线电车才能到达住吉,前后加起来总得二十五六个小时。当时火车票仅需十日元左右,但阿初这么个乡下姑娘,连近在眼前的鹿儿岛市都没怎么去过,更别说著名的指宿温泉,因此这一趟长途跋涉简直算得上了不起的旅途了。糟糕的是她有点晕车,在火车里根本吃不好,饶是体格健壮,到达住吉时也已筋疲力尽,甚至可以睡上一天一夜。

被赞子责骂"派不上用场,赶快滚回去"的小初,果真赌气回了老家,过了半年左右才又回来。

别人问她:"在老家干什么呢?"

"和母亲一起种地、打鱼。"

"那你父亲呢?"

"已经去世了。"

前面已提到过她的两个哥哥,一个已经患病去世,另一个得了骨疽,一直卧病在床。

"还有其他手足兄弟吗?"

"还有个姐姐。"

"姐姐又在做什么呢?"

"她在纪州①和歌山那儿。"

"在和歌山干什么?是嫁过去的吗?"

"不是,去打工的。"

"你姐姐几岁啦?"

"二十六岁。"

"干吗去和歌山那个地方啊?"

这么一问,小初开始还遮遮掩掩不肯回答,逼问之下她才含混回答,好像是被卖到和歌山去的。据说她姐姐五六年前从乡下来到神户,起初在一户正经人家帮工,但老家实在贫困,父亲又债台高筑,只得每月寄钱回去。饶是这样也无法贴补,她就借了三千块钱,住进了别人家里,后来几经周折又去了和歌山。

"还有其他人吗?"

"还有个弟弟。"

"弟弟几岁啦?"

她解释说弟弟今年要满十七了,十六岁那年便上了鲣船,开始捕鱼谋生。

如此看来,小初即便是回了老家,过得也毫不轻松,一天到晚都得给母亲帮忙,在田里或者海边一个劲儿地埋头干粗活儿。在反高林做工时,一日三餐都能吃到白米饭,但在乡下却只能吃地瓜。一段日子下来,她瘦削不少,眼窝深陷,显得双颊更突出了。原本白皙的皮肤也在短短几天之内被阳光晒成了深棕色,本就不算漂亮的脸蛋更加

---

① 即日本古代令制国之一的纪伊国,领域为今三重县一部分及和歌山县。

厨房太平记 | 169

难看了,隔了许久回来,乍一看简直目不忍视。

"唉,小初的脸怎么变成这个样子了!"

千仓家的人当下见着这个短时间内像变了个人似的小初,心里又是怜惜,又是讶异。然而不可思议的是,过了一两个月,她的皮肤竟然渐渐褪去了棕色,脸蛋和身体也慢慢丰腴起来,不知不觉地又变回原本那个白皙丰满的小初了。

赞子她们即便晓得那样的劳作和气候会让一个女孩子变了样貌,但如今看到小初如同改头换面一般,也无法抑制心中的震惊。

"好不容易回家一次,还这么不分白天黑夜地辛苦,皮肤都晒黑了,这有什么意思。"

"您说得是。"

"你们那儿,不论男女都这么辛苦吗?"

"是的。"

"难道没什么娱乐消遣吗?"

"因人而异,也不能说人人都没有。"

据小初所说,她老家那边的男人,没有一个不与人夜里私会的——那儿的人把这叫作"夜话",把这种男人叫作"夜话男"。当然,也没有女人会拒绝。另外,他们还把结婚叫作"迎妻",但按规矩来说,男人在正式"迎妻"之前,要先尝试与对方同居——若满意,便迎娶为妻;若不满意,便将对方赶回家去。把这种试婚叫作"入足"并不是小初老家独有的习惯,这在日本国内都是如此。若是入足期间不受男方满意,女方便毫不介怀地回到家中——这是常有的事,家人也根本不会因此指责。在双方满意之前,要经历无数次"试婚"，不论男女都是如此。

"小初有没有遇到男人过来同你夜话呀？"

"不，我是没有的。村子里大概也只有我没有遇上过吧。"

"不会吧，真的一次都没有吗？"

"真的没有。但有一次，我倒是把一个'夜话男'赶跑了。"

小初这么回答，大概也只能说明她是村子里出了名的丑妇，应该也没什么好骄傲的吧。

位于反高林的千仓家就建在住吉川的堤坝上，面河的东侧是正门所在，从堤坝沿古新田方向下行的西侧是后门所在。日常出入千仓家的商贩们一般都从后门进入，径直去厨房。厨房门外有一口可用发动机打水的井，男人们只要得空，就去井边和女用搭话闲聊。不知何时开始，小初和一个叫作寺田的关西配电所修理工熟络起来。保险丝烧断了，或是电熨斗出故障了，她每回都打电话给寺田。对方接到电话便飞奔似的赶来，两人便偷偷摸摸地在井边聊得火热。赞子为人宽厚，且相当通情达理，她总想着别人把女儿们交到自己手里，万一出了什么事便没法交代，但她从不追究女用们同男性交往。不久，寺田又带了两三个关西配电所的年轻小伙子来。这下小悦、小春、小密她们，都有了一个在关西配电所工作的男朋友。半夜静悄悄的，她们或是偷偷相约出门幽会，或是打电话和恋人说悄悄话。有一回，睦子就曾发现过她们用纸把门铃包起来。

并没有为赞子辩解的意思，但小初也好，其他女用也好，都从未瞒着东家出过什么差错。赞子也常常告诫她们说："你们也到了谈婚论嫁的年纪了，要是有了喜欢的人可别瞒着，照实说就是了，我绝不会不讲道理地插手阻止。但是，被坏男人蒙蔽也是有可能的，若你们交往了一段时间，认定非对方不嫁的话，我得亲自见见这个男人。这之后，我自会给你们老家的父母送信，给你们做个媒人也好。在那之前，和谁交往都是你们的自由，但不能越界。"赞子和女用都彼此信赖，在磊吉看来，似乎她们都不曾辜负、背叛过这份信赖。不过，这么多年以来雇的女用人数繁多，也不能说一个都没有。但基本上，她们最多在赞子面前撒撒娇耍耍赖，从不曾趁机欺瞒她。

小初是昭和十一年（1936）来住吉的，自第二年起，"日中事变"①开始了。若没有这场风波，小初和那个寺田不知会进展如何，或许其他女用和她们各自的恋人也能喜结良缘。但事变发生，时局动荡，这些年轻情侣们到底没有修成正果，男朋友们在一两年之内，一个个的都上了战场。那时不论何处，家里的女用多数都辞工回家，因此带来不少麻烦。但千仓家多亏了小初，面临此番境况，还能从鹿儿岛叫人来帮忙，不仅毫无不便，甚至还能腾出人手去给相熟的人家帮忙。

对了，这么说起来，倒是让我想起从奈良搬到东京的作家木贺先生，正是他在高田马场附近安家的时候，千仓家听说木贺先生家人手紧缺，正发愁得很，便吩咐一个叫小里的姑娘过去，替木贺家帮忙。这个姑娘在千仓家待的时间不长，却是个容貌端正、眉眼俏丽的女孩子，在千仓家的女用之中可算得上美人了。况且人又聪慧机灵，是个得力的用人，木贺家亦对她十分怜惜疼爱。听说她一直工作到"大东

---

① 此处指1937年7月7日爆发的"卢沟桥事变"。此次事变为日本帝国主义全面侵华战争的开始，也是中华民族进行全面抗战的起点。

亚战争"①爆发前，才请辞回了老家。在小初之前便已来到千仓家工作的小春，也是在正式开战那年的秋天才告假回到老家尼尼崎，听说不久便嫁了人，丈夫也应召上了战场。

考虑到继续住在阪神一带或有受轰炸的风险，千仓一家于昭和十七年（1942）四月购入一座位于热海西山的小别墅，作为万不得已时的避难防身之所。自此，一家人常在住吉和热海之间往返，而磊吉初次入住则是在四月上旬。首次过夜时，磊吉并未带家人前往，只和小初两个人一起前往别墅，总之想先试试看居住是否便利舒适。然而，美军的首次轰炸②正巧在此期间，杜立特带领轰炸机在东京展开空袭——虽然最终并未得逞，没有对日本造成太大物质伤害。即使轰炸不曾波及热海，但一听说"美军正在东京实施空袭"，磊吉他们也顿时慌了神。

磊吉之所以只带小初去热海，正是因为留在家里的三四名女用之中，他对小初尤为喜爱。究其缘由，首先还得是之前提到过的，磊吉喜爱整洁的女性，干净是他最为重视的。虽然相貌不佳，但小初胜在个子高挑、皮肤白皙、四肢指节修长且柔软，这么一来，磊吉便也不觉得她有多难看了。其次，在钱财方面，小初就像过度洁癖一样神经质，因此磊吉大可以放心地把所有账目收支的工作交给她。当然，

---

① 第二次世界大战时，日本对进军远东和太平洋战场的战争总称。
② 即1942年4月，美国空军将领杜立特空袭东京事件，也称为"东京空袭"或"杜立特空袭"。这是第二次世界大战太平洋战争中，美军对日本本土实施的首次空袭，虽未对日本造成较大损失，但引起了日本当局的恐慌，也在一定程度上提升了美军士气，杜立特也因此成为美国人心目中的英雄。

厨房太平记 | 173

其他女用也并非散漫随意之徒,只是小初对此格外上心,每笔款项都分毫不差地记在心里,还用笨拙的笔迹在账本上记下收支明细。第三点尤为重要——小初是女用之中厨艺最好的一个。但总的来说,不仅是小初,只要是鹿儿岛出身的姑娘,在烹饪方面都颇为得心应手,或许算得上是那个地方的特色吧?我不禁冒出个想法——明明是见识短浅的乡下丫头,但奇妙的是,和其他乡下来的姑娘比,鹿儿岛的姑娘们仿佛味觉尤其发达,竟没有一个会在调味时发生误判,导致食物下不了口。小初就是个典型,炖菜、烧烤、高汤等各种料理,她做得比谁都好吃,就算是用芝麻拌豆腐、拌蔬菜,也做得别有一番风味。不过,她最自鸣得意的料理是天妇罗①——在锅里放入足量的油,炉子里生起炭火,将油烧热之后把天妇罗放进去炸。每当这时,赞子总是紧张地提醒道:"小心点!小心点!要是火星蹿上来碰到油的话可就糟了!"而小初总是泰然自若地炸着,把赞子的话当作耳旁风似的。火烧得极旺,油也添得极多,将纸拉门映得全是油烟和火光,一眼看去还以为厨房发生了火灾。不知是她对自己的厨艺太自信了,还是她本身便性子鲁莽、不顾后果,反正就这么淡定地在那儿炸着天妇罗。

那时候,阪神地区的粮食供应日渐不足,但热海和轻井泽地区作为别墅区,相对来说食物还算充足。因此,贪吃的磊吉每日都催着小初出门,沿着西山坡道,去街上给他寻找美食。有一回,小初看见蔬菜店里囤积了大量海带,店主也招呼道"小初呀,买点回去吧",她便买了一些,用加酱油的醋拌了做成凉菜——新鲜海带的那种美妙滋

---

① 日本国民料理之一,面糊炸的菜的统称,其中包裹的食材种类丰富,可以是鲜虾、鲷鱼等海鲜类,也可以是南瓜、紫苏叶等蔬菜类,一般选用应季食材。

味,磊吉如今仍念念不忘呢。

"热海真是什么都有啊。"——小初时常这么感叹着,站在各处商店门口,打开菜篮子,一个劲儿地往里塞东西。听说小初老家有个捕捞鰤鱼①和鲣鱼②的渔场,但在热海,即便不是寒鰤捕捞的季节,市场里也能买到大量鰤鱼。那时,把鱼大老远地运到东京的鱼市,所需的运费也不是一笔小数目。因此,街上到处是新鲜的鰤鱼,鱼背上纵横划开好几道口子,导致血流了满地的画面也是常有的。

第四回

小初买鱼特别挑剔,就算磊吉让她买那条鱼,她也不会立即听从,一定得翻开鱼鳃好好看看,评价说"这条太老了""这条不错"之类。作为一个渔村里长大的姑娘,她总说比起那些新鲜过头的鱼,自己反而会挑带腥气的,那种海腥味更令人喜欢。

热海的街道发展成如今的繁华模样也是战后的事了,当时填海造陆的地面上,根本没有一栋像样的房子,那片广场也被孩子们当成练习投接球的运动场,或是被城里的青年们当成军事练习处。昭和

---

① 一种温水性鱼类,分布于日本海及中国台湾以南海域,肉质甜美,脂膏丰腴,是日料里的顶级食材。
② 一种温水性鱼类,分布于太平洋、印度洋、大西洋热带和亚热带海域,包括中国的南海和台湾海域。身体呈纺锤形。

二十五年（1950）发生那场大火以前，热海银座仍还保留着明治时代的温泉馆营生。还有那棵如今立在马路中央的"阿宫之松"①，当时还只是海滩边上的一棵孤树，一旁石碑上是小栗风叶②所写的俳句——"春月仿似阿宫背影"。

"小初啊，你的家乡是什么样的地方呢？和这儿完全不同吧？"

"不，我老家和这儿挺像。"

她解释说，自己是第一次来到大阪以东之地，发现热海平原狭窄、面向海湾、背靠山地的地形，竟和泊村相差无几，因此一下火车，她就想起了自己的故乡。

"坊津千家顶，渔船千帆隐"——坊津，即如今的泊村里流传着这样的歌谣。在长崎港起用之前，坊津曾是繁荣一时的港口，也是古代遣唐使出发、到达的港口，甚至当时一度被称为"唐之港"。然而其后日渐衰微，如今已变成一个微不足道的小渔港，但其景色仍美不胜收，非热海所能企及。小初说，像锦之浦这样的景色，在热海已算得上名胜，但在泊村却是稀松平常之地。如坊津八景、耳取岭、双剑石等地的风光宛如画中仙境。热海附近多见蜜柑、橙子等果树，泊村后山的层层梯田上，也种满了果实累累的柚子树、蜜柑树等。她还说，泊村气候温暖、空气舒适宜人，无论是海之蔚蓝、云之浮动、涛

---

① 日本作家尾崎红叶（1868—1903）的《金色夜叉》一书中，有一个场景就是以热海海岸的官之松为背景描写的，热海也因此受到注目。

② 小栗风叶（1875—1926），本名加藤矶夫。日本明治、大正时代的小说家，尾崎红叶的徒弟，也是其门下"四天王"之一，凭借《龟甲鹤》受到认可，成名作《恋慕倾流》。

之声响,都与此处海景相仿。

赞子的妹妹鸠子——也就是磊吉的小姨子——也住在住吉。磊吉在热海购入别墅的前一年,也就是昭和十六年(1941)的四月,鸠子嫁到了东京的飞鸟井家,和丈夫居于东横线的祐天寺站附近。她时常去热海和赞子见面闲聊,但昭和十七八年间(1942—1943),由于战事惨烈,赞子不愿去关东地区,因此多居于住吉。

昭和十九年(1944)正月,磊吉在寄给妻子的书信开头写了一首拙诗——"西山莺至,小院梅开。"但赞子仍然懒得动弹,偶尔踏出家门也是去东京游玩,而后便径直返回住吉家中了。如此一来,磊吉得在住吉和热海之间频繁往返也是在所难免。但比较起来,他和阿初两个人住在西山的时日还算多的。

由于磊吉所写的小说已被军方注意到,写了也没法刊登出来。为了打发时间,他只好听听广播或留声机,要么就是外出觅食,别无其他消遣。即便如此,磊吉也全然不觉日子无趣,或许也是托了小初的美味佳肴的福吧。天气晴好之时,磊吉会把藤椅搬到院子的草坪上,让小初为他剪头发。性子急躁的磊吉十分厌恶在理发店排队等候,所以习惯在家中理发。小初来了之后,这便成了她的工作之一。磊吉不让她用理发推子,得用剪子"咔嚓咔嚓"地修剪。起先她总剪得乱糟糟的,后来逐渐娴熟起来,剪得极好。两人就这么每天除除草、修理草坪,时间倒也过得挺快。

小初是如何看待自己的,磊吉并不清楚。然而某个晚上,已是半夜时分,磊吉突然有事找小初,去用人房找她时,却发现她的房门插销紧紧锁着(插销并非小初私设,而是那房间原本自带的)。小初听

厨房太平记 | 177

见他叫自己，立即将锁打开，穿着睡衣出来了——果然，她对磊吉还是存了几分警惕心的吧。不过，像此次半夜有事的状况再也没发生，因此小初之后是否仍毫不松懈地锁门，这一点无从得知。

大概在昭和十九年（1944）秋季，九年前来到磊吉家帮工的小初，突然接到老家母亲患病的消息，便被叫了回去。她刚来的时候是二十岁，前后为千仓家工作了九年光景，因此离开时应是二十八岁。她离开前两三天，作为临别之礼，她最后为磊吉理了一次发。那日天气极好，阳光明媚和煦，一派悠然闲适，完全不似正处于战争之中。在磊吉的印象里，沐浴在午后照射进庭院的柔和日光下的小初，面容仿佛格外鲜明，剪子"咔嚓咔嚓"的声音也仿佛格外清脆。

"战争结束后，要回来继续工作啊！"

"好的，我一定回来。"

小初这么回答着，声音听起来却丝毫不带伤感，反而十分活泼爽朗，就这么从来宫站出发了。磊吉送她到车站，还写了一张长条诗笺，送给她留作纪念——"泊村萨摩海边捕鱼之时，勿忘伊豆温泉所度之日。"

那年四月起，赞子和睦子也移居热海，睦子还从甲南女校转到了伊东女校。昭和十八年（1943），千仓家从住吉迁至对岸的鱼崎，此处住宅现由赞子的二妹井上照子，以及堂妹岛田家料理。曾一度喧闹非常的鹿儿岛县民集会的姑娘们，如今也走得一个不剩了。其中，小初是最早来、最晚离开的一个；小悦比她先走一步，嫁到了小仓那边。小悦做工是最不辞劳苦、踏实肯干的一个。有一年夏天，她独自留在西山别墅看家，想着反正每日清闲、无事可做，竟把院子里散落的杂草拔得干干净净,令大家颇为吃惊。战争结束后,小悦曾带着孩子去京都拜访过千仓家,但那之后便再无音讯了。

小初在老家度过了两年时光,战争落幕后,于昭和二十一年(1946)春天,便回到了千仓家的疏散地——冈山县胜山的临时居所。之后,千仓家又前往京都,自南禅寺移居下鸭,小初一直伴随左右。此间故事也是说来话长,关于战中所发生之事,暂且按下不提。昭和十八年(1943)时,热海地区住民靠着黑市物资能够应付度日,即使是一百日元一条的比目鱼,若想奢侈一把,也能勉强买下。但到了昭和十九年(1944),实在是无法支撑了。由于粮食不足,小初空有一手好厨艺,也无处施展。小初离开西山时,食盒旁的蓄水池边已经扎起了稻草人,连妇女们也被迫拿起了竹枪,开始进行军事训练,她也曾被拉去两三回。回到泊村之后,处境更是比不上热海,小初不仅要照顾患病的母亲、患骨疽的兄长,还得独自干活、维持生计,可想而知是吃了不少苦头。但她仍不时给磊吉夫妇寄去信件,告知自己的近况,实在令人动容。

这里有一封小初的手稿,大约是写于昭和二十年(1945)年末,内容如下:

少奶奶:

　　前些天烦您特意寄来包裹,感激不尽。给您添麻烦了,为了我这样的下人,先生和少奶奶竟如此用心帮助,我不知如何感谢才好。但十分可惜,包裹在寄来的途中有所损坏,其中物品应有丢失,海参仅××两只,令我心疼不已,几欲

厨房太平记 | 179

哭泣。本该及时向您致谢，但我为了拿盐换来大米，于十二日去了熊本，因此拖延至今，万望谅解。如今，去熊本或佐和交换大米，在本地十分流行，人们多用盐或衣物交换。我在十二日那天，冒雨背着装了盐（七升①）的皮箱，走了二里半到车站去，为了买车票排队到天亮。第二天终于换回了等量大米可以回家了，但火车上挤满了复员军人和交换大米的人，很不好受。从各个村子赶去熊本交换大米的人，每天都有七八十个，返回枕崎时，得是晚上九点多了。从车站回家的路上，也得背着装了七升大米的箱子，再走二里半的路程，怎么也得到晚上十点多才能到家。在火车上被推来挤去的时候，在那望不到头的路上行走的时候，我总想着：为了活着，非得这么辛苦不可吗？但回到家里，看到那雪白的大米，母亲和哥哥都笑逐颜开。看着他们的笑容，仿佛所有的痛苦都消失不见，自己也变得欣喜不已。也是托了您的福，我们一家才能吃饱。听说有些运气不好的人，费尽千辛万苦把米带回家，结果却被警察没收了。这么一对比，我们家真是太幸运了。近日陆续有人从台湾归来，但我弟弟尚未回家，只于十四日寄来了明信片，得知他工作平安无事，我们一家人都放下心来，近期应该能够归家了。

请您代我向鸠子夫人、睦子小姐问好。

小初　敬具

---

① 日本容积单位，与中国的"升"代表的容积不同，1升（日）约为1.8039升（中）。则此处的七升即是中国的12.6升左右。

我将此信按原文内容照实抄录，未有任何改动。看其内容，小初写信时将新旧假名混杂使用，但汉字使用时，仅有一处错误。行文拙劣、字迹幼稚，但没有连笔，皆是一笔一画写得清晰明了。内容也简单易懂，一读便知其含义。小初应该只有小学学历，作为一个乡下渔村里长大的姑娘，能够将如此长文写得巨细无遗，说明她绝非愚笨之人。

文中写到"海参仅××两只"，"海参"应是指"海参饼"，信纸破损，有两个字无法辨认，我想应该是表达"海参饼只剩了两只"的意思吧。其中还提到"复员军人"，应该说的是战争刚结束的事情，其实在写完这封信的第二年春天，小初就去胜山了。除这封信外，小初还寄过其他几封，但遗憾的是都丢失不在了。连如此偏僻的渔村，都时常有敌机来袭，小初说一到这时，村民们就纷纷躲进深山里。直至今日，磊吉还记得她在来信中形容此事时，用了"丑翼"这个词。当时，报纸上都将美军飞机称作"丑翼"，甚至小初也在报纸上学来了这么个生涩的词，着实令人发笑。

那年五月，千仓家从疏散地回到京都，小初也随行其中。由于一时间无法找到合适的住处，便暂时租住在寺町的今出川上游一户叫作"龟井"的人家中。家中只有一个退休的闲散老太太独居，二楼有两间房分处走廊两侧，一楼也有同样的两间房，此外还有厨房、浴室和前庭，房子还算宽敞舒适。千仓一家人便租住了二楼的两间房。老太太待人十分亲切温和，告诉他们无须蜗居于二楼房内，用餐时可以去楼下起居室，厨房也可随意使用，她自己倒是常常在有火盆的房间里闭门不出，和小初两个人处得像朋友一样。这个老太太有个成年的儿子，因工作关系住在中京地区。因此，这个一直独居的老太太，或许也为能够和一家子人热热闹闹地合住而开心不已吧。磊吉一家迁居此处没多久，赞子的妹夫飞鸟井次郎辞掉本在北海道的工作，也来了京都，在植物园的进驻军将校俱乐部里当经理。不久，这对飞鸟井夫妇便在一楼的房间里住下了，龟井家俨然成了一户大家族，住着老太太、磊吉、赞子、睦子、次郎、鸠子、小初一共七个人。

在此期间，曾出征南方的小春丈夫也复员回家了。某天，夫妇二人一起到龟井家来拜访，表示也想在京都找一份工作。赞子想起来，在驶向鞍马方向的电车沿线，有个叫"市原"的地方，那边有一处远亲的农房，于是替夫妇俩借了其中的一间暂住。丈夫中延寻找工作时，小春常来龟井家，和从前一块儿做工的小初一起，在厨房里忙活。不久，中延在吉田的牛宫町开了一家小小的古书店，小春便常去九条东寺一带的旧书夜市，为了给丈夫帮忙而竭尽全力，因此很少去龟井家了。大概就在这段时间里，小初给老家寄信，叫来了一个叫作小梅的姑娘。许是看社会逐渐安定了，千仓一家也习惯了在京都的生活，赞子便打算再请一个厨房帮工的人。小初对此表示赞成，并主动开始寻找合适的人选。

第五回

　　小梅初次来京都，第一天便发生了一件毕生难忘的事。

　　小梅（这是千仓家替她另起的名字，并非本名。她原本叫"阿国"）虚岁十七，满打满算应该只有十五六岁吧。她和小初住在同一个村子，小学毕业后在乡下住了一两年，由于收到了小初的来信，便打定主意走出村子，孤身一人长途跋涉，最终在京都站下了车。一般情况下，鹿儿岛的姑娘若是头一次离开家乡前往京都，必得等一个曾入京的熟人一起，由对方领着一同出发。但小梅启程时，却始终找不到合适的同伴，只能一个人孤零零地被留在站台上。按理说来，事先已发了电报，商量好碰头的时间地点，小初肯定会来接站才对。但或许是电文内容错漏的缘故，总之小梅下车时，并无人来迎接。无奈之下，她只能背着沉甸甸的行李，按着原先得到的地址，沿着寺町今出川走好几个街巷，费力气往龟井家赶。

　　如您所知，自今出川走过数个街巷，即从京都南端的七条站开始，一直往北、横贯京都市区的距离。当时正值战后，肯定没法坐出租车，只能从站前乘坐市际电车至乌丸今出川一带，然后花上三四个小时徘徊在街头，到处寻人问路，摸索着前行。等她好不容易找到了龟井家，已是当天傍晚日暮之时了。

　　"我叫阿国。"

　　她一边自报姓名，一边拉开门进来。见到她本人，一直挂心着的千仓一家又是惊讶，又是钦佩。

　　说感到钦佩，是因为这个姑娘说着一口流利的标准日语。小初

厨房太平记 ｜ 183

则不一样，到现在都不能完全改掉乡音，照旧说着"かだら""よられ"这些错误的单词。小梅只有在和小初谈天时才说方言，和磊吉等人说话则是用标准语回答。她在京都的大街小巷摸索着寻路，为了找到龟井家，一定问了许多本地人，向他们说明地址、请求指路。最终能成功到达，我想肯定是因为她没有选择说难以理解的鹿儿岛方言，而是用一口流畅的标准语。小初做事谨慎用心，从老家叫人帮忙，一定会提前了解清楚，若非认定对方是个合适的人选，便不会轻易采用，这一点不能马虎大意。不愧是为小初所赏识的姑娘，小梅果然聪明能干，从这一件事便可明了。

小梅年仅十七岁，个子应该还能再长吧，但即便如此，也难有小初那样的高挑身材。她个子小巧，胖乎乎的，长着一张圆脸，是个肤色白皙的小姑娘。不知谁说她像个洋娃娃一般，此后大家便都"洋娃娃"地叫开了。前面提到过，尊敬并听从年长者乃鹿儿岛的优良民风，因此小梅也毫不例外地按小初的吩咐照做，对她保持绝对服从。这么个刚从中学毕业的稚嫩的小女孩儿，她父母是怀着怎样的心情，让她独自远行的呢？想到这里，赞子寻了个时机，询问关于她老家的境况。小梅解释说，自己的双亲都已去世了，父亲是由于醉酒后骑自行车出了事故，掉进河里溺死的。自己是独生女，如今只有祖父的姐姐还健在，且她家中条件尚可，就被带到那户人家中抚养长大。

小梅来了没多久，千仓家便在南禅寺的下河原町找到一座合适的待售房屋，于是全家便搬了过去——那是昭和二十一年（1946）年底，大约十一月末时的事情了。新家离观赏枫叶的胜地永观堂不远，起居室前有个大小合宜的庭院，庭前有一条白川，自北向南流淌而过。磊吉十分喜欢坐在书房桌前,听那白川的流水之音,二话不说便立刻决定买下这栋房子。出了正门走一段路,便能到坐落着上田秋成①之墓的西福寺、因小堀远州②的庭院闻名的金地院、山县公③的无邻庵等地,离平安神宫④也相距不远。

磊吉一家搬走后,飞鸟井次郎和鸠子这对夫妇仍借住龟井家一楼房间内。不久后,他们在加茂大桥附近的三井别墅租到了房子,便也搬离了龟井家。每日将丈夫次郎送到植物园的将校俱乐部上班后,鸠子就去南禅寺姐姐家做客。

翌年,即昭和二十二年(1947)末,磊吉夫妻因不堪忍受京都冬天的寒冷气候,便逃到熟悉的热海旧居避寒,一直待到二十三年春季。曾作为其战中疏散地的西山别墅,在再次疏散至冈山县的胜山时,早已被毁而不复存在了。于是,只好在东京山王酒店热海分店内的T氏别墅里暂住。然而这么一来,南禅寺家里就只留下睦子一人,交由飞鸟井夫妇代为照顾。因此便需要再多雇两三名女用了——借住T氏别墅,这里需要一个人帮工;飞鸟井夫妇住进南禅寺的房子,他们在三井的别墅那里需要一个人看家;南禅寺住着飞鸟井夫妇和睦子三

---

① 日本江户时代后期著名的作家、学者。其主要作品有《诸道听耳世间猿》《世间妾形气》《春雨物语》等。小说作品《雨月物语》取材于中国的白话小说等,被誉为日本怪异小说的顶峰之作。
② 日本江户幕府第三代将军德川家光的茶道老师,当时的大名之一,也是著名的诗人、歌人、书法家、建筑家等。
③ 即山县有朋(1838—1922),日本军事家、政治家。
④ 位于日本京都府京都市的神社,明治28年(1895)为纪念桓武天皇平安迁都1100周年而创建,主祭神是桓武天皇和孝明天皇。

人,光有一个女用似乎人手不够,又需要一个人帮忙。这回,小初立即从鹿儿岛老家叫来了瑞希和小增二人。

两个姑娘是一起坐火车来的,小增之前曾在阪神地区的某户人家做工,战事发生便回了老家,因此这回并不是她首次出远门。小增(まし)这个名字也十分少见,赞子反复确认了好几遍,询问是否为"小升(ます)""小雅(まさ)"的讹音,得到的回复都是"不,就是'小增'",还说自己的户籍证明上写的名字确实就是"增"。小增大概二十四五岁,个子小巧,脸色苍白,小眼睛、矮鼻梁,相貌没什么特别之处。瑞希这回是由小增带着,第一次离开家乡打工的。她今年才十六岁,是个性子急躁的姑娘,总是话听半句便急匆匆地跑出去。由此便定下让小初在热海、小增在三井别墅、小梅和瑞希在南禅寺。小增、瑞希这些名字都是她们的本名,因为在战后,给用人另起名字的习惯逐渐废止了。

磊吉夫妇在热海一直住到四月中旬,其后便在京都和热海之间往返。女用也时常各处奔波,小初回来了,有时小梅也过来帮忙,有时又让瑞希或小增留在热海看家。除此四人之外,也不时有一两个人来帮忙,但没多久便去了别处做工,她们也都是鹿儿岛人,是小初比较中意的女孩子。日复一日,小初也逐渐习惯了京都的生活,每日都独自去锦小路的市场里买东西。

另外还有一件事,是在磊吉夫妇离开南禅寺的家、去了热海时,也就是昭和二十三年(1948)冬天,二月的立春夜里发生的。此时南禅寺家中住着飞鸟井夫妇、睦子、小梅、小增四人,睦子睡在二楼东侧房里,飞鸟井夫妇则住在西侧房里。那天黎明时分,约莫五点左右,有人突然跑上楼来,慌忙敲着睦子的房门,喊道:"小姐!小姐!"

睦子被惊醒,问道:"谁啊?"

"小姐,小梅她不知怎么了!"门外传来的是小增的声音,似乎还在发着抖。

"什么意思?她怎么了?"

"小梅翻着白眼,把纸拉门弄得咔哒咔哒直响,好恐怖!"

睦子闻言,便跟着小增下楼去看,果然,用人房的纸拉门咔哒咔哒作响,像遇上地震了似的。一打开门,就看见小梅翻着白眼,像螃蟹一样口吐白沫,四肢像弹簧一般痉挛抽搐着。飞鸟井夫妇闻声下楼时也万分惊讶,平时像洋娃娃一样可爱聪颖的小梅,此时却双眼向上吊着,整张脸扭曲怪异,仰着身子躺在被褥上,闹得大家都不得安生。她时而用脚踹着纸拉门,时而又四肢并用地挣扎着,因此门一直发出咔哒咔哒的震响。鸠子立即给自己经常就诊的医生小岛打了电话,这医生是一名三十多岁的单身男性,为人直爽,说话风趣,接到电话后马上赶了过来。他只匆匆看了一眼躺在地上的病人,便毫不费力地判定道:"这是犯了癫痫啊。"鸠子不禁想:"怎么会是癫痫呢?平常都好端端的一个机灵姑娘,来我们家做工也勤快得很,也从不见犯过癫痫啊,不会是因为什么其他原因,导致脑子出了问题吧?"然而小岛医生并不赞同,坚定地认为这显然就是癫痫发作。于是他叫大家一起帮忙,强行按住了不断抽搐着的病人的手脚,费了好大力气才给她注射了镇静剂。注射时,她还突然一边呻吟起来,一边继续挣扎着;过一会儿倏然跳起来坐直了身子,又猛地一头扎在小岛医生的膝盖上，呼噜呼噜地陷入了沉睡。这一连串的动作转变实在过于快速，搞得大家都惊愕不已。

翌日，小梅仍然处于昏睡之中。小初由于在前一天和小增轮班，已去了三井别墅照应，小梅昨晚发病大闹时，她并不在场。但第二天清早，小初便接到了鸠子打来的电话，于是再次按照吩咐和小增换了班，立即赶回了南禅寺。而小增这边，由于看到了小梅昨晚翻着白眼的骇人模样，她一直害怕得浑身发抖，无论如何都没法好好做事。无奈之下，这种情况也只好靠小初帮忙了。

然而，这回又出了问题。小初刚回来时，病人小梅的状况暂且稳定下来，只是安稳地昏睡着。小初也常去用人房里探视，总是看着小梅香甜的睡颜。此时，小梅却不知为何像梦游似的一下子站了起来，径自打开门出去了。睦子和小初吓了一跳，想叫住她："小梅，小梅，你去哪儿？没事吧？"她却毫无反应，也不作回答，只是直直地盯着空气中的某一点，不出任何响动地在走廊上走着，一直走到楼下的卫生间、打开门，进去上了厕所，又一下子从里面出来，走回床边便立即再次入睡了——她从走廊回来的时候，双眼也是直直地盯着某一点。

看着小梅那反常的异态，这次倒是换成小初浑身发抖了。曾经那个哑巴乞丐来讨饭时，她口中叫着"哑巴、哑巴"，也是这么浑身发抖的。那天夜里，和小梅同床而眠的小初，在夜深人静时再次颤抖起来，家里其他人还以为是小梅又发病了，于是又慌慌张张地起来看，却发现这次并不是小梅在闹，而是小初由于白天受了惊吓，夜里做起了噩梦，产生了错觉之故。小初醒来后发现那是自己的错觉，更加觉得可怖，愈发颤抖不止了。

出了这种事，尚在热海的磊吉夫妇更不必说，一定早早便接到了消息。飞鸟井次郎是个手很巧的男人，漫画画得极好，便把小梅披着头发乱踢乱踹的模样原原本本地画了下来，给磊吉夫妇说明了事情的经过。然而夫妇俩忧心忡忡地谈道，这么一个聪慧的姑娘，无论让她做什么都完成得十分出色，怎么会不幸染上这种病呢？果真如小岛医生所言得了癫痫吗？若是如此，想尽办法也得将她治好啊。夫妻俩仔细商量之后决定，总之先回京都，带小梅去京都大学或者大阪大学看看医学专家再说。幸运的是，二月里小梅发病两三天后，便恢复了往日的模样。到了三月，又传来消息说小梅发病闹了两三日。据鸠子信中所说，小梅发病的原因并不明确，只记得在春分那天，也就是初次发病的两三天前，她生平第一次去烫了头发。但那并不是她自己起意要去的，而是如今旧书店店主中延的妻子，也就是小春不断劝说她才去的。但是，那时的烫发并非如今的冷烫技术，而是通电烫发，需要加热到一定的温度才可以，因此在完成烫发前必须忍耐住那种高温。小梅那时候还说呢，要忍受那种温度实在是痛苦不堪。鸠子在信中写道，恐怕就是这种刺激成了发病的诱因吧。

第六回

　　同年四月中旬，赞子陪着小梅去了大阪大学神经科看病。磊吉夫妇在热海锦之浦赏完花，回了京都又去平安神宫看了垂枝红樱后，第二天便带着小梅动身去了大阪。诊断结果确如小岛医生所判断的那样，确实是犯了癫痫。医生问道："你幼时是否曾有从高处坠落、对头部造成重击的意外发生？"小梅回答："这么说起来，我四岁时的确曾从屋顶掉下来，因此摔到了头。"那医生便说道："这便是你的病因了。一般说来，癫痫症状应该在你青春期时发作，但你之前却一直安然无恙。这次恐怕是因为偶然进行了电烫，被那种热刺激诱发了病症。虽然先天性癫痫较难治愈，但像你这种后天性癫痫，不需要这么悲观。只要每日持续服用这种片剂镇静药物，发作症状就会逐渐减轻，直至痊愈。但最彻底的疗法就是尽快结婚，这样一来，治愈癫痫必定不在话下。"

然而，小梅的病症却没有像那个医生说的那样轻易痊愈。其后一两年，她回了老家，和小初的弟弟结了婚，如今育有一子一女，癫痫的症状也再没出现了。这个结果和那个医生所说的倒是对得上，但是小梅尚在千仓家工作时，时不时地发病还是让大家惊讶、困扰不已。

昭和二十四年（1949）四月，千仓家将南禅寺的住宅转卖给了飞鸟井夫妇，搬进了下鸭纠森附近一栋更宽敞的房屋，如此便得雇更多女用，最后定下来小驹和小定两个姑娘。这次倒不是小初介绍来的，而是经常光顾的和服店老板推荐的。小驹生在京都，而小定出身河内。关于她们的性格和经历等详情，后文有机会详说，此处不作赘述。首先还得提她们二人刚来的时候，便目睹了小梅那次发病、将门踢得咚咚响的场景，都被吓得不轻。

小驹比小定早来两个月，这姑娘有个怪癖，只要她心中对何事感到不快，就会立即作呕想吐，而且反应十分夸张，总发出"哇"的一声大吼。看见一条蜈蚣在爬，或是在走廊看见一只蜘蛛挂在那儿，或是看见蚰蜒掉下来之类的，一点鸡毛蒜皮的小事都会令她作呕反胃。她还时常一边作呕，一边急忙冲到外面，这样做并不是为了止吐，而是真的要吐出来了。并且，小梅每次发病、将用人房的门撞得咔哒咔哒响时，小驹必定捂着嘴逃出房开始呕吐。除了门的响声，还伴上了这种呕吐声，家里闹哄哄的，更加嘈杂了。小定来了之后，她遇上这种情况，也是一边惊恐地喊着"我的妈呀"，一边颤抖着冲出去。

这之后，赞子又带小梅去大阪看过一次病，因为她的病症大概每月发作一次，且都在经期前后。发作前两三天，好像她本人隐隐约约有所感应似的，总会说"心情不太好，要出事情"。

"要出事情"这种说法是鹿儿岛特有的，小初、小悦、瑞希、小增都这么说——把"有点奇怪（何か変だ）"说成"要出事情（どうかある）"。据小梅自己说，病症发作前几天，脑子里总会被一种难以言喻的复杂、不可思议的幻想填满，于是心情就莫名其妙地变得低落。并不只是一个，而是两三个全无联系的幻想，分别在大脑中同时产生；每一个想法又各自分为好几条线，互不关联地在脑海里浮现，但又清晰无比地持续进行着。对于这种感觉，小梅自己也觉得十分毛骨悚然。久而久之，一到发病的日子，大家也都会有所察觉，说着"小梅又要发病了吧"。因为小梅常"嘿嘿"笑着，追着小驹或小定到处跑，把手伸到她们后背或者腋下去搔痒，这种反应便是发病的前兆了。但小梅每次追的都是女人，从没追过男人。

小梅每次发病时的症状程度会依月份改变，但每次都会大小便失禁，漏尿是十分平常的了。发作完后，她必定鼾声如牛地陷入沉睡。

厨房太平记 | 191

有一次发作完后,她又突然站起来,爬上厨房的流理台,像小狗一样抬起一只脚尿尿。若是精神上产生某种特殊的兴奋或刺激,即使不是经期前后,她也会发病。

昭和二十四年(1949)年中,千仓家再次分为了本家和别墅两处居所。本家在京都下鸭的纠森,至于别墅,是把热海山王酒店的T氏别墅卖掉,搬到了一个叫仲田的地方。这样一来,千仓家在京都和热海的女用数量又增加了。那年年末的除夕夜①,磊吉夫妇照例去热海避寒,随行的女用是小梅和小驹,此外还有一个,记得不甚明确。总之那个姑娘独自在家,小梅和小驹准备好了正月的节日食物后,便和东家请了假,进城看电影去了。她俩去了东宝影院,看的是罗伯特·泰勒②和费雯·丽③主演的《魂断蓝桥》④。因为是除夕夜,影院内观众很少。放映没多久,小驹便被电影剧情感动得放声大哭,邻座的小梅被吵得受不了,再三提醒她小声,轻轻戳她说:"小驹,小驹,你哭得这么响亮,都没法看了,大家都在看我们这边呢!"饶是这样,小驹还是没法止住哭泣,甚至不时交替发出作呕的声音——每次发出这种声音,邻近的观众就惊讶地朝她看。最后小梅终于忍无可忍,换了另一边角落的位子,逃得离她极远。小驹的哭声还是不断

---

① 此处指的是阳历最后一天,即12月31日。日本过的是阳历新年,以1月1日为新春第一天,因此12月31日相当于中国的除夕夜、大年三十。
② 美国影视演员,代表作有《茶花女》《魂断蓝桥》《劫后英雄传》等。
③ 英国电影、舞台剧演员,代表作有《乱世佳人》《魂断蓝桥》《欲望号街车》《汉密尔顿夫人》等。
④ 1940年5月17日在美国上映的爱情电影,讲述了休假中的陆军上尉克罗宁与芭蕾舞女郎玛拉的浪漫邂逅,两人相爱并走入婚姻殿堂的爱情故事。

从远处传来，小梅只能憋着气继续看电影。然而，或许是被小驹的哭声所感染，小梅也变得悲伤无比，突然"哇"的一声大哭起来。于是那一天，在电影结束之前，两个人此起彼伏的大哭声一直在影厅内回响。翌日，也就是昭和二十五年（1950）的元旦，小梅一大早便发病了，肯定是由于前一晚看电影时过于激动了，就连症状也比之前严重许多。

　　同年四月中旬，热海发生了一场有名的火灾，从十三日夜里开始，一直烧到拂晓。当时，磊吉他们身处京都，仲田那边是小梅和小夜两个女用在看家。磊吉夫妇在下鸭听到广播里的报道，说大火自填海造陆的岸边燃烧起来，不断蔓延至山地，逐渐逼近仲田别墅区，夫妇俩便以为房子一定会毁于大火之中，一时之间都心如死灰。然而翌日一早却得到了好消息，说是大火蔓延至离别墅几步之遥的地方，因此幸免于难。那天晚上，小梅和小夜两个人连夜将家中值钱的东西全数拿出来，打包塞进包袱或行李箱中，无数次来回奔波于那条通向西山的陡坡之上，将东西运到了熟人家中，真是劳心劳力。千仓夫妇从京都回到尚被余烬笼罩的热海，目光所及之处大半都化为乌有。一回到家，便忙着慰劳女用们，一到玄关处便大声招呼道："昨晚真是辛苦了！你们俩累坏了吧？"

　　小夜独自出来迎道："如此危急时刻，有幸躲过一劫。先生您真是运气太好了。"——她总爱说这种卖弄小聪明的话。

　　"小梅呢？她怎么了？"

　　小夜满脸困扰地回答："她在二楼阳台上。"

　　"在阳台上？"

夫妻俩准备上楼看看。一迈上台阶，便突然听见了惊天动地的鼾声传来。上楼一看，小梅在火辣辣的太阳底下仰面睡着，睡得极沉。旁边仍旧是留了一滩尿液。问了小夜得知，昨晚她们俩过度操劳，或许是受了大火的刺激，今天中午，小梅在阳台上看着大火过后留下的一片废墟，行为又怪异起来，最后还是没控制住发病了。之前几次都是在夜里，从未在白天发病过，这次真是稀奇，大中午的便开始发病了，于是就这么昏睡过去。

一旦病症消失，小梅平日并无特别之处。但据小驹说，晚上若是睡在小梅边上，她便会用腿缠住自己的腿，着实令人觉得有些不快。而且小梅嗜酒，有时还会在厨房里偷喝剩下的酒。在京都时曾让她喝过酒，结果竟喝醉了，揪着睦子的哥哥启助怒吼道："喂！拿水来！"

多亏了小初的指导，使得小梅也非常擅长烹饪。她做得最好的是鸡蛋卷——先在平底锅里将鸡蛋薄薄地摊平，在上面放火腿、肉馅、海苔、鲷鱼等，然后像包槲叶年糕一样，用鸡蛋将食材都包起来。口中"嘿哟、嘿哟、嘿哟"地数三拍，然后一下子颠锅，能够将鸡蛋完整地翻个面。小驹管这叫"燕翻"，小梅一做这道菜，她便喊道"快来看！小梅又开始做'燕翻'了！"

小梅的动作乍一看十分缓慢，然而十分娴熟。她给萝卜、土豆削皮时，拿菜刀的方式和别人不同，一般人都用另外四根手指在大拇指的另一侧抵住，小梅却是把食指放在菜刀背上，用其余三根手指抵在另一侧，一圈一圈地削得很快。这也不是小梅独有的方法，小初、小悦、瑞希、小增，还有接下来会提到的小节、小银她们，凡是鹿儿岛的姑娘，都是这么削皮的。

小梅也极具幽默感，赞子她们说的笑话，她总是头一个反应过来。鹿儿岛方言里将"这事容易"说成"这是易事"。别人问她"这个你会吗"，她不说"这事简单"，而是说"这是易事"。磊吉不知何时也学会了这句话，总是故意模仿小梅说"这是易事"，结果小梅反而模仿起他的语气说"这是易事"，让大家乐不可支。

大火发生的第二年，小梅便请假回老家了。在此期间，她的癫痫病症每月发作一次，第二日便往往是粒米未进地昏睡一整天。回老家三四年后，她便与从小在渔船上工作的小初弟弟安吉结了婚，这消息传到千仓家时，全家都为此举杯庆祝，都觉得再没有比这种喜悦更令人安心的了。小梅生了女孩儿的前一年，正好睦子的哥哥启助结婚诞女，赞子便把用不上的宝宝衣服全都寄了过去。小梅每次都回信感谢道"多亏了您，不必省钱替孩子做衣裳了，真是帮大忙了"。如此一来，两家便保持着书信往来，从不中断，小梅也常寄来美味的鲣节干。但分别已十一年之久，不知小梅究竟变成怎样的一位太太了，直至最近双方才得以见上一面。此时，小梅的丈夫安吉已当上了渔船的轮机长，偶尔会追随鲣鱼的去向，停靠在静冈县治下的烧津港。每当这时，他必定会提着一条鲣鱼作为礼物，去热海拜访千仓家，顺便聊聊妻子孩子的近况。磊吉一家看着安吉的脸，不仅会想起小梅，也会想起与他容貌有几分相似的小初。于是，每年一到鲣鱼捕捞季节，一家人便一边想着安吉是否还会来拜访，一边每日期盼着他的到来。然而他来的次数逐渐减少，听说是因为渔船频繁开往中国海、印度洋海域，在日本沿岸捕捞的时间变少了。

厨房太平记 | 195

那时的渔船都是木制的柴油机船,就算是大型船只,也不过一百五十吨左右。安吉所在的那艘五十吨左右的渔船,以远洋捕捞为主。捕捞鲣鱼仅需一根钓竿,用新鲜小鱼作饵。船员工人共五十人左右,除船长、捕捞组长等干部外,还有轮机长、无线通信员、海员、监察员、舵手、机械手等人。储备物资有重油燃料、贮藏用水(用于保持鱼饵新鲜,鱼饵为青花鱼、沙丁鱼之类)、食物及饮用水、钓竿钓具一应俱全。鲣鱼在春初顺黑潮①北上,秋末又顺流南下,性敏捷好动,以群居为主;除小鱼以外,也以浮游生物为食。捕捞海域以从托卡拉群岛至西南诸岛、台湾近海一带的海域为主,捕捞期以一周至三周为一次巡航,几乎全年无休。因此,回家与妻子孩子团聚也只是每月一次,至多不过一两天罢了。

第七回

前几年,安吉来热海拜访时,磊吉常问道:"你在船上工作,一定遇到很多有趣的事儿吧,能不能说给我听听?"安吉回答:"没错,先生和夫人若是想听的话,我这儿有一大堆趣事。但我没什么学问,不擅长讲故事,还是托我朋友写下来之后再寄到您府上吧。烦您费时过目。"之后仅过了一个月,他果真按照约定,寄来了一封

---

① 即日本暖流。

手稿。

　　安吉所说的写这封手稿的朋友，应该是一位文笔颇佳的人，听说之前也在渔船上工作，如今在某地的公所当文书。因此望读者知晓，手稿中的内容并非对安吉口述内容的记录，而是手稿作者本人的亲身经历。其内容略长，但私以为有助于理解小初、小梅以及后文将会出场的小节她们，因此抄录其中一部分：

　　拂晓时分的泊渔港仍然悄然无声。昏暗天色之下的海滩上，传来人们精神十足的招呼声。港口停靠的渔船××丸上，扩音器突然开始播放嘹亮的流行歌曲，乐声响彻整个渔港。昨天满载而归的××丸，即将再次出港。东方渐亮，许多渔夫挤满一艘小小的舢板，摇着橹从码头出发，向着××丸前进。船上那面象征丰收的旗子迎着清晨的海风飘扬，气势十足。不一会儿，××丸便开始起锚、发动引擎，船头徐徐向港口外移动。船员的家人、朋友们站在岸边，纷纷挥手示意，目送他们离开。扩音器的旋律变成了雄壮的军舰进行曲，渔船破开层层海浪，不断往前行进。

　　此次出海的目的地是黑潮流经的南方海域。在向渔场行进的途中，必须不断囤积饵料——鲣鱼最喜欢的是活的小沙丁鱼、小青花鱼。附近渔村里就有专业的储饵场，因此只需在那里停靠，将船内的鱼池装满就行了。这回终于可以正式向渔场进发了！南方亚热带海域附近，常年都是盛夏酷暑。船员们都是精神饱满的年轻小伙子，浑身赤裸着，仅着一条短裤，头上包着毛巾，皮肤晒成古铜色。渔船渡过中国南海的怒涛，一路南下，进入视线的只有蔚蓝的大海与天空。

以船长为首的一众船员，始终追寻着鲣鱼鱼群，终日凝视着各处海平面。有鱼群的海域，其上空必定有成群的海鸟飞舞——因此海鸟也被称作鲣鸟。在遥远的海平面寻找海鸟的踪影，这是捕鱼时的重要任务之一。船桥上，船长级别以下的干部们在烈日照射下，始终举着望远镜；监察员轮番登上船桅的瞭望台值班监察。渔船就这么日复一日地漂在漫无边际的大海上，不断搜索着鱼群。

无线电通信室里的通信员负责与海岸局取得联系，获知气象台每日报道的实时气象信息，从而保证渔船航行安全；同时还得探知其他渔船的捕捞动向，及时向捕捞组长报告。轮机长必须处于殷勤工作状态，一刻不得马虎，也要督促鼓励当值的机械手。船长则需时时盯着航行地图，确认渔船所处位置，并协助捕捞组长。船员中的干部们职务繁忙，得监测海水温度、观察鱼饵生存状况等。然而，终日辛苦奋斗之后的结果，往往是徒劳无功，根本找不到鱼群。

今日，船员们同样在凌晨起床，各自在岗位上做好了准备。紧接着前一天，新的工作日又开始了。海上风平浪静，天气晴朗，是个钓鱼的绝佳之日。突然，船桅的瞭望台传来大声呼叫，通报说发现了鲣鸟。引擎室发出全速前进的信号，渔船调转向西南方，如离弦的箭一般直线前行。负责捕捞的渔夫们手里都拿好了钓竿，站成一排做准备。渔船就像一只追捕猎物的猎犬一般，突袭进入鲣鸟群中。抛撒鱼饵的渔夫不断将新鲜的饵料投入大海中，鲣鱼群不出所料地纷纷浮至海面争抢食物。老练娴熟的渔夫们开始了第一轮垂钓。渔船关闭了引擎，停滞原处。渔夫们毫不吝惜地继续向海面抛撒鱼饵。大片鲣鱼群中，有一条咬住了鱼饵，被顺势甩到渔船上。船上忽地如战场一般杀气升腾，几十根竹竿争相甩出，一个接一个地钓上了鱼。舷侧安装的洒水器中，如大雨般喷洒而出的水浇在露出海面的鲣鱼头上，迷惑了这些小动物。船里的少年们在甲板上左右来往，将从鱼池里捞出的鱼饵装入小桶中，分发给渔夫们。被甩到船上的鲣鱼的胸鳍和尾鳍拍击着甲板，"啪嗒啪嗒"的声音不绝于耳，银色的腹部在阳光下闪闪发光。眼看鲣鱼将要堆成一座小山，甚至都没有落脚之地了。原本使海水变了颜色一般密集的鲣鱼群，现在基本都被钓上来了，数量达到几千条。船体受了鲣鱼的重量，吃水一下子加深了不少，已不能继续承重了。此时，船长高声发出了"停止钓鱼"的命令，渔夫终于可以停下来休息了。

　　之前用来装鱼饵的鱼池，现下已成为船舱，被当作鲣鱼的贮藏库了。鱼池的海水进水口被关闭，再用水泵将水排出，向内投入碎冰以保持鲣鱼鲜度，便可以返回基地的鲜鱼市场了。虽然渔船由于吃水变重而减速，但船员们的表情都显得十分轻松愉快。从母港出发已过了好几天，都说船板底下就是地狱，整日飘在海面、住在船里的船员们，每日做梦

厨房太平记 | 199

都心心念念的便是今日这样的大丰收。甲板上随处可闻船员们在甲板上大谈自己立下的功劳。

　　终于回到了母港。主桅杆上系着的旗帜飘扬舞动，港口传来汽笛声。甲板上并排而立的船员们齐声高呼着："返航了！丰收了！"

　　这篇手稿着重描写了船员们的勇敢坚毅，从中不难推测，嫁给这些船员为妻的女人们，日子一定不好过。小梅嫁给小初弟弟安吉之后，不仅病好了，还生了两个孩子——貌似生活幸福、无忧无虑，但其实每日都等待着丈夫归家，少有家人欢聚一堂、坐在餐桌旁一起用餐的时候，每月最多也就一两次罢了。一年之中，多数时候她都在担忧着丈夫的安危，同时照顾着年幼的孩子们，独自一人寂寞地生活。手稿中提到的"船板底下就是地狱"这句话，确实言之有理。丈夫整日在五十吨左右的小渔船上，竟大胆远航至中国南海捕鱼谋生，好不容易回来一次，也只在家留一晚，第二天又得乘船出港。可能每次为丈夫送行，小梅都强忍着心中的悲痛，想着"说不定是见他最后一面了吧"。好在丈夫每月总还会回来一两次，就怕什么时候他再也回不来了。近几年，气象预报功能得到发展，出海比以前安全不少，但在小梅刚结婚时，船员遇难的事故不在少数。后文将要提到的小节，听说她的第一任丈夫就是鲣鱼捕捞船的船员，两人结婚后不到两年，某日她丈夫出海后，就再也没回来。

　　小节在来千仓家工作时就已经成了遗孀，当时年仅二十四岁，身边还带着一个三岁的男孩儿。曾有人问她，身边有这么个可爱的孩子，本不该背井离乡、出来做工的，为何下此决定呢？她解释说孩子和自己完全不亲近，说到底还是因为丈夫在渔船上工作的时候，孩子便被寄养在婆婆家里，自己则每天在田里干农活，慢慢地孩子就变得只亲近奶奶了。小节还说，鹿儿岛对于自己来说，净是一些痛苦的回忆，没有一件值得高兴的事，与其整日流连于悲伤之地，不如干脆出来工作了。如今她嫁给了在北九州某工厂的工人小许，过得很幸福，大概是再也不想找船员做丈夫了吧。但在她家那边，也有不少女人仍然与船员再婚，结果丈夫又遇难去世了。在这种地域狭小，又找不到其他像样工作的小渔村里面，若是找不到良配，也只能不吃教训、再次嫁给船员了。小梅的丈夫安吉虽说运气不错，至今没遭过难，但考虑到万一出事的话，老婆孩子一定更遭罪，终于还是离开了渔船，来神户找了一份其他的工作。磊吉也是最近才听到这个消息的，但安吉具体是在做什么工作，来信中也未明说。

　　这之后得说说小节的故事了，但在此之前，还得说一下和她关系匪浅的小夜。

　　昭和二十五年（1950）四月，热海发生那场火灾时，小夜就在仲田的房子里看家，当晚和小梅一起顶着尚未熄灭的火星忙活了好一会儿。第二天清早又目击了小梅发病时的惊人场景，这么推算起来，她住进千仓家应该是在同年三月吧。她不是小初介绍来的，也不是鹿儿岛县民集会的一员。不同于京都出身的小驹和河内出身的小定，她们俩是千仓家常光顾的和服店老板推荐的，但小夜无人引荐，而是自己向赞子毛遂自荐道："夫人，可以让我去您府上工作吗？"

　　那时，千仓家还住在南禅寺的下河原町，附近的永观堂町有一座宅邸,属于一个叫中村的银行行长,小夜最初是那家的女用。那时,她每天遵照主人吩咐出去购买食材,往返的路上总会经过千仓家门口,不知何时起便逐渐和赞子以及千仓家的女用们熟悉了,常常从后门进到厨房,和她们聊一会儿天再回去。后来想想,或许她那时候就有了"跳槽"的想法,已经在暗地里探察千仓家中的情况了。千仓家对此不甚在意,似乎认为这个姑娘应该不错,并未特意了解她的来历便雇用了她,也没有请人做担保。因此,她从中村家离职究竟是自己主动请辞,还是被东家辞退,这一点不甚明了。她看起来三十岁上下,在中村家帮工前,应该也在别的地方工作过,但个中详情也未曾得知。总之小夜被雇用时,千仓家已从南禅寺移居下鸭了,赞子在用她之前为了确认身份,曾去过一次中村家,但不凑巧那家男女主人都不在,便直接雇了她。

赞子从小驹那里听说,小夜老家在阿波[①]的德岛县一带,曾说过自己是被母亲当作拖油瓶带着,改嫁到第二任丈夫那里的。但她平时似乎不太愿意说起自己的经历,因此也不好多问。小夜来到千仓家后,工作态度认真,没犯什么错误,但磊吉却毫无缘由地,打一开始就对她没什么好感。

"哎,这次请来的那个叫小夜的女用,能不能找个借口打发她走啊?"

"为什么啊?"

"你问我为什么,我也说不出个所以然,就是下意识地不喜欢

[①] 即阿波国,日本古代令制国之一,领域为今德岛县。

她，总觉得她挺讨人厌。"

"但她才刚来不久，无凭无据地辞退她也不好吧？而且火灾的时候她不是也挺辛苦为咱们工作的吗……"

夫妻俩的上述对话是火灾发生后，在仲田的家里逗留期间进行的。大概五月末的某个傍晚，磊吉在二楼书房内看书，无意中发现抽屉里有一张没见过的小纸片，叠得方方正正地放在里面，正寻思它是什么，打开一看，里面是用铅笔潦草书写的一行字。

很抱歉，我没带铅笔，就擅自用了这里的一支笔，请您见谅。

小夜

文字的写法、遣词用句都很工整，没什么疏漏，但小夜究竟何时将它放进抽屉里的呢？磊吉每日都会打开这抽屉两三次，那天也分别在上午、下午两点到三点间打开看过，两次都并未发现这张。这么说来，在三点过后，磊吉下楼去客厅吃点心，然后去院子里摆弄盆栽花木，又看了晚报，在五点半左右再次上楼回到书房——她一定就是在这两个多小时里，寻了个间隙趁机将纸片扔进来的。笔筒里放着十几支铅笔，想用的话拿去用就是了。就算不从这里拿，女用房里的小梅或者小驹，或者随便哪个人，应该总会有一支铅笔的。

磊吉顿时火冒三丈，怒气冲冲地吼道："喂！小夜！小夜去哪儿了！快到二楼来！"

厨房太平记 | 203

第八回

"小夜去哪儿了！小夜！"

"您找我吗？"

小夜仍然保持着一贯的冷静，用着刻板礼貌的言辞，不出声响地上了楼，拉开纸拉门便坐了下来。

"在抽屉里放了这种东西的是你吧？"

"是我。因为擅自借用了您放在这儿的铅笔，觉得十分失礼才……"

"我又不是在说你随意用了铅笔的事情！而是在问你擅自打开主人的抽屉这事儿！谁说允许你打开的？擅作主张打开别人的抽屉，不觉得很没礼貌吗？"

"非常抱歉，由于当时急着记笔记，怕自己忘了……"

"没让你说这个！我只问你，谁允许你打开它了？"

"是。"

"铅笔就放在桌子上，要拿笔根本用不着打开抽屉！"

"是。"

"你真是个莫名其妙的家伙。"——不由得脱口说出了"家伙"这种话。

"我跟你每天都能见到，如果擅用了我的东西觉得抱歉，见面的时候告诉我一声就行了，何必非得打开我的抽屉，特意写了这种东西放进去呢？"

"是。"

磊吉仿佛觉得像被人塞了情书那样，浑身不自在。

"首先，放在这儿的铅笔，是我每天在这里工作时要用的。每天早上我都亲自把它们削好，然后整齐地摆放好。这种工作必需品，别人能不能随便使用，你难道心里没数吗？"

"是。"

"笨蛋！真是让我火大！像你这种人我不想见到，滚出去！"

磊吉虽然天生易怒，常因一些小事对女用发脾气，但语气这么强硬还是头一回，可见这次是真的动怒了。他立即叫来了赞子，让她解雇小夜。一般在这种情况下，赞子都会当和事佬，一面安慰丈夫，一面平息事态，然而这次仿佛行不通了。

"当然会生气了！不生气才反常呢！"

"虽然这么说……"

赞子试图从中调解，但磊吉却因妻子不站在自己这边，反而更加生气了。

"理由什么的不说也罢，她自己应该清楚得很。就说我不喜欢她这个人，让她走就行了，看见她我就来气。"

"那也没办法了，就按你说的让她走吧。"

"那个女的，是不是脑子有点奇怪？你不觉得吗？"

"是啊，听你刚刚说的，是有点奇怪。"

"我越生气，她越是没完没了地絮叨，解释个不停，那不是让我更生气吗！这个家伙马上就要疯了吧，我看她有这个倾向。"

最后还是按着磊吉的意思，小夜在那天夜里就急匆匆地整好了行

厨房太平记 | 205

李,第二天一早便立即离开,去向不明了。

这么一来,磊吉总算是松了口气,心情好转了。至于小夜突然消失得无影无踪这件事,恐怕是赞子瞒着自己,替她找好了去处,这一点并不难想到,于是磊吉也不想多做追究。之后,接替小夜来工作的女用,便是从京都来的小节了。

小节是鹿儿岛泊村出身,也是在小初劝诱之下出远门做工的姑娘之一。她和小夜住进下鸭的时间相近,只比她晚了大概三四天。她说自己二十四岁了,和已故丈夫所生的孩子将满三岁了,出门前交给婆婆照料。刚开始一见到她,并非是什么惊艳的美人,不过是平常相貌罢了。小节和小夜一起在下鸭家中生活的时间并不长,大概只在三月期间,四月时小夜去了仲田看家,两人便就此分开了。这次由于小夜被赶出家门,便把小节叫过来帮忙。

"那之后小夜怎么样了?难道又回下鸭去了吗?"磊吉到底还是有些在意,便向赞子打听。

"她去东京了。"

"啊?去东京哪里了?"

"我上女校的时候有个叫原田的同学——本姓田边的,那个人你应该也认识吧。"

"啊,去她家了?"

"不是,被她介绍去朋友家里工作了,一户姓蒲生的人家。"

据赞子说,小夜称自己要是被赶出去的话,就算回了京都也无依无靠,根本无家可归,只能孤身一人,除了露宿街头睡桥洞之外别无他法了。赞子无法就这么置之不理,却苦于不知如何帮她另谋出路。但如今女用人手紧缺，无论何地的人家都在找帮工，应该能替她找到合适的东家——想到这儿，赞子第一个想到的就是原田夫人，她好为人操劳，熟人又多，一定能帮得上忙。于是，赞子便向她说明了自己家中有这么个女用，但丈夫和她无法相处，非得把她赶出去，自己觉得十分为难，她倒也没什么缺点，就是性格有些怪，做事情还是踏实认真的，之前火灾时还拼命帮我们把贵重行李全都搬出去了，自己也十分感谢她云云。原田夫人立即回复说可以让女用过来，很快就能找到人家，在那之前可以暂时在自己家中住两三日。因此，那天清晨小夜径直去了位于青山的原田夫人家，正好当天就找到了下家，也没在原田家叨扰留宿，便去原田夫人的朋友——即大森的蒲生家中工作了。

磊吉虽和妻子这位旧时同窗也十分熟悉，但与那户蒲生家没有任何来往，因此不知其中详情。据赞子转述原田夫人的话说，蒲生家的男主人是做贸易的商人，如今住在美国，近一两年不会回来，他夫人住在大森的家中，独自照料着两个还在上学的孩子。之后，他们便没再过问小夜的工作状况，并且也不想再插手了。但有一回，磊吉在电车里偶遇原田夫人。

"说起来我正好有个事儿想告诉您呢，"原田夫人坐到磊吉边上的座位，把嘴凑到他耳边小声说，"就是之前那个女用，好像叫小夜来着……"

"哦，她啊，她怎么了？"

"那个女用啊，您讨厌她也是理所当然的了。"

"她又做什么莫名其妙的事情了？"

"没什么，去了蒲胜家之后倒没做什么出格的事……"

"嗯？"

"什么时候来着，就是您太太和我说了她的事之后，我就带她去蒲生家里了。当时我和她一起从青山坐地铁到新桥，然后坐电车去大森，就在电车上……"

"嗯，怎么了？"

"我和她也是第一次见，她却挺自来熟地蹭上来，小声跟我搭话，问我：'夫人您知道这首和歌吗——人生多忧愁，失双亲为最。'说得还挺流利呢！"

"嗯。"

"我不知道那首和歌，就问她是谁作的，没想到她说这是千仓先生的和歌，然后又把那首歌抑扬顿挫地又朗诵了一遍。"

磊吉不可思议地想，难怪这首歌和自己曾作的那首完全一样，但那是在战中所作，距今已有四五年了。磊吉也只是随性创作，并未发表刊登、引人关注过，或许只是在记述战中之事的杂文中，出于需要引用了一下，小夜到底是什么时候读到的呢？

"她居然知道这首歌啊。"

"不仅如此，关于您的很多事，比如无聊八卦闲话之类的传闻，她似乎都一清二楚。她和我说什么，自己是千仓先生的粉丝，之前就对您十分尊敬。还一直兴致勃勃地跟我打听您家里的事情，问您夫人和您结婚几年啦，妻妹鸠子小姐和她丈夫是否生活美满啦，睦子小姐似乎是赞子夫人嫁给您时带过来的拖油瓶吧，一直问个不停，我就随便应付了几句。我总算知道您为什么讨厌她了。"

"哎，有这种事啊。在我家工作的时候倒也没这么极端嘛，但是我能看出来她有点不太对，这也像是她能说出来的话。希望日后别给您添麻烦才好。"

磊吉和原田夫人如此对话过后便分开了，但好在小夜在大森的工作还算稳当，此后再没听过什么传闻。

七月下旬，磊吉夫妇在箱根的酒店小住十日左右。傍晚，两人在餐厅用餐时，热海那边来了电话，赞子便去接。

"糟了，小节突然请辞要回去。"赞子回到餐桌边后这么说道。

"怎么突然说要回去？"

"说是家里母亲病了，让她赶快回去。"

"是小节打来的电话？"

"电话是小梅打的。只说帮小节照顾孩子的婆婆病了，也没法带孩子，就传信来让小节赶紧回去。我说就算要回去，也等我们到家再走吧，可以提早两三天回家。但她说放心不下，现在就得走，打算今晚就出发了。"

"为什么不是她亲自打电话来呢？"

"说是自己也觉得有些任性了，不好自己开口说。"

磊吉不喜欢小夜，却对小节十分满意。要问为什么喜欢，他自己也搞不明白。最初让磊吉对她产生好感的是她写字写得不错，从笔迹上完全看不出她是个只有小学学历的乡下姑娘，反而觉得很有文化。虽然从未和她有书信来往，但每每看见她写的信封、扔掉的纸片之类的，磊吉都为这姑娘的字迹而感到惊叹不已。磊吉认为能写出这样的字的人，也一定头脑聪慧，于是对她更加佩服了。这么想着，好像连那副算不上美人的平凡相貌，也变得熠熠闪光起来，显得机敏爽利。

"既然这么着急，这个月的工资还是得给她吧，作为饯别礼，至少回去的交通费也得让她带着。"

"我也是这么说的。但她说自己着急要走，本来就够任性了，没道理再向东家拿路费，这个月的工资也可以日后再寄过去。"

"这样啊，那就没办法了。小节真是个可怜的姑娘啊，跟她说母亲病好了之后，一定要回来工作……不，我亲自打电话去吧，总得跟她告别。"

磊吉担心地在电话里不停询问小节打算坐几点的火车走，母亲的病情如何了，行李是全部带走，还是之后用铁路线邮寄等。然而，小节在电话里的回复却十分暧昧，不似往日的干脆利落，总是小声咕哝着，说了几句便逃也似的把电话挂了。

"有些奇怪，不像平时的小节，说什么都听不清楚。"

"是担心母亲的病，急得心神不定才这样的吧？"赞子这么推测道。

第二天，赞子又放心不下地给小梅打了电话。

"昨晚通话之后，小节就走了吗？"

听她这么问，小梅犹豫了一会儿才回答："先生、夫人，实在对不起，小节确实走了，不过不是去鹿儿岛，而是去了东京。"

第九回

"去了东京哪里？"

"我也不是很清楚，大概是去了小夜那里吧。"

"去小夜那里？"

磊吉追问之下，小梅左右为难似的，最终还是说出了实情。

就在那天，夫妻俩就从箱根赶回了热海。据小梅所说，小节和小夜两个人相处得极好，成了好友，她们俩在下鸭同住的时间并不长，按理说来不会那么亲近，但她们分处京都、热海两地时，一直互通书信。小夜被赶出家门之后，小节代替她来热海工作，但一直流露出对她的同情，说她太可怜了。怜悯小夜固然无可厚非，但小节甚至因此事而暗地里批判磊吉："他待人未免过于严苛，明明没什么过错，只因为不喜欢人家就把她赶走，真是太过分了。小夜其实是个好人，既正直，又能体谅人，再没有比她更善良的人了。先生这种做法真是太离谱了，丝毫不讲道理。"还说"我去和先生当面说，应该改变态度的人是他才对，作为小说家怎么能如此不通情理呢"云云，往日里老实寡言的小节，好像变了个人似的，语气十分激烈。

"真的吗？小节说了这种话？"

"替小夜辩解的时候，小节就是这么怒气冲天的。"

就算听小梅这么形容，磊吉也想象不出小节说这些话时的神情。

"这么说，这次的事情是小夜一手挑拨，把小节拉拢过去的？"

磊吉心有不甘，恶狠狠地说道："是的，一定是这样的。"

那之后，夫妻俩便没收到任何消息。只是大约四五天后，小梅收到了一封信，上面是熟悉的清秀字迹：

之前那晚给你添麻烦了，很抱歉。蒲生家决定雇我了，我便打算在这里工作。我非常喜欢小夜，能和她生活在一起，我很高兴。再没有比这更令我高兴的事了，希望这种幸福能够一直持续下去。麻烦你，将我的行李按照寄件地址邮寄到蒲生家来。

磊吉和赞子算是完全被欺骗了，连小节也被挖了过去，可见这是一个计划周密的复仇行动。然而事情并未到此为止，还有后续。

小节在信中说"再没有比这更令我高兴的事了，希望这种幸福能够一直持续下去"，但她却未能如愿。两三个月过去了，某天，家里接到了原田夫人的电话，只听她吃惊地说道：

"那两个人怎么会有那种关系啊！"

"哪种关系？"

"同性恋啊！"

"什么时候开始的？在我们家里的时候，可完全没看出来啊！"

"这么说，可能是来大森之后才开始的吧。我也是偶然之中发现的。"

原田夫人估计也是想凑个热闹，称电话里说不清楚，那天晚上便特地赶到热海，向他们说明了事情的经过。原田夫人这么描述道："虽然我能见到蒲生夫人的次数不多，但常去她家附近办事，偶尔也顺便去拜访一下。只是蒲生夫人总是不在家，就算去拜访，三次之中也总有一次是那两个女用来玄关接待，说是夫人不在家里。这样的事情发生过很多次，那时我心中便觉得有些奇怪，因为她们总是两个人一起出现，几乎没有哪个人独自出来迎接的状况。每次按门铃，都得等上相当长的时间，才有人来开门。有一次门铃坏了，我就强行推开了门，进去询问是否有人在家，只见小节慌里慌张地从楼梯上冲下来，接着小夜也下来了——那副样子看起来倒像是趁着东家不在，两个人偷偷地躲在二楼某处，不知在做什么见不得人的事。那次之后，我就越发好奇，每次去那附近办事，必定会顺道拜访蒲生家。于是就发现了昨天那桩事。当时我照例去蒲生家按门铃，但门铃没响，我耐着性子按了差不多五分钟，还是没响。于是我悄悄地试着推了推门，但没能打开，此时我就产生了一个想法——我小心翼翼地尽量不发出声音，绕到后门口，打开了厨房的门，壮着胆子进了里屋，一楼没有人。于是蹑手蹑脚地上了二楼，我记得上了楼梯的第一间房应该是蒲生夫妇的房间，不料却在房内的双人床上看到了一副荒唐的景象，真是无法言喻，不知该说是轻浮下流还是疯狂放荡，总之不堪入目，只能任你们想象了。我真是没想到，心里大吃一惊，正准备下楼，却突然被那两人注意到，她们惊慌失措地跳起来，想要遮住自己的身体，都是浑身赤裸着的，只好抓起被子蒙住脑袋，可是被子卷成一团，四只脚还露在外面，蜷缩在一起。我也吓得不轻，赶紧从后门冲出去，之后的事便不太清楚了。我从没见过这种场面，一直担惊受怕地心扑通扑通狂跳。"

"这件事到底是昨天什么时候发生的？"

"就在昨天下午两点多，大白天呢。"

"蒲胜夫人没看见过吗？"

"我也想问问她有没有注意到那两个人的关系，但昨天实在太慌张了，只顾着逃出来。实在没想到是同性恋……"

"还是尽早告诉蒲胜夫人比较好吧。"

"看她们那气势汹汹的样子，指不定以后得多记恨我。反正也被她们发现了，我做好了被她们记恨的准备。今天早上已经告诉夫人了。"

"在电话里说的？"

"电话里可说不清楚。本来想叫蒲胜夫人到我这儿来，但又担心她不在家的话，那两个人不知又会做出什么出格的事情，所以我就亲自去了大森。当时是那个女的，那个叫小夜的女用，一个人来玄关开门迎接，还满不在乎地跟我说'哎呀，昨天真是失礼了，今天夫人在家'什么的。"

"她没用吓人的眼神盯着你吗？"

"那倒没有，还像平常一样用礼貌又谄媚的语气说'夫人，原田夫人来看您了'，好像什么事都没发生似的，殷勤得很呢！"

当时，原田夫人对蒲生夫人说"这事不方便在这里讲，还是上楼去吧"，于是二人去了昨天那间卧室，把自己目睹那件事的经过详细地、原原本本地告诉了对方。蒲生夫人震惊不已："居然有这种事！为什么你昨晚没有告诉我？竟然还让我在这张肮脏的床上睡觉！"

"对不起，对不起，我也是由于太过吃惊，一时间不知所措了。"

两位夫人坐在那张污秽的床边的椅子上，一边留意着楼下的动静，一边聊了两个多小时，秘密商量着该如何处理这件事。

蒲生夫人也并非完全没注意到这件事，之前她无意中也曾看见那两个人在厨房里，好像是在亲吻，心里也怀疑过她们是否有着同性爱情。雇了这样的两个女用在家里工作，心中多少有些膈应，于是想找借口辞退她们俩。但苦于一时之间找不到其他合适的女用，因此虽然心里不满，还是得继续让她们留在家里。

据蒲生夫人观察所得，二人之中，小节似乎扮演的是男性一方，而小夜则是女性一方。因为小节看起来体格健壮、十分刚健，小夜言辞慵懒、举止散漫，手足肌肤像是荷尔蒙分泌不足似的十分干燥。她原本想着，只要她们工作认真，暂时忍耐一下也没什么，她们俩的这种关系要是不妨碍到别人，也就当作没看见好了。但她没有想到，同性之间表达爱的方式，竟然会发展到以这种肮脏的行为进行肉体结合。请各位读者将以下内容视作原田、蒲生二位夫人之间的对话。

"我雇小夜的时候，也曾想到过是否要和千仓家说一声。但既然你说了不必，而且又是个不讨千仓先生喜欢，被赶出家门的姑娘，我便也就此作罢了。但小节却不一样，就这么草率雇了她，也许是我大意了。"

"您要是这么说，我也有责任。但事到如今，讨论这些也没有意义，总之千仓家肯定不会有什么意见，关键是看您打算怎么做，要怎么处置这两个人呢？"

"你帮我个忙吧，还是先把它处理掉比较要紧。"

蒲生夫人这么说着，把头伸出窗外"呸呸"吐了两口口水，然后用指尖拎起床上的被子，像拿了什么脏东西一样，扔进了院子里。

厨房太平记 | 215

"原田夫人,你确实也有责任啊。我搬这边,你帮我搬一下床的那边。"

"您打算如何处理这些东西?"

"当然是扔到院子里去了。"

于是,靠垫、床单、枕头什么的,都从二楼窗口被扔到了楼下草坪上。

"马上把花匠师傅叫来,让他往那些东西上浇油,放把火烧了。"

"您别冲动,要是引发火灾可就糟了。"

"不亲眼看着这些东西被烧掉,我心里还是不痛快。"

"那还是扔到哪个垃圾回收厂去比较好。"

"这张床也得卖给二手家具店,今天就得让人搬走。"

"那也来不及买新的床吧。"

"我去楼下和式房间里,和孩子们一起睡。"

就这么折腾了许久,最终得给那对同性情侣做出最终的处置方案了。"得负责任"的原田夫人率先下楼,去了用人房。小夜和小节已提前做好了准备,将自己的包袱行李都打包好,冷静地坐在那里。

"行了,这是你们俩这个月的工资。"

原田夫人说着,从蒲胜夫人手里拿过两个装着钱的信封,分别递给了两人。

"你们明白了吧?"

"嗯。"

"要我帮你们叫车吗?"——开口的是蒲生夫人。

小夜答道："那个，实在抱歉，因为有大件行李，能不能让我们从正门出去？"

"请便。"

"没帮上什么忙，反而给您添了许多麻烦，真是失礼了。望两位夫人保重身体……"

小节一言不发，面带愧色地缩在小夜身后出去了。

汽车开走后，蒲生夫人立即给女用中介打了电话，请那边赶快派个人过来。蒲生家的这件事就这么解决了。

被赶出来的两个人，当晚又是在哪里留宿的呢？应该是找了家便宜的旅馆对付了一夜吧，但这样也持续不了几天，何况也无法找到愿意同时雇用两人的合适人家。几日后，小节无奈之下回了鹿儿岛老家，离开东京之前一定泣不成声，和小夜难分难舍吧。千仓一家听到这个消息都安下心来，替她感到十分高兴："这下好了，小节只是遇人不淑，离开了那个女人，一定能过上幸福生活的。同性之爱什么的，马上就抛诸脑后了。"磊吉听说两三年前，她再婚嫁了个好人家，也生了孩子。

传闻小夜又回到了热海，在某个公寓做管理员，还兼做皮肤病诊疗。磊吉他们都没再见过她，但不知为何，她却时常写信给蒲生夫人，还给她寄过腌萝卜。某天，蒲生夫人突然收到了从她老家德岛寄来的一个包裹，疑惑地打开一看，里面有一只漆黑的、像是抓过煤灰的手套，一口寿喜锅的旧锅子，还有成堆的破烂玩意儿。不久又寄来了一张明信片，上面写着："神明让我把这些东西还给你，我就寄回给你了。"

厨房太平记 | 217

第十回

　　前面提到小驹是千仓家常光顾的和服店老板娘介绍来的，几个女用之中唯独她不是乡下姑娘，而是京都出生的。她脸很长，下颌扁扁的，自称"花王香皂"，每次看到由花王香皂赞助的电视节目，她总说那是"我的节目"。前文也说过她那个奇特的毛病——有一部叫作《沙漠奇观》①的迪士尼电影，睦子和小驹二人去影院看这部电影时，也发生了一件令人啼笑皆非的事。当时，两人的座位是分开的，画面里出现一条巨大的、类似蜈蚣的动物时，影院里突然传来"呕——"的作呕声，之间有个人慌忙捂着嘴跑向卫生间。睦子见了，心想"该不会是小驹吧"，回头一看，果然是她。

　　那应该是长约一米的爬虫类动物，不知其名。但即使不是这种大型动物，即使只是一只老鼠在厨房里蹿来蹿去，或是一只小虫子挂在天花板上，小驹都会作呕。千仓家夫妻俩都喜欢猫，日本猫、波斯猫、暹罗猫之类的都养过，清理猫粪便成了女用们的工作之一，而小驹则对此能避则避。即便如此，要是运气不佳赶上了晚班，整晚都能听到她在厨房里呕吐不停的声音。

　　这还不是最糟糕的，甚至在用餐时，若是看到了自己不喜欢的菜放在桌上，或者别人在食用自己讨厌的食物，小驹竟也会作呕。比如说她不喜欢法式吐司，但小银正好相反，最爱吃土司，于是看见小银在吃，她便大吼着"你居然能吃下这种东西"，然后逃也似的冲进卫

---

① 迪士尼于1953年所发行的一部纪录长片。

生间。

后来，她这个毛病没那么严重了，但刚来千仓家工作的时候，甚至都不能碰牛肉。如果实在免不了得切牛肉的话，她就用毛巾塞住嘴巴和鼻子，嘴里还套着狂犬用的箍具，一只手拿着一把最长的切肉刀，另一只手拿着长长的筷子，远远地按住肉，看起来像是要上阵杀敌一般夸张。赞子每回都被吓了一跳，还以为发生了什么不得了的事情。小驹还非常厌恶把手伸进米糠酱里，因此她从不用手，而是拿杓子或是筷子伸进去搅拌，因此如果让她来腌菜，茄子就会变成黄色。

赞子和鸠子总是骂她："让你来腌菜，每次都会把米糠酱弄得发臭！"

除此之外，小驹还有很多怪癖，反常的小插曲简直数不过来。

曾经有一次，周刊上大肆宣扬报道人工授精的问题，一时引起极大反响。正好那时磊吉因为高血压而卧床不起，请了个护工照顾。某天晚上，小驹和那个护工一起洗澡，她突然郑重其事地问道："哪个药店有男人的精液卖啊？"对方听了哈哈大笑。

凡与性有关的事情，小驹都显露出惊人的无知状态。比如看到狗在交配，她会以为是较小的狗在受欺负，还说什么"真是可怜啊，帮帮它吧"。告诉她真相之后，又突然对此产生了极大的好奇，此后只要听说某处有两只狗在一起，就立马跑去参观。她就是这个样子，也难怪她一直以为孩子就是从肚子里直接生出来的了。她还曾一度以为，男女接吻就能怀孕，公鸡也能下蛋。一开始赞子还以为她是故意装作不懂，后来才发现她是真的这么想。无论何事都是如此，因此她结婚极晚，连比她迟来的姑娘们都超过她、接二连三地嫁作人妇了，但她作为二十岁就来工作的前辈，竟直到三十二岁才婚配，在千仓家一直待了十多年。

最终将要出嫁时，赞子对她的初夜十分担心，于是拿来自己秘藏的一卷画册，不知是北斋①还是丰国②的，偷偷打开给她看了之后，她突然大叫一声，然后紧紧抱住赞子的两膝，不停地晃动起来，搞得赞子差点摔倒。小驹满脸通红地说道："不知道为什么，我觉得自己变得好奇怪。"说完之后，她暂且屏住呼吸，认真审视起那两卷画来，看完之后说："但是我还挺喜欢看这个的。"一般人就算心里这么想，也绝不会直接说出来，但小驹就是这么个藏不住话、想到什么就直说的人。

有一回，她突然说自己腹痛不止，对赞子说道："夫人，请帮我叫医生来，我好像得了痢疾③。"

"是不是吃坏什么东西了。"

"我肚子痛得要命，刚刚去上了厕所，发现大便带血了，一定是得了痢疾。"

看她如此痛苦的样子，便请来了医生诊治，结果发现是胃痉挛和月经同时来了。刚刚还拼命嚷得令人不得安生，这时却若无其事地说："原来是月事啊。"

她常犯胃痉挛的毛病，每次犯病就痛苦地使劲挠着榻榻米，大声

---

① 即葛饰北斋（1760—1849），日本江户时代浮世绘画家，其绘画风格对后来的欧洲画坛影响很大。
② 即歌川丰国（1769—1825），日本江户时代浮世绘画家。
③ 中医病症名，即我们俗称的腹泻。

吼道："妈妈救救我吧！"

她幼时曾有一次恐吓说"我现在就从二楼跳下来摔死给你们看"，但大人们根本没放在心上，没把这话当真，结果她真的从二楼跳下来了，让大家吓破了胆。她常说"我死了也无妨"，"如果有人想死，但又不敢自杀，我可以帮忙下手。反正他也不想活了，我这么做反而是在帮忙吧"之类的话。按她的个性来说，这些话并不是玩笑，是真的能够做到的。睦子曾因神经衰弱而说过"真想死了算了"这种话，被小驹听见了，便对睦子说："小姐，您要是这么想死的话，我可以帮您不知不觉地死去。"这话把睦子吓得不轻。

小驹这个人，一想到什么事，就算正是半夜也会马上爬起来做。曾有一次，她彻夜在厨房里乒乒乓乓地收拾东西，把其他人都吵得睡不着。编织活儿也是，自从她从睦子那儿学会了织毛线，就常常织一个通宵。睦子婚后怀了孩子，得给即将出生的宝宝织不少东西，那段时间里，小驹更是马不停蹄地一直在织毛线。而且，在她自己还没找到合适的结婚对象时，就已经替未来的孩子织了一堆帽子、斗篷、袜子之类的东西。

在工作之前，小驹曾就读于私立手工艺高等女校的师范专业，还参加了学校的演剧部门。可惜当时正处战时，因此并没学到什么东西。毕业后，她在四条的藤井大丸百货商店工作，在单位也成了演剧部的成员，为了在比赛中战胜其他百货商店，她便下苦功练习标准语。或许正因如此，她十分擅长模仿别人的嗓音。磊吉卖掉仲田的别墅，全家移居伊豆山鸣泽，所住山庄就在通向兴亚观音庙的必经之路上的半山腰处。那之后的某天夜里，家里只有小驹和睦子二人时，外边突然发出奇怪的声响,听起来像是人的说话声。睦子十分恐慌,猜测是否有人在门外。小驹却悄悄打开玄关边上的窗子,眯着眼睛从窗缝里向外看,然后模仿出不同的音色,装出五六个男女正在交谈的样子,故意让外面的人听到。她发出的音色各不相同,又十分机敏地想出了许多不同的话题,模仿得惟妙惟肖,真是像极了。为了替换不同的音色,她时而捏着鼻子,时而扯着喉部的皮肤,真是使出了七十二般技巧。有时是高亢女声打电话的声音,有时是五六个人在走廊小跑的嘈杂声音,有时又是不紧不慢的脚步声——与其说是为了骗过门外的小偷,不如说是她自己觉得妙趣横生,演得如痴如醉了。

但小驹最拿手的还是模仿大猩猩。在磊吉或是赞子面前,她会觉得不太好意思,无论怎么请求,也不愿展示这项绝技。但在睦子和其他女用,或是附近的孩子们面前,她却常常见缝插针地表演起来。由于模仿得实在太像,有些孩子甚至会害怕得哭出来。她的嘴很特别,嘴巴张大时可以把苹果整个儿吞下去,因此可以自由地切换自己的表情。模仿大猩猩时,她先把舌头全部顶进上唇和上颚之间的牙龈里,让上唇尽可能地向下伸展。接着,她就像当年的美国喜剧演员本·特平[①]那样,让眼睛骨碌碌地转来转去。然后,她把两只手臂伸向左右两边又垂下来,把两手的手指完全张开,同时弯曲指尖。再将两膝弯曲,像双腿间夹着个尿布似的东西一样,做出"O"形腿的模样。除此之外,她还擅长跳草裙舞。热海有一家叫作和可奈的餐厅,老板是个著名的草裙舞者。磊吉夫妇曾在宴会上见过她两三次,听他们评价

---

① 美国喜剧演员、导演,曾和查理·卓别林共同出演电影《卡门的闹剧》等。

说，小驹的草裙舞水平更甚于那个老板。

小驹一直有个愿望，就是希望能够在电视里表演一次，能看到电视里的自己。当时，日本电视节目中有个叫作"时尚教室"的，播放的是美容师——一个叫作名和好子的女人——从申请者中挑选出几名合适的女性，替她量身打造一个发型，并在节目中亮相。巧的是，赞子在神户大丸百货的美容院工作时，就和这个名和好子女士十分要好，小驹便向赞子求情，想让她劝说名和好子选中自己。但很可惜，她最终并未被选中，希望就此落空。日本富士电视台还有个叫作"电视婚礼"的节目，由德川梦声主持。小驹想，自己在结婚时一定得上这个节目，千仓先生应该认识这个梦声先生，于是就去拜托磊吉。但这个想法还是无法实现，磊吉并未理睬她的请求。后来，银座的松坂屋有了个神奇的机器，即摄影机会拍摄坐上扶梯的乘客，将他们的身影实时播放在电视上。这多半是电视台为了宣传而安装的，但小驹却开心地想着"自己的模样终于能出现在电视机里了"，于是不厌其烦地一遍遍坐扶梯来回，一遍遍地看电视机里的画面。

小驹还有个怪癖——说的梦话颇复杂。睡觉说梦话的时候，有时是骂狗，有时是在梦里跳舞。有时她值夜班，会在半夜去浴室泡澡，然后泡在澡盆里就打起盹儿来，不知不觉地还会一头扎进水里，自己吓了一跳惊醒过来。她还常把雨伞啊、包啊什么的落在交通工具上。其他女用们常常抱怨说："厨房的伞几乎都被小驹丢在公交车里了。"

小驹是外国电影的狂热粉丝，对于欧美演员的名字，她简直如数

厨房太平记 | 223

家珍。其中尤其偏爱的是西部片演员本·约翰逊[①]，曾给他寄过圣诞贺卡，让睦子帮忙写了收件地址。她还用日语给他寄过粉丝信，并且真的得到了约翰逊本人的回信，小驹便立即将随信附寄的一张约翰逊肖像照挂在了墙上。

小驹的父亲也是个很特别的人，老派、顽固、不爱欠人情。他毕业于京都美术专科学校（即如今的美术大学）的设计系，以接收染坊订单，设计围巾、领带、包袱皮等图案为生。如此虽不至于穷困潦倒，但无奈他是个老好人，总是无法拒绝别人借钱的要求，因此一直被迫负债累累，生活清贫。在小驹去千仓家工作之前，他对女儿提出的告诫也独树一帜：无论多么辛劳，都必须保持对磊吉先生及夫人的绝对忠诚，若擅自当了逃兵，也就不必回家，直接跳进琵琶湖自尽算了。他寄给女儿的信里，常用双圈标注出"小心火烛，注意锁门，谨防发生交通事故"这些话，还认真地画上红线。不仅如此，小驹偶尔请假回家看望父母，一到约定的返程时间，她父亲就急匆匆地催着她赶快上路。有一回，小驹收到父亲的信，开头写道："我记得你工作的府邸上养了好多狗吧，狗是不会开口说自己想要什么的，所以你要记得善待它们，及时发现它们想要的东西。"小驹平时忙于工作，早把狗的事情忘得一干二净，这时看见父亲的信，才突然想起它们来，心里觉得对父亲和对狗都愧疚不已。于是，她跑进后山里，把两条狗找了回来。这两条狗分别叫作小亮和小格，总是逃进兴亚观音山里玩耍，直到身上满是虱子，才脏兮兮地跑回家来。小驹费了老大劲儿才

[①] 美国演员，曾获第44届奥斯卡金像奖最佳男配角奖项。

把这两只狗带回家,把它们身上的虱子一只一只地抓出来碾死,足足花了三个小时才完工。她还试着数了数虱子,算出来得有五千多只。听说她是一边扑簌簌地掉着泪,一边用石头把这五千多只虱子碾死的。问她为什么哭,她回答说是恨自己实在无情,竟然将小狗们置之不理,以至于它们身上爬满了虱子,实在是太可怜了。

不难看出,小驹果然和她父亲如出一辙,同样地正直、善良。常有其他女用或是来往的年轻人问她借钱,即使四处筹钱,她也会帮忙。结果最后往往自己生闷气,说谁谁又欠钱不还了。

第十一回

在这里简单介绍一下那个叫小铃的姑娘吧,她是比小驹晚了三四年才来的。

小铃也是那个推荐了小驹来工作的和服店老板介绍的。然而,千仓家并不是因为人手不足才雇了她,而是有一回,和服店的老板来到下鸭,主动对赞子说:"夫人,夫人,我看您家如今好像也不缺女用,但我这儿还有一个姑娘,不妨先用着试试。其实,我是觉得她长得实在好看,舍不得把她介绍到别家工作,还是想让她在您家伺候。"于是,赞子便同意了她的请求。

磊吉如今还清楚地记得当时发生的事。昭和二十七年(1953)春至二十九年(1955)秋,磊吉因患上轻度脑溢血,导致右半身无法活动自如,那两年里时常卧床休养。他初次发病是在东京的某个旅馆,随后被送到热海,但他还是固执己见,说能够承受冬天的严寒,于是在昭和二十七年(1953)十月左右,又回到了京都。磊吉到了车站月台,被别人背着好容易才过了栈桥,又坐车从纠森到了自家门前,立即有人迎上来,左右搀扶着进了客厅。但他仍是感觉头晕目眩,连坐着都吃力,于是就被抬到铺好的床上。秋意渐浓,磊吉就这么躺在床上,听着院里细泉击石、竹筒倾水的声音,日日过得了无生趣。期间某天,赞子来到他枕边说道:"这次会过来一个长得很可爱的小姑娘,听说长得和津岛惠子①很像呢。"

千仓夫妇并非想雇长得好看的女用,至今为止也从未招过容貌出众的姑娘来工作,但听赞子说了这个消息,实际上磊吉阴郁的心情还是有所缓和的,甚至觉得眼前一亮。说到底还是因为,磊吉不知自己何时才能再次站起来,在院子里散步,或是去逛逛纠森——说不定再也站不起来了。好不容易回到自己憧憬已久的京都,却别提八濑、大原这些地方,就连祇园、河原町、嵯峨这些地方都不能去,或许等不到今年入冬就殒命了。在这种心情低落的时候,如果能有这么个美丽的姑娘在自己身边日夜伺候的话,或多或少心里会有所慰藉吧。要说明一下,磊吉并非把津岛惠子当作偶像,在这种境况下,只要是个漂亮女孩子就行了。

从大津坐江若铁路,路过浮御堂所在的坚田站,下一站即是真野站。式子内亲王的和歌写道:"夜半寒风过,吹拂真野滨,海湾千

---

① 出生于日本长崎县的女演员,隶属日本松竹电影制片公司,1954年出演黑泽明导演的著名影片《七武士》。

鸟啼。"素暹法师的和歌写道:"风过比良山,云开朗月明,真野波化冰。"可见真野这个湖边小村落历史渊源颇深,而小铃就是这个村子里的姑娘。磊吉虽然不曾去过真野,但寻找素材时曾到过那附近的雄琴温泉、比叡山横川山麓的千野一带,因此对那个地方有大概的印象,并且还抱有几分好感。小铃被带来千仓家时,正是一个天气晴好的午后。她身着胭脂底色、带黄绿相间波浪纹的绢绸和服;外罩一件绿色外褂,上面有胭脂色(她很喜欢,也很适合穿这个颜色)和黄色、深灰色的风车图案;梳成娃娃头的发型用腰带扎起。听说她今年二十一岁。

那个时候,过来应聘的姑娘们多是一身粗制滥造的洋服、手工编织的毛衣。而小铃穿着这套绢绸和服,那模样十分招人喜欢,真是惹眼极了。她父亲是土生土长的江州农民,但母亲却出生于京都的商贾之家,加到真野后一度无法习惯耕种劳作,过得十分辛苦。或许就是这位母亲,特意为自己漂亮的女儿准备了这么一套精致合身的衣服吧。被小铃称呼为"儿玉阿姨"的和服店老板,陪她在市际电车的终点站——出町下了车,领着她过了河合桥、往下鸭神社的参拜小路走。半路上,这个阿姨不知想起了什么,突然停下来说道:"去应聘的时候不能涂脂抹粉的。"于是她从自己的腰带内取出粉扑,把小铃脸上的白粉擦得一点不剩。因此,小铃是以全素颜出现在磊吉夫妻面前的。

磊吉的病房就在走廊的东南拐角处,透过栏杆可以看到落入池中的瀑布。本该是非常开阔明亮之处,但依照旧俗要避免阳光直射,因此特意架了野木瓜藤蔓,从房檐一直蔓延到池边,即使天气晴好,室内也昏暗不明。小铃被赞子带进来时，磊吉正躺在床上喝柿子汁。这种柿子汁是在一家名叫"涩谷"的老店铺里买的，就在从河原町去丸太町的路口西侧，如今应该仍在营业。磊吉这次从热海回到京都后不久，就有人说喝柿子汁能够降低血压，且最好是"涩谷"卖的那种，请他务必尝试一下。抱着试一试的态度，磊吉每日早晚各饮用一次，每次只喝一小杯。因为这玩意儿味道并不好，所以他每次一口气喝完之后，都得喝一杯水。后来听小铃描述，她当时进入病房，只见一个年老体衰的老爷爷躺在床上，在光照不足的阴暗之地苦着脸喝柿子汁，看起来总觉得怪可怜的，想到自己日后不得不每日陪伴在这样的老头子身边伺候，顿时觉得十分为难。磊吉当时六十八岁，加之缠绵病榻，看上去确实老态龙钟的，甚至可说显得比实际年龄更老。那年冬天过后，即翌年三四月份，磊吉幸运地逐渐恢复了健康。到了五月，别说纠森，甚至时常散步到河原町一带。此时，他的脸开始有了血色，逐渐红润起来，腿脚也轻快了。小铃回忆说，她这才突然惊讶地意识到，其实他并没有自己想象得那么衰老，而且随着病症好转，还日渐年轻起来，看起来像个五十多岁的人。

  池塘对面有一幢独门独户的房子，叫作"合欢亭"，过了池上那座土桥便到。磊吉将那其中一间房作为书房，逐步开始恢复工作。闲暇时，磊吉便把小铃叫过来，让她搬张桌子坐在自己对面习字，以此为乐。临摹字帖不限，现成的杂志、小说读本之类皆可。总之磊吉尽量选择简单易懂的文章念给她听。小铃则摊开草纸，用HB铅笔把听到的内容誊写下来。她的汉字储备量惊人地欠缺，但由于是乡下丫头，某种程度上来说也可以体谅。但她自称中学毕业，若是真的，那未免也过于无知了。她也否定了磊吉猜测自己不喜欢读书，或者生来记性不大好这些可能。细问之下才得知，由于她母亲生在城市，不擅料理农务，因此她不得不代替母亲去田里种地干活。农务繁忙时，常常请假不去学校上课，如此自然疏于学业，不识几个大字了。既然得知了原委，那么首先不应该让她学书法，而是尽量多记住一些字才更为重要。这么一来，每天写毛笔字的事暂缓，小铃得先用铅笔练习新字的书写。

赞子常评价小铃说："那个姑娘确实生得美，只可惜双目无神。若是眼神锐利有光、闪闪发亮的话，便是个名副其实的美人，甚至可以去当电影明星了。如果学历再高一点，知识更丰富的话，一定能有那样动人的眼神吧。"

夫妇俩对于小初也曾有过类似的感叹。出生于偏远乡村、无法受到良好教育的姑娘们，比起城市里长大的孩子，不知得承受多大的损失——看着小铃的样子，他们俩不禁再次深切体会到了这一点。

然而，给小铃安排的习字课并没有持续很久。当时她大概每天练习三十分钟至一个小时，这与其说是为了让她长知识，不如说是磊吉为了打发自己的烦闷无聊。日复一日，初夏来临，沉疴治愈，磊吉可以自由外出了。于是不知何时起，这门必修课便逐渐荒废，但在此之前的一两个月中，他着实从中获得了不少慰藉。虽说如此，小铃却并非徒劳无功地度过那两个月。其后五六年里，她仍然在千仓家做工，有一回磊吉无意中瞥见她写了一半扔掉的信纸，不禁为上面的工整笔迹和行文感到惊讶。

"这信真的是小铃写的？"

厨房太平记 | 229

赞子听见他的质疑，回答说："是啊，就是她写的。认字那段时间，她每晚都窝在房间里，把你当天教过的字反复书写练习，这我可是清楚得很。这之后我还见过，她只要一闲下来，就偷偷练字，还常常用手比划着在空中写字。你看怎么样？是不是也觉得写得不错？"

短短两三年里，小铃的字竟然和以前大相径庭，连一些复杂的汉字也写得行云流水，这让磊吉吃惊不小。通过这件事，磊吉再次惋惜地想到："如果这样的女孩子能有更高的学历，一定能成为更出色的大家闺秀吧。"

小铃虽然自幼便开始料理农活，但四肢并没有变得畸形，也没有骨节突出。胸部丰满结实，十分挺拔，但整体姿态又十分纤细柔美，只是两只脚上厚厚的茧，令人看来有些在意。但这在以前的日本人身上是十分常见的，不论男女都会有，磊吉在曾经的宿舍、学塾里，都得在榻榻米上保持端正的跪坐姿势，因此磨出的茧到现在还留有丑陋的痕迹。但在战后，姑娘们逐渐不拘坐礼，很少有磨出茧子的了，因此小铃脚上地老茧显得有几分醒目。另外，她的头上混杂着许多白色、红色的发丝，或许是和饮食有关。到千仓家来工作后，异色的头发逐渐减少，最终竟有了一头浓密的黑发。偶尔回老家探亲，父母和邻里见了她的头发，都是又惊又喜。

小铃似乎天生味觉灵敏，能够精准分辨各种滋味，因此也十分擅长烹饪。作为她的老前辈的小初，那时依然还在千仓家工作，时常往返于京都和热海两地，因此有时把灶台之事托付给小铃，从而让她掌握了一手关西风味料理。除了菜肴，小铃泡的茶味道也和别人有所不同。自然，小铃好吃也更甚于其他人。正因如此，磊吉夫妻俩总觉得给她吃好吃的更有价值，总是特地带她去美味的餐厅，让她品尝美食；得了什么吃食，也总想着给她留一份。

这么说来，还有一个小故事。小铃来到下鸭宅邸实习两三天后，某次被吩咐去伺候主人用晚餐，进入房里一看，磊吉坐在床上，被褥上放了个餐几，上面涂了朱漆颜料，四四方方的。餐几和旁边的托盘里，放着几碟小铃生平从未见过、不知为何物的佳肴。那其实是从木屋町三条路上、如今还在营业的那家叫作"飞云"的店里，打包带回来的中国菜。小铃看到的那些菜，应该就是凉拌海蜇、皮蛋、燕窝汤、鱼翅羹、东坡肉之类的吧。看着夫妻俩吃得这么香，她不禁感叹世间竟有如此妙不可言的食物。赞子看她这么惊讶，便将每道菜都用勺子舀了一些，盛在小盘小碗里分给她说："小铃，你没吃过这些菜吧，快尝尝吧。拿到厨房里的话会被其他人看到，你就在这儿吃了吧。"

由此，小铃便初次尝到了中国菜的滋味，只觉得真是好吃得无以言喻，世上怎会有如此美味的菜肴呢？当时的惊讶仍留在她心中，久久不散，直到日后还常常对别人提起。

磊吉曾带她去过河原町朝日会馆六楼的阿拉斯加餐厅。对这种环境十分陌生的姑娘突然到了如此高级的餐厅，一般都会觉得手足无措。这时，她的美貌就体现了好处，服务生错将她当成千金小姐，而小铃从一开始便没有露怯，举手投足皆是稳重得体。她在磊吉对面落座后，完全不需要磊吉一一指导，无论是喝汤的方式、刀叉的握法，还是黄油刀的用法，等等，虽未经餐桌礼仪培训，但模仿着主人的一举一动，竟完全没给他丢脸。这在一般女用中实在难得，因此从那以

厨房太平记 | 231

后,她越发气魄十足,被带去一些隆重场合时,既不会张皇失措,也不会故作娇贵,举止十分自然、落落大方,尺度把握得正好。

第十二回

磊吉出门散步时,大抵都由小铃陪同。

傍晚时分,磊吉招呼一声"小铃,过来",两个人便漫无目的地出了门。偶尔心血来潮,也会光顾平日偏爱的餐厅,比如四条木屋町西面的"丹熊"、祇园末吉町的"壶坂"等。在那家"壶坂"餐厅里曾发生过一件轶事,磊吉很喜欢吃那家店的炖牛舌,以为小铃应该也会喜欢,就点了两人份的牛舌。

没想到,小铃却神色古怪地凑到他耳边小声问:"先生,莫非这是牛舌吗?"

"是的,你不爱吃牛舌吗?"

"其他的食物我都吃,唯独这牛舌我真是无法下咽……"

"真的吗?为什么呢?"

磊吉原以为她家在风景优美的琵琶湖畔,一定是个幽静风雅之地。不料小铃却解释说,近几年她家门前的街道上,来来往往的汽车越来越多,扬起的尘土也越来越多,她在田间务农时,总能看到伸着舌头的牛在满是灰尘的马路上拖着大板车,流着涎水慢慢走过,滴滴答答的口水就这么滴到路面的灰尘上。小铃每日看着这种画面,一想到要吃牛的舌头，就犯恶心、难以下咽。

他们在东京光顾的餐厅，主要是吃中餐的新桥的新桥亭、田村町的新家饭店，以及吃日料的大丸百货商店地下的辻留、西银座的滨作这几家。但在东京外出吃饭，可不止小铃和磊吉两个人，一般会和两三名家庭成员一起去。陪同的也不一定次次是小铃，有时也换成其他女用，但小铃去的次数的确是最多的。并且，其他女用同去的时候，并非和主人们享用同样的菜肴，而是吃一些给女用准备的普通饭菜。但如果是小铃去，东家反而会吩咐厨房说："这姑娘好吃也会吃，她想吃什么就给她做。"

小铃来工作是在昭和二十七年（1953）秋，翌年——昭和二十八年（1954）三月末，又来了个名叫小银的姑娘。她比小铃小三岁，当时年仅十九，是千仓家年纪最小的女用，是小初久违地介绍过来的鹿儿岛县姑娘。据小初介绍说，小银就住她们家对面，自己家里贫困潦倒，但是小银家却相当富裕，家中有许多田产，和她们家的生活天差地别，像这样的大小姐，只要她愿意就可以继续上学，但偏偏她自己不想读书。小初想着，把这个聪慧坦率的姑娘叫来，一定能帮上忙，于是就介绍她来了。

在千仓家工作的女用里，能称得上美女的，应该只有小铃和这个小银两人了。小铃的美是无可争议的，谁见了都觉得她漂亮，但小银的容貌却评价不一，有人觉得美，有人觉得不过如此。但在磊吉看来，小银的美貌更胜一筹，但这也是来家里两三年后的事了，她刚来应聘时，谁也没想到她几年后会长成一个如此有魅力的大姑娘。最初大家只觉得她一双大眼睛滴溜圆，好像会说话一样，非常招人疼。

赞子当初就夸赞说："这孩子的眼睛真是无价之宝啊。"

这一点恰好和小铃相反——小铃缺少的东西，小银却拥有。

小银来工作不久，就发生了两三件她毕生难忘的事情。前面说过，千仓家称呼女用时，为了对其父母表达尊重，不会直呼本名，而是另起一个假名。如今称呼的"小驹""小定""小铃"这些名字，都不是她们的本名。因此小银来时，也得遵照习惯替她起个新名字，但起什么名字好呢？主人们互相商量来商量去，最后决定用"小梅"这个名字。原本在千仓家工作的小梅（本名叫阿国）也是鹿儿岛泊村出生的姑娘，和小银还是远亲。小梅是小银祖母的侄女，小梅父亲早逝，于是她幼时便在小银家被抚养长大，中学毕业后去了京都工作。后来不幸得病，便请辞回了老家，回去后病情没有恶化，如今过得平平安安的。出于这种关系，他们便想把这个名字继续给小银用。

然而，赞子把这个消息告诉小银本人时，她却断然拒绝道："我不要用这个名字。"

"为什么啊？"

"我不想用一个得了癫痫的人的名字，"小银说道，"我本命叫小银，就叫这个名字吧，没关系的。"

听她那干脆的语气，夫妇俩当时觉得她是个不听劝的、任性的姑娘。

赞子的妹妹鸠子守寡后，成了婆家的养女，在北白川独自成家，由于家中人手不够，便想问姐姐家要小银过来帮忙。

但小银只在那边待了一天，就又回到了千仓家，还说道："按照之前的约定，我只是为千仓先生家工作的。"

下鸭府邸的正门前边,有一条小河自北向南涓涓流动。一说这便是鸭长明①所写和歌中的"蝉之川",但吉田东伍的地名词典可证明这是误传,当地的人还是管它叫作"泉川"。这条河从松之崎村发源,经纠森东部最后流入加茂川。千仓家的女用们上街采买时,正好会经过架在这条流经正门的河上的小桥,向西横穿纠森的参拜小路,走到主路上乘坐开往深泥池的公交车(那时市际电车还没有通到那附近)。这座小桥原本是一座粗制滥造的土桥,之前被水冲垮的时候,周边的居民们募捐资金,重修了一座混凝土桥。说是混凝土造成,也不过是一米宽、六米长左右的小桥,连栏杆都没有,陈设简陋,从桥的一边开始上坡,桥身也勉强算得上是拱形,因此骑着自行车渡桥也是有危险性的。大家过桥时,一般都会在上桥前下车,推着车走着过桥。然而有一天,小银有事外出,回来的路上或许是因为年轻气盛,竟然骑着自行车过桥,结果整个儿翻进了河里。

出事时大概是下午两点,河水很浅,没有溺水的危险,但河底堆了不少碎瓷片,小银的额头不幸被扎伤,眉间瞬间流出鲜血。正巧小驹从后门出来往河边走,就遇上小银满头是血地从河里爬上来。

"糟了,糟了,小银你怎么了!"

小银没回答,只喊着:"购物篮还泡在河里呢,快拿上来!里面还有钱呢!"

"别管什么钱了,先去处理一下头上的伤吧!"

小驹把浑身是血的小银搀进厨房之后,叫了辆出租车。不巧的是

---

① 日本平安末期歌人,代表作《方丈记》等。

小型汽车都没了，只剩几辆大型车，她便喊着："大车也没关系！赶紧来一辆！"然后两个人出门等车。附近的人以为发生了什么大事，都闹哄哄地围过来看。车子太大，路又很窄，所以没办法开到门口，只能停在很远的地方。小银仍然血流不止，眼睛都没法睁开，慌里慌张地拨开人群钻进车里，俯下身子不让人们透过窗户看到自己。

随后上车的小驹对司机喊道："请送我们去御池的高折医院。"

小银在车上一直哭哭啼啼地掉眼泪，但一直没有开口喊疼。比起疼痛，反而心里还一直记挂着自己的外表，担心自己"衣服变得这么脏""可不能给别人看见"之类的。然而，因为她刚从河里爬上来，鲜血从湿淋淋的衣服里渗出来，把车座都弄脏了。

去医院做了检查之后，眉间的伤疤大概有三公分①左右。医生立即给她注射了盘尼西林和破伤风疫苗，做了局部麻醉后，在伤口处缝了两针。回到家时，小银的脸肿得足有平时的两倍大，还一层一层地缠着绷带，高烧将近四十度。

赞子说："这下糟了，眉间多了个伤口，我该怎么和你母亲交代！"

小银答道："不，都是我自作自受，不是别人的错，和夫人您也没有关系。明明下车推着过桥就行了，我偏要骑车上去，才落得这个下场。我会和母亲解释清楚的。"

她天生要强，就这么缠着绷带、发着烧的，竟打算立刻下床干活了，被主人们制止下来，狠狠斥责了一顿。那之后几天，小银又连续

---

① 1公分=1厘米。

去医院注射了盘尼西林，但她眉间的伤，在出事九年多之后的现在，还依然留着疤痕。如果看习惯了也不会过分在意，但也有不少人会因她容貌受损而感到可惜吧。总之，这道伤疤肯定是永远没法消去了。

那么，我们来看看之后小初的境况吧。

小初介绍小银过来工作，是在昭和二十八年（1954），此时她已在千仓家工作十八年了。这期间发生过四年战争，战中时她曾因母亲患病、得骨疽的哥哥去世等原因，数次请假回老家探望。她是在昭和十一年（1936）——也就是她二十岁那年，开始在反高林的千仓家工作的，如今已年近四十了。但可惜的是，无论是在京都还是在老家，她从未与人结亲。

忘了是什么时候，大概是他们在寺町今出川那会儿，磊吉带着她在河原町散步。路上，她突然停住，愣愣地看着磊吉，满脸苦闷地问道："先生，我真的能嫁人吗？"

磊吉当时答道："肯定能啊，一定可以的，你担心什么！"

他只是觉得，虽说小初的相貌在别人眼里只是普普通通，但也不能一概而论，或许就有喜欢这样的呢？至于小初的优点，我就再重复一遍本书第二回提到的那些话吧——"她和麦克丹尼尔相似的地方仅仅是脸部轮廓而已，肤色却是雪白的，身材略显丰满，并非不美观。在三十年之前的二十几岁女性当中，她的个子也算高挑，看起来整洁利落。并且她手指修长，脚偏大，但并不丑。磊吉虽未见过她的裸体，不过按照睦子所说，她的胸围甚至超过了玛丽莲·梦露" "磊吉十分反感脚掌脏污的女子，但小初的脚掌看起来却像刚用毛巾擦过一样，总是白白净净的。即便从领口窥视她里面穿的内衣，也像刚洗过那样干净，不见丝毫污垢"。因此，磊吉说她"一定能嫁出去"，并不是宽慰的话，而是真的这么认为——若是这样的姑娘都没法嫁出去的话，只能怪他们太没眼光。磊吉坚信她一定能找到合适的对象，只是时候未到罢了。

有一段时间，热海别墅那儿只有小初一人留着看家，她常常把来往密切的小伙子们叫到一起，煮上寿喜锅，一群人通宵玩闹。后来，磊吉夫妇不知从谁那里听说了这件事，以为是小初终于不堪忍受寂寞了，原本是个有洁癖的姑娘，至今从未犯过大错，可不能误入歧途。于是不久后，他们边把小初从热海召回京都，让她暂且去北白川的飞鸟井家帮工。

昭和二十四年（1950），鸠子的丈夫飞鸟井次郎因癌症去世，守寡的鸠子卖掉了他们在南禅寺的家，暂时寄居位于下鸭的姐姐家里。由于她与亡夫并未生子，便收养了赞子与前夫所生的儿子启助。之后，启助与同志社大学英文系毕业的姑娘光子相爱并结婚，他们就在北白川内的花田附近——即从前的白川殿下故居一隅——建房子成了家。当时，这对年轻夫妇刚诞下一个名叫"美雪"的女婴，正是需要人帮忙的时候，因此叫了小初过去。

光子的祖父是著名画家梨本蓝雪，继承其血统的光子，有着异于常人的敏锐之处，不能容忍丝毫过失，是个极难伺候的年轻太太。但她却从未对小初有过任何不满，十分感激她那段时间的帮忙，直至今日仍难以忘怀。这其中一定有她的道理。首先，光子当时年仅二十四岁，比她大了足足十三四岁的小初，虽未生育孩子，却事事做得娴熟顺手，家务事以及照顾孩子自不必说，连厨艺都如此精湛，真是难能可贵。小初身材丰满，体格结实，性格也大大咧咧、不与人计较，颇有些大姐大的样子，或许这样的性子正好能缓和光子的神经质。看着小婴儿美雪，在小初宽厚的肩膀上睡得安稳香甜的样子，谁看了不觉得她踏实可靠呢？

第十三回

　　就在那时——即小初在飞鸟井家帮忙照顾美雪的时候，不料竟有两桩婚事不请自来了。一桩是一直为磊吉按摩的女按摩师提出的，另一桩是小初身在和歌山的姐姐介绍的。按摩师说的那个男人，是在千本下立卖一带居住的一个药店老板，前妻去世，没有孩子，虽说生活条件并非十分优渥，但也够得上普通水平。按摩师不认识那个人，也是经别人介绍，看小初至今仍是独身一人，想想觉得可怜，心肠一热便替他来说亲了。

　　另外一桩婚事，前文已提过是小初的姐姐所在的和歌山那边，她姐姐为了自己，也为了妹妹着想，才捎信来说亲的。当初，姐姐为了赡养家里的母亲和患病的哥哥，向别人借了三千日元，结果被卖到了和歌山。之后，她有幸遇到了现在的丈夫，帮自己开了一家小餐厅，对方的妻子已逝，两人相当于夫妻了，如今日子过得十分美满。但她不曾诞下一儿半女，深觉可惜，便意图为妹妹小初说一门亲事，然后将妹妹生的孩子过继一个到自己这边，将来替自己养老。巧的是，她发现常光顾她餐厅的一个男人,妻子留下两个孩子去世了,正想娶一个继室。于是,她给小初写信说:"有这样一件婚事,你愿不愿意请假来一趟和歌山,和对方聊聊。那个人和我是旧相识了,颇有信用,所以我觉得这桩婚事一定能成。"

由于两桩婚事几乎同时发生,小初本人似乎也十分迷茫。按磊吉他们的想法,让一个和自己一起生活了近二十年的姑娘——虽然年龄上来说已不能称作姑娘了——嫁到他们完全陌生的地方,实在是于心不忍。如果是回到她自己的老家鹿儿岛就不同了,但是嫁到她自己都没去过的和歌山,实在没有保障。虽说磊吉他们曾在京都见过小初的姐姐姐夫,清楚他们的秉性,但男方是否可靠却无法知晓。她姐姐说的话应该没问题,但是否能完全听信呢?据说男方住在和歌山市郊一户农家,要是生在半农半渔之家的小初能嫁过去,一定能帮上不少忙。但小初在乡下干农活已经是好几年前的往事了,如今已习惯了京都的生活——一旦尝到住在城里的滋味,还能甘于每天在田间务农吗?时间长了,肯定会心生不满的吧?他们实在疼惜小初,不忍让这么一个已经可以察言观色、懂得人情世故的姑娘再回到乡下去了。之前那个偶尔回老家两三个月,因为干农活晒得黢黑的小初,磊吉夫妻俩至今仍历历在目,想到这就更加不忍心了。况且男方前妻还留下了两个孩子,和孩子能否好好相处也是个大问题。

药店老板那边也得好好探查一下底细,但好在他没有孩子,这点倒是叫人放心。千仓家倒是可以代替小初的父母,帮她准备出嫁的琐事,要是嫁过去之后对夫家不满意,也可以再逃回家里来,磊吉他们无论何时都欢迎她回家的——倒也不是希望她逃回来,只是提前这么做好打算而已。但归根结底，磊吉夫妇或许还是在单方面地自作打算。对于小初而言，如今老家的母亲已经去世，和歌山的姐姐就相当于母亲一般了，怎么能如此草率地违背姐姐的提议呢？如果离开了千仓家，她如今所剩的归宿并非鹿儿岛，而是和歌山。千仓家虽对她有恩，但终究只是恩人，她最终能依靠的人，也就只有一个姐姐了。如果去了姐姐那里，是否能简单地完成自己的婚事虽不好说，但总归能帮上姐姐店里的忙。

"鹿儿岛实在太远了，如果在和歌山就好办了，之后我可以常来拜访，您若是有事，我也可以立即赶来。"阿初这么说着，像和自己的孩子分别一样，不停地和美雪贴着脸，哭得泣不成声地和磊吉、赞子、鸠子、光子、睦子他们反复道别，依依不舍。她出发前往和歌山是在同年夏末，当时在光子那边帮忙也才四五个月的时间，美雪也还年幼，傻乎乎的什么都不知道，也完全不记得小初的相貌。

姐姐的想法如愿以偿，小初过去不久就结婚了。磊吉夫妇并没有参加她的婚礼，但也没有发生他们担心的事，听说小初过得很幸福，他们才开始庆幸当时没有多管闲事。如今小初和四个孩子生活在一起，其中两个是丈夫第一任妻子的孩子。平日里忙于农活，孩子们也都一起帮忙。

在千仓家工作的女用里，小定是第一个经千仓夫妇介绍，找到结婚对象并顺利嫁出去的姑娘，之前在讲小驹的事情时也提到过她。她出生于大阪府下北河内，比小驹晚一两个月来千仓家，但她并不是头一次做这类工作。在之前的人家做女用时，被常出入那家的大藏流狂言名家——春山仙五郎一家人看中，深得其信赖，甚至提出要让她做

厨房太平记 | 241

自家儿媳妇。来了千仓家之后，她也一样很勤劳。正好那时，磊吉正在改建合欢亭的书房，家里住了木工及其他匠人，总共有三四个。小定便承包了那些人的所有伙食，无论前一天夜里工作到多晚，第二天凌晨五点，就又起来忙活了。只要是关于工作的事，她从无怨言。而且她很喜欢小孩子，对小动物也特别喜爱，经常照顾小猫小狗。

养了小动物的家庭，往往希望女用们也对小动物宠爱有加，但这一点也并不容易。喜欢小狗的女用很普遍，但喜欢小猫的却不多。一不留神它们就在起居室里随地大小便，把衣服、被子什么的弄得脏污不堪。要是不注意看着生鱼片、烤鱼之类的食物，很可能会被它们偷吃，之后还会被主人斥责。需要洗的衣物也堆得更多。如果私底下责骂，小猫还会去向主人哭诉，"猫奴"主人马上就能感觉到。当时，下鸭家中除了那两条斯匹兹狗，还有一只叫作"小咪"的雌性日本猫。磊吉夫妻俩以及鸠子、光子、睦子他们，净是些爱猫的"猫奴"，因此，能有小定这么个同样喜欢猫的女用，实在非常难得。

小定对小孩子、小动物的这种特殊的喜爱，应该与她不幸的童年经历密切相关。她的父亲原本是北海道某所中学的校长，生下了小定和她姐姐两个孩子。但因某些原因，他和妻子离异，两个女儿也被送到了母亲娘家抚养，小定的不幸遭遇就是从那时开始的。外婆家曾是当地的富庶农家，但小定十四岁时，由于某户亲戚家里没有孩子，便收养了她。然而不久后，养父母却生下了一个男孩儿，结果小定就由养女被"贬"为了看孩子的女用，那之后的每日都过得痛苦不已。好在她尚且能够去县立女校读书，她姐姐比起她来，甚至更加不幸。姐姐十二岁就被别的家庭收养，小学都没毕业，成年之后又被渣男诱骗，生下了两个孩子，据说最后成了一名基督徒。他们的亲生母亲也再婚了，小定无可奈何，只能回到当年赶走母亲的父亲那里，可没想到父亲也续弦了，她又有了个继母。由于这段经历，小定从替养父母照顾孩子那时候开始，便养成了天不亮就起来干活的习惯。所以到别人家里工作时，也觉得这么做是天经地义的。她年幼时，没有任何人怜悯、疼爱，孤独的她便自然而然地和小动物交上了朋友，和它们十分亲密。

因此，她从不吝于对他人的不幸表示同情，也不惜为他人卖命工作。幸运的是，她的身体素质非常好，甚至能够承受高出常人几倍的苦力劳动，当时大藏流的春山仙五郎一家相中她，应该也是由于这一点。不久，热海别墅附近的人也都为她的工作态度感到钦佩，甚至有人说有一门非她不可的好亲事，让她务必要去好好聊聊。这个人就是在海边大路上开了家粮食店，又在二楼经营一家咖啡店的巴屋老板。巴屋的客户之一——一家叫作山本旅馆的店——在当地也是颇有名气的老店，老板有个年轻的儿子，目前在逗子地区给姐姐姐夫的送餐店帮忙。但他计划近期娶妻成家，因此巴屋老板才来询问小定是否有意向去见见。那老板说："那小伙子的姐姐也是个相当能干的女人，把送餐店经营得生意颇好。而他的姐夫是当地一个大船主的儿子，要是他成家自立的话，她的姐姐、姐夫和经营旅馆的父亲，都会出资赞助。为了不和姐姐的营生引发竞争，他打算在当地开一家寿司店。因此，他还是想娶一个和她姐姐一样能干的妻子，如果不行的话，恐怕也没法经营好自己的店。我这才觉得非小定不可呢。"

这件事进行得顺风顺水，就在小初嫁去和歌山的第二年，应该是在昭和二十九年（1954）冬季，小定和那小伙子的婚事就这么定下来了。如前文所说的那样，小定并没有一个完整的家——有亲生父亲的地方，不是自己的户籍所在；但是自己的户籍地，又没有亲生母亲。无奈之下，只好让千仓家代替自己的父母，让巴屋老板夫妇作为媒人，举行了结婚仪式。婚礼举办地就在小伙子的姐姐经营的送餐店里屋，一个八叠大的和式房间里。千仓家来参加仪式的人有赞子、睦子，以及过来帮忙的小驹，磊吉并没有出席。新娘这边只有三个亲属，而新郎那边除了他姐姐一家之外，还有几户亲朋好友，加起来一共不到十五人，喜宴也是按人数摆的，但一间房间里终归放不下，于是又在走廊里铺上了地毯。仪式办得很简单，没有神官的祝词，也没有可爱的小花童，只有姐姐的小女儿斟酒进行了交杯换盏仪式。当天晚上，这对新婚夫妇就去了峰温泉度蜜月，去热海的路上是和赞子她们乘火车同行的。在峰温泉住了一晚，返程时他们去了千仓家拜访，给老朋友们送了旅行途中买的人偶作为纪念礼物。磊吉仍记得那时，这对新婚夫妇在院子里开心地把玩着新买的相机，不停地"咔嚓咔嚓"按下快门拍着照片。

如今已经过了九年，寿司店的营生如预想的那样生意红火，店里已经雇了五六个服务生。两人还生了三个孩子。丈夫这么努力，妻子又这么贤惠，这一家一定攒了不少积蓄。千仓家雇的这么多女用里头，眼下还得数小定过得最滋润。

小定结婚之后，又有好几个女用相继找到了合适的对象结婚，但她们在千仓家工作的时间都不长，又都是各回各家，由父母准备嫁妆出嫁的，所以磊吉不知道其中详情。偶尔有几个姑娘寄来贺年卡，据说也成了贤惠的夫人了，但不知为何，大多数人后来都全无音信。在小定之后，由磊吉夫妇代替其父母筹备嫁妆、举行热闹的婚礼，风风光光地嫁出门的，就是之前提到的那两个美貌的女孩子——小铃和小银。

小定那时候举办的婚礼还是非常简单、小型的，而小铃和小银的婚礼上，磊吉也出席了，还有伊豆山一流旅馆的老板为小铃做证婚人，小银在鹿儿岛的祖母和母亲也赶来参加，场地装饰得特别精致，宾客也来了很多，热闹得很。两个人是同一天，在同一个地方——即当地的伊豆山神社的正殿举行的，先是小铃夫妇，再是小银夫妇。小银的喜宴摆在神社半路上的某户亲戚家里，小铃的则是摆在神社偏殿里。磊吉在席间致了祝词。这些都是小定婚后三四年的事了，在此之前，尤其是在小银身上，发生了很多事，在此必须好好介绍一下。

如前所述，小银的美貌被人所瞩目是在几年以后了。她十九岁刚来下鸭这一带时，也有几个年轻人为她着迷——有一名泊泊舍洗衣房的青年就是其中之一，当时追她追得十分起劲，应当也是被她那双像女明星一样动人的双眼所吸引吧。但那时的小银还是个单纯的小丫头，没有谈恋爱的想法，也完全没在意那个青年的追求。只是常常哼着"月亮真蓝啊"这样的歌谣，一边忙着自己的活计。

第十四回

这件事说起来有些复杂，在此需对战后千仓家数次搬家的居所稍作说明。

昭和二十一年（1946），磊吉夫妇离开冈山县真庭郡胜山町的疏散地，租住在京都上京区寺町的今出川上游龟井家。不久，他们搬到了左京区南禅寺下河原町的白川沿岸，其后又把这处宅子转让给了飞鸟井次郎夫妇，移居下鸭纠森的一处环境优美的府邸，其中有池塘、瀑布，院子里还有树木和泉水。此外，住在南禅寺时期，磊吉便在热海购置了别墅。起初他们是借住某个朋友在山王酒店里的别墅，搬到下鸭之后，在热海的仲田购置了自己的别墅。小梅的癫痫事件、昭和二十五年（1950）发生的热海大火以及小夜的同性恋事件，都在这段时间内发生。

昭和三十年前后，仲田附近通了公交车，原本幽静的别墅区一带，因旅馆、艺伎馆之类的店铺的兴起，逐渐变成了繁华的娱乐场所，对于磊吉他们不再宜居。因此便卖了那栋别墅，搬到了热海站和汤河原站的中点，即伊豆山鸣泽的半山腰处，即他们今天居住的房子。小定结婚便是千仓家住在鸣泽山庄时期发生的事。

鸣泽虽然在热海市内，但毕竟是距今六七年之前了，当时环境清幽，离车站足有一里路，但当时尚可以悠闲地一边望着南面大岛火山喷出的烟雾，一边慢慢地往前走。现居涩谷常盘松的木贺夫妇，当时就住在东边十丁距离的大洞台。横山大观①的别墅也在那附近。磊吉他们为自己的山庄取名叫"湘碧山房"，这幢房子与通向旧时松井石根元大将建立的兴亚观音庙的石阶中段相对，庙祝好像是个法华信徒，不论寒暑天气，每天早晨都会准时在庙中敲响太鼓。热海不愧是著名

---

① 日本近代著名画家。毕业于东京美术学校日本画系，师从桥本雅邦等。日本绘画中坚画家之一，代表画作《无我》等。

的避寒胜地，千仓家在鸣泽定居后，就算在冬天，走廊也能充分照到阳光，暖洋洋的；夏天住在这半山腰处，格外地凉爽。在山下下了车之后，必须要爬六十多级台阶才能到，虽说有些累，但要习惯之后也就不在话下了。

因此，磊吉一家在两三年里一直都保持着冬夏住热海、春秋住京都的习惯。后来觉得总这么来回麻烦得很，觉得还是住在靠近东京的热海地区比较方便，于是便将伊豆山别墅作为本宅，原本住惯了的下鸭的房子便弃用不住了。这是昭和三十一年（1956）年末的事。虽然下鸭的房子卖了，但启助和光子夫妇还住在京都北白川的飞鸟井家中。鸠子大部分时间都住在伊豆山的姐姐家，但一年也会回去好几次。磊吉夫妇也对京都恋恋不舍，便把飞鸟井家当作别墅，在二楼留了个卧房，偶尔去小住十天半个月左右。

湘碧山房没有从前下鸭的房子大，下鸭那边的地皮有七百坪[①]，而湘碧山房不足两百坪，建筑面积甚至只有八十坪左右。幸运的是，东面有一片两百多坪的空地，上面长满了茂密的萱草和狗尾巴草。空地的主人不知是什么想法，一直荒废着这块地，但他对磊吉说："虽然我不能把这块地卖了，但你们可以自由使用，只要不建房子就好。反正空着也是空着，你们也可以把它开辟成运动场，我不会收任何场地费。到时如果我要用这块地，一定在第一时间通知你们。"磊吉他们高兴地接受了他的好意，立即清除了空地上的萱草和狗尾巴草，种上了齐整的草坪，还在中间修了步道。按照约定，他们没有在上面造

[①] 日本面积单位，1坪约为3.3057㎡。

厨房太平记 | 247

建筑，而是从京都运来了三株和平安神宫里种的那种垂枝红樱，外面栽了几株染井吉野樱花。又在东北角搭了藤萝架子，栽上从大洞台的木贺家分得的几株文殊兰，种了一簇胡枝子。另外还建了必要时随时可拆除的凉亭，以及小狗们住的屋子。磊吉他们管这两百坪的绿地叫作"后院"。除了通向正门兴亚观音庙的石阶之外，从这个后院出去还有直通下面汽车道的五十级台阶。去兴亚观音庙参拜的人，常常走错台阶闯入后院。之后，这处石阶还在小银的恋爱故事中起到了重要作用。

　　磊吉夫妇以及鸠子、睦子他们几个，常常经过伊豆山去热海的街上闲逛。不知何时起，那条从海岸边向西山方向笔直延伸的最热闹的大路，开始被大家称作"热海银座"了。应该就在不久前，磊吉他们无论是逛街买东西、看电影，还是去喝咖啡、吃寿司，都只往那边跑，基本每天家里至少会叫一次湘南出租车。有时候去得勤，一天甚至要叫两三次车，对于出租车公司来说，真是求之不得的大客户了。从鸣泽开往热海站约一公里的地方，有一座逢初桥，那家公司就在桥边第四五栋房子那边。每回叫了车之后，等个七八分钟就会到了。公司的驾驶员有二十四五个，都和千仓家的人非常熟悉。一般女用们上街采买都是坐公交车去，来回常常能搭空车去车站，这对于常常拎着蔬菜、鱼、水果等重物的女用们来说，实在是难得的贴心服务。她们一般在逢初桥那边下车，然后再乘公交车，不过也有些司机会直接开过桥，直接送她们到台阶口。

　　小银和光雄的关系，就是靠出租车撮合的。光雄是在汤河原那边经营大众食堂的一对老夫妇的儿子，十年前曾在湘南出租车公司做司机。他的父母本是伊豆山生人，以前经营的一家送餐店十分红火，但后来生意慢慢惨淡，才流落到汤河原一带谋生。所以光雄并不是一个来历不明的外乡人。但在磊吉看来，他只不过是镇上青年里的一个泛泛之辈，并非值得小银另眼相看的好男人。在那二十四五个司机里，他也算不上特别帅气惹眼，但不知为何，附近的年轻小姑娘们都对他青睐有加。各家旅馆的女用们也对他十分追捧，常常点名要"光雄先生"的车。小银自己也不是很清楚，她和光雄的恋爱到底是从什么时候开始萌芽的。赞子、鸠子她们去东京或者京都购物时，一定有一个女用会送她们到车站，在返程的车上，或是其他偶然的机会，小银确实常常坐光雄的车。因此，小银总能注意到光雄对着后视镜中的自己眉目传情，或许就是从那时开始，小银注意起了这个叫作光雄的青年吧。

有一回，鸠子要去京都，小银送她到车站，那天的司机也是光雄。小银将褥子送进站台，从检票口出来之后，就看见光雄的车子还停在那里，便走过去问："你怎么还在这儿？"

"在等你回家啊。上车吧，我送你。"

光雄说话的语气很粗鲁，有点流氓的气质，但女孩子们却说他这样讲话特别有魅力。

"我一会儿还要去街上买好多东西呢。"

"那我送你去，先上车吧，应该很快就能买完吧。"

"主人给我安排了很多事情，接下来要去五六家店呢，还得去邮局寄几封挂号信，肯定很费时间的。"

"那就没办法了，再见。"

厨房太平记 | 249

"嗯，再见。啊对了对了！"

小银突然想起来什么似的，掏出两张鸠子给的百元纸钞。

"这个给你。"

"不用了。"

"你不拿可不行，刚刚夫人吩咐我要给你车费的。"

"不用了。你自己留着花吧。"

"这我可没法交代啊！"

"行了，说了让你拿着。再见。"

光雄说着，把两百块钱纸钞硬塞了回去，还用力握了握小银的手。

还有一件事。赞子去画家山畑胜四郎府上拜访时，也是由小银陪着、坐光雄的车去的。穿过车站前的高架桥，沿着桃山坡道开几百米，然后左转至人烟稀少的地方，就到了山畑家。从入口至玄关也有较陡的石阶，赞子在入口下了车，然后沿着石阶走上去，大概会与山畑夫妇交谈一两个小时，因此通常会让陪同的女用和司机先回去。那天也是如此，小银将她送到玄关玻璃窗处，然后下了石阶，打算坐车回去。然而，光雄却突然从背后抱住她开始亲吻，热情而细密的吻落下来，小银就这么默不作声地接受着他的亲吻。

自此，小银对光雄的感情就这样急剧加深了。出身南方的她，比一般人更加莽撞耿直，只要是自己认定的事，便会无法控制地飞奔而去、不顾后果。不知不觉间她已深陷情网，对光雄片刻不离了。磊吉他们却没有注意到，每次叫出租车时，光雄的车比别人来的都勤。那是因为打电话叫车时，只要光雄在，小银就必定擅自叫他过来。其他隧道，一直到逢初桥上。第一个隧道的出口在国道公交停靠站的鸣泽和奥鸣泽之间，离海岸线更近，距湘碧山房也不远。一遇到什么烦心事，小银就跑到隧道出口上边去蹲着，一边俯视着脚下轰隆隆的列车开过，一边大哭几个小时。那往往是由于和光雄吵了架，比如他又带着别的女孩子约会被别人撞见了，比如那个女售票员给小银打电话找茬儿了，比如光雄约会迟到了，等等，都是些无聊的小事，但她本人却总是大动肝火地哭号"气死我了""去死"之类的话，放下手里的活就跑出去了。小驹、小铃她们一开始还担心地去追，发现她已经冲下台阶，向着那条铁路线跑远了。

"小银，小银，你去哪里？"

小银也不回头答话。她们过去一看，小银正蹲在那隧道上边想得出神呢。

"你在这儿做什么！我们可担心得很呢！"

次数多了之后，其他女用们也习惯了她每回说"去死，去死"的话，感觉少见多怪了。每当小银又开始发脾气时，她们追到半路就适时停下，径自回去了。果然，过了一两个小时，她自己就会回来，但看见同伴们又觉得羞愧不已。于是，她便执拗地要给出租车公司打电话，无论如何都得在当天看见光雄，有时一直到凌晨两三点，还在锲而不舍地拨号码。为了不让电话铃声吵醒大家，她就用纸或布把电话包起来，就如同从前小初所做的那样。其他女用们对此屡见不鲜，也不想再管，早早回房睡了，但小银却还是不肯罢休。光雄到底还是忍耐不住了，睡眼蒙眬地被吵醒之后，无奈走了一公里夜路赶过来和她见面。一直等待着的小银在台阶中间便逮住了他，两个人吵得很凶。

光雄不但语气粗鲁,还有些吐字不清,讲话不怎么流畅,吵架吵不过就动起手来。两个人互相又打又揪地,引起一阵骚乱,还把其他人吵醒了。但吵架的原因也不一定都是由于小银吃飞醋,在和光雄恋爱之前,她曾和昭和出租车公司的一个司机交好,但两人交往不久便分手了。光雄知道此事后也十分吃醋,反而开始指责小银,两个人就闹得更厉害了。

如果从山脚上来,千仓家的别墅在通向兴亚观音庙的石阶右侧。而在对面,也就是石阶左侧,有一栋比磊吉的山庄更豪华的别墅,最近被歌手赖川道雄买下,时常过来休养。之前它曾属于某个私铁集团的社长,几乎一年到头都是空置的,磊吉他们从没见过那家防雨棚打开过,只能望见其正堂门口有一大片草坪,一棵枝繁叶茂的楠木高耸挺拔。然而,这房子里同样空无一人的院子,为小银和光雄提供了一个绝佳的约会之所。两人想自在地见面时,就躲进空宅的院子里尽情享受。别说夜里,就算是光天化日的也不会有人发现。相拥也好,互殴也好,调情也好,一切都可恣意妄为。

有一回,某个女用捡到了小银撕毁的信纸碎片,无心瞥了一眼,发现这好像是小银本打算寄给老家祖母的信,上面写着"请尽快汇三十万日元过来,我有急用"。女用们知道了以后都吃惊不小,不知道小银要这么多钱做什么。事实上,是光雄借了一大笔钱却根本还不起,被逼得走投无路。原来,他交了一些狐朋狗友,时常偷偷跑去和他们一起赌钱,但对方都是老油条了,光雄根本赢不了几次。偶尔会赚回一点,但通常都是输得一干二净。之后钱欠得越来越多,他也越发心急地想要赢回来,反而中招输钱,最后竟然背了六七十万日元的借款。小银当然也曾哭着劝他要金盆洗手,和这些赌徒划清界限。为了将他从这深渊中解救出来,小银打算向祖母要三十万,替他还掉一部分借款。但祖母不可能不问缘由,就轻易掏出这么一笔巨款。

光雄甚至有一次冷不丁地说:"糟糕了,今天能不能帮我弄到五万块啊?"

"你要五万块做什么?"

"如果没有这笔钱,我就完蛋了。"

"为什么?"

"我的手要没了。"

"什么意思?"

"他们会切了我的手指。"

"得给五万块才行?"

"嗯,之前是这么约好的。他们这些家伙规矩很严苛,定好了的就得遵守,要是做不到就得砍手。加入的人都得做好准备。"

"你为什么要加入他们?"

"事到如今,你问这个还有什么用?"

"什么时候要给钱?"

"今天之内就要。"

"能不能等两三天?"

"等不了了,一开始就这么约定的。"

前文说过,小银家在鹿儿岛本地可算十分富裕。她刚来千仓家时月薪是三千日元,后来加到三千五百日元。此外,她祖母每月还会寄来一两千日元。如果她说要钱,家里还会寄来更多。因此,小银是所有女用之中经济条件最好的,但这些钱基本也都花在光雄身上了,光每天的车费就数目不小。光雄起初装得十分大度,给他钱也推拒道"这种东西我不收";但后来渐渐显露出势利眼的本性,和小银吵完架后,默不作声地把钱都收下了。除了直接给光雄的钱,还有为了让同伴替她监视行踪而请客所花的车费,一笔笔积起来也不是小数目。光雄还很喜欢喝啤酒,小银就常常抱着啤酒瓶放在石阶下。若提前知晓他到达的时间,就预先借用厨房的冰箱将啤酒冰镇一会儿。小银还常到街上的西服店,给他买时髦的领带。这么一笔一笔花出去,她的存折里已经分文不剩了。因此,要让她在今天之内拿出五万块钱,根本是不可能的。

"那你能不能去向别人借点来。"

"我已经走投无路了,你一定要救我啊。"

"真是糟糕了。"

听他这么反复抱怨着,小银想了一会儿,突然心生一计。

"不知道行不行得通,总之我先去和小铃说说。"

"小铃能拿得出这么多钱吗?"

"光雄,要是借了你这笔钱,你能还得上吗?"

"一定会还的。一次性还恐怕够呛,两次一定还清。等我两个月就行。"

"一定得还上啊,你要向我保证,不然我就无地自容了。"

小银的想法是这样的:从国道至湘碧山房的转角处,有一家叫作"啸月楼"的旅馆,店里的领班里——女用们都管他们叫"账房先生"——有一个叫作长谷川清造的青年,小铃和他关系极好,且这个青年看起来是个有钱的主。就这么万般无奈之下，小银才出此下策，央求小铃去向长谷川借钱。

"行啊，我去问问看，他应该会同意的吧。"

小铃爽快地答应下来，立即出门去找长谷川，不一会儿就拿回了五张万日元纸钞。

"谢谢你，真是太感谢了！这下光雄有救了。这份恩德我绝不会忘的！"

"比起谢我，你还是赶快先把光雄从那帮赌徒那里救出来吧。不金盆洗手的话，可千万别考虑和他结婚的事啊！"

这个长谷川就是后来娶了小铃的男人，或许这件事也是促成他们姻缘的动力之一吧。

接下来，小银的某个有力竞争者就要登场了。

这个女孩子叫作百合，她最初是和小铃几乎同时来千仓家工作的，或许比她还早两三个月吧，那时磊吉家的主宅还在下鸭。这位百合至今未曾在此故事中出场，是由于她并非一直在千仓家工作，而是极不稳定地中途数次离开又回来。但说实话，磊吉十分偏爱这个姑娘，对她的喜欢甚至超过了小银和小铃。住在京都时，磊吉曾一度非常享受和她一起去河原町附近散步，或是去电影院看电影，除她之外谁都不带。虽说备受宠爱，但百合的容貌并比不上小银和小铃，年纪应该正好比小铃小一岁，比小银大一岁。她个子不高，应该比另两个姑娘都矮一点，一张圆脸从侧面看是扁平的，她也承认自己是所谓的"圆盘脸"。但她肤色极白，有些婴儿肥的样子，四肢尺寸正好，脚长得像小朋友的那样可爱，身材还是很有料的。说起来她脸上还有个特点，就是距右眼大概半毫米处，有一颗很小的黑痣。因为实在太小，别人看见了也往往没想到是痣，还以为是沾了眼屎或者什么其他的脏东西。有一次连磊吉也弄错了，说着"喂，你那儿沾的什么啊"，便想伸手去帮她抹掉。

磊吉最喜欢和她一起散步，这是因为她在所有女用里最开朗活泼，对主人也最不拘束。其他的姑娘们，就算是像小初这样资历最老的，或是像小铃这样最不怯场的，和磊吉一起出门时，也总会显得拘束。如果磊吉主动挑起话题，她们也会毫不犹豫地回应，但她们自己却很少主动开口。要是磊吉说了什么好玩的事情，她们也从不放声大笑，只是微微地咧咧嘴而已。但百合则不同，她要是有什么趣事，就会主动发话，甚至兴致上来了还会拿磊吉开玩笑，一点都不让人觉得无聊。赞子为了让磊吉保持年轻态，甚至曾提议让他找祇园的舞伎来助兴。但在磊吉看来，舞伎反而令人费心费神，还不如和百合相处来得自在快活。

百合如此得磊吉青睐，说到底还是因为她擅于察言观色且口舌伶俐。但是这样的姑娘也有不顺从的地方，她喜怒无常，好恶表现得极为明显，还有些傲慢，和磊吉也常发生冲突。高兴的时候对人亲亲热热的，要是不高兴了就马上拉下脸，一言不发的，看起来凶神恶煞。赞子对她这种性格一直有所不满，女用们也对她颇有微词。仗着磊吉喜爱她，便狐假虎威地虚张声势，对后来的女用们呼来喝去的。小铃由于比她晚来两三个月，也常常被她欺负。而且和小定截然相反的一点是，她极度讨厌动物。虽然也有女用讨厌猫猫狗狗的，但百合不仅不喜欢，甚至还有伤害小动物的倾向。要是有小猫靠近，她就大声吼着"畜生",然后飞起一脚将它踹开。

女用们也不止一次反抗道:"要是有百合在,我就没法工作了,请允许我辞职吧。"

"百合,你回去吧。"某天,磊吉突然这么通知道,"虽然你聪明伶俐,看电影能抓住每个细节,字写得漂亮工整,衣服也裁剪得精致利落,让你走实在非常可惜,但你和家里其他人都交恶,这实在难办。虽然我很想让你留下,但也无可奈何了。要是你改了这种性子,欢迎你随时回来工作。"

听了这话,百合也并没有泄气说"我会改的,请让我留下来"这种话,而是直接回应道:"那我就走了。"说完之后便头也不回地离开了。这种事情发生过两三次,而且从不是自己要求回来的,反倒是磊吉主动示好,投降似的写信给她说"赶你走是我不对",请她回来继续工作。即便如此,她往往也不会立即同意,而是得再三催促之后,才肯勉强答应大驾光临。

第十六回

虽说百合是圆盘脸,但也有个与众不同的特征。这种侧面扁平的脸型,在东京下町、本所深川一带的女性之中很常见,但江户、大阪地区有着这种脸型的姑娘,看起来也略有不同。大阪人往往比东京人更有南国气息,更乐观开朗。磊吉是东京出身,但赞子全家都是土生土长的大阪人,因此磊吉也更偏爱大阪女性。把百合介绍到千仓家来工作的也是个大阪女性——赞子的表妹,她当时带着百合过来,介绍说:"这姑娘是地地道道的大阪人,姐姐你一定满意。"一看百合的相貌就知道她是大阪人,因此赞子当时也非常欢喜:"果然是大阪姑娘,皮肤真好,和那些乡下丫头可不同!"

百合的老家在大阪市新淀川以西,毗邻兵库县的西淀川区姬岛一带。她父亲原是那边的鱼贩,但由于生意越来越惨淡,便卖了房子,举家迁至九州福冈县,在大牟田的矿井那边工作。那时战争伊始,百合才上小学一年级,因此,她从学龄时代开始到成年之前的大部分时间,都是在九州的这个矿山里度过的。在这种状况之下,她仍未丧失大阪人的性情,或可谓难能可贵吧。百合是长女,后边还有一个弟弟和两个妹妹;家中除父母之外,还有一个尤其偏爱她的祖母也还健在——我认为百合能一直保持如今的性格,应该与此密切相关。

这位祖母原是西宫市某医院的护士长,怎么说都不该是个不讲道理的人,却毫无道理地盲目溺爱自己的长孙女,苛待另外三个孩子。无论穿衣还是吃饭,百合的待遇都比他们好得多;无论想要什么,祖母都会满足。孩子们的母亲对这种差别对待十分不满,却反而遭婆婆质问"为什么给百合吃这种东西""为什么让她穿这种衣服"。百合刚来工作时,一有闲暇便用毛笔在白纸或报纸上练字,磊吉对此十分钦佩。而这正是源于她祖母的教导,听说祖母为让她习字,专门请了个教书先生到家里来教学。普通的女用甚至从未拿毛笔写过信,百合却对此娴熟得很,还能区分草书、行书来写。正巧那时小铃向磊吉学字,一到晚上空暇时,就拿一本笔记本在房间里练习。百合看见她写得歪歪扭扭的字,时不时地还跑去嘲弄磊吉说:"先生,小铃的字都是些什么啊!"

"你在说什么啊?"

百合就"噗"地笑出声来:"她也写得太难看了。不管先生您要给谁写信,也不能找这种人代笔啊,给您蒙羞不说,对收信那位也很失礼啊。"

"我也没说让她代笔写信啊,你在的话我还需要找别人吗?"

"那就行。"

"你也别嘲笑人家,她已经在拼命练习了,过段时间说不定就写得好多了。当然像你这样天生资质过人的,她肯定是比不上了。"

百合中学毕业后,祖母便让她去学校念完了所有的西式服装裁剪课程。她在学校里一直成绩优异,在同伴中是最出色的那个。她字写得好,知识丰富,再加上裁剪技术精良,在女用之中嚣张跋扈也并非没有道理。

有个叫作"路痴"的说法,用来形容她正合适。银座并木大道有一家德国人开的食品店叫作"凯特尔",磊吉他们去东京时,常在这家店买香肠,但百合却从未顺利买到过。再加上她又不喜欢寻人问路,导致更加摸不清方向了。因此,她出门常常会迷失方向,最终也买不回需要的东西。

在芝虎之门和麹町的纪尾井町各有一家叫作"福田家"的旅馆,那是磊吉去东京时经常投宿的店。若要写稿,他就去较安静的纪尾井町那家。有一回,磊吉要做原稿口述,便叫百合过去。然而,百合只知道靠近新桥站的芝虎之门那家旅馆,从没去过纪尾井町的"福田家"，于是就顺路先去了芝虎之门，到了那儿再问路。芝虎之门那边的旅馆里，有个叫"小波"的女管事知道百合是路痴，便一步一步地告诉她接下来要坐电车到赤坂见附，过弁庆桥，然后怎么怎么走。磊吉想着，自己明明在电话里和她详细说明了路线，距离这么近，没什么复杂的弯弯绕绕，仅仅沿着一侧河堤走过来就行了，应该不会弄错，但就是怎么也等不来她。过了好一会儿终于等到了，仔细一问才得知，百合在弁庆桥的路口又迷失了方向，拎着个装满文献的皮箱在那儿徘徊无措，警察误以为是离家出走的姑娘，便把她叫过来仔细盘问了一番。一开始百合没说主人的名字，引得巡警愈发怀疑，后来她给对方看了箱子里装的东西，还报上磊吉的名字，对方立刻变了态度，还热情地亲自将她送到旅馆门口。之后，磊吉和百合相对坐在桌子两侧，连续做了两三天的口述作业。他之前只觉得百合长得可爱，但算不上漂亮。然而那天看见她握着钢笔，在稿纸上行云流水地书写时，却毫无来由地觉得她的下颌线条十分漂亮。

在音乐方面，百合也是个十足的音痴。她虽然喜欢唱歌，也常常随口哼歌，但每次都走调。说起来她好像是高桥贞二的粉丝，还和他特别有缘，总是和别人炫耀，自称在银座街头步行时，常能偶遇高桥贞二。曾有一次在从京都开往热海的火车上，她碰巧和贞二同一节车厢，当时真是激动不已。连磊吉在电影里看到贞二出现，也会因此想起百合——贞二那种硬朗的长相确实是百合会喜欢的类型，希望她日后也能和这样的男子在一起。

在食物方面，百合的喜好也和别人不同。虽然她祖母总想让她尝到各种美味佳肴，但她本人却并不喜欢奢侈昂贵的食物。此处得提及，千仓家的女用们大多对饮食十分挑剔，一日三餐的菜色食材总是花样百出。早饭和主人们吃一样的味噌汤加萝卜泥、热海特有的"七尾"腌咸菜，还有掺了少许燕麦的米饭；午饭是凉拌菠菜或芸豆、用一两个鸡蛋做的鸡蛋烧，以及前一天晚上主人们没吃完的生鱼片或其他食物。有很多姑娘喜欢吃炒饭，便常常拿那些食材做炒饭，用的是上等的"盖茨"色拉油，不过那是给主人们炸两三次天妇罗之后留下来的了。除此之外，她们也常吃加咖喱粉的炒豆芽、鳕鱼子、炖豆、鱿鱼干等。晚饭吃猪肉炖菜、各种浓汤、热海特产的海鲜干货、卷心菜炒香肠、炸牛肉薯饼、咖喱饭、炸猪排等食物，每周还会吃一次寿喜锅（此处得说明，这些饮食费用全由主人承担，医疗费、洗衣用的肥皂等各种开销也是如此）。三餐都是这种口味较重的菜色，但百合却都不爱吃。

尤其是早饭，她说自己早上吃米饭会导致腹胀，所以得吃面包，黄油也不能用人造的，必须用"雪印"乳业生产的黄油。她口味清淡，觉得做菜麻烦，经常直接用酱油拌大葱和萝卜泥配米饭吃。磊吉曾有两三次带她去过芝田村町的中餐馆，别的菜她看都不看，只对一道咸掉牙的、像是腌萝卜的凉菜赞不绝口，一个劲儿地拌进茶泡饭里，吃得很香。因此，就算带她去京都或东京的美食店，她也从不觉得高兴。磊吉也觉得带小铃去吃好吃的是一种享受，但和百合出去吃饭则倒胃口。

各类杂志之中，百合尤其爱读《平凡》《明星》，她还有全套的《谷崎源氏》[①]。女用们将卫生间称为"别墅",百合去上厕所可是出了名的有特色,因为她去"别墅"方便时,常常在里面待四十分钟都不出来,在里头津津有味地看书。虽然有时任性妄为,但她绝非懒惰散漫之人。有时心血来潮,她甚至会像着了魔似的干活,把所有房间全部打扫得干干净净,不染纤尘。百合有很严重的洁癖,这一点比起小初毫不逊色,穿着打扮必须干净整洁,倒显得肤色更加白皙透亮——这一点也深得磊吉喜爱。

百合性格爽快干脆,就算是和男性相处也是如此,从不忸怩造作。在和小银争光雄期间,发生过不少故事,但她不屑使用下流招数,或许最后就是因此输给了小银。可以确定的是,光雄和百合之间一定从未发生过肉体关系。

百合的祖母对她如此溺爱,却肯放手让她出来做女用,其中一定有什么苦衷。她刚来下鸭工作时,除了一身衣服之外一无所有,甚至没有一件行李。当时她穿着一条湿透的裙子,没有替换的衣服,睦子只好把自己的旧衣服拿给她换,这事儿大家现在还总拿出来说。但五六年过去,她离开千仓家时,却成了所有女用之中衣服最多的一个,行李装满了无数个皮箱,东西齐全仿佛随时可以出嫁似的。这也是因为她工作期间,曾与主人发生几次争执,在千仓家进进出出的缘故。每回离开时,除了工资之外,她还能得到一笔作为饯别礼的慰劳金;赞子、鸠子、光子、睦子她们几个夫人也常送她各式各样的和

[①] 即谷崎润一郎于1934—1941年翻译的《源氏物语》白话译本(由于原书为古日语书写,晦涩难懂,因此有许多日本文学家曾将此书译为现代日语读本)。1949年,63岁时他因此获得了日本文化勋章。

服、洋装、长裙、衬衫、短裙、毛衣、对襟开衫、手提包以及各种首饰珠宝,因此日积月累地就攒了这么多。工作期间,她还照葫芦画瓢地学会了城里姑娘的化妆方法,之前看起来还是个楚楚可怜的丑小鸭,后来竟然变成一个截然不同的时髦小姐了。此时的她不再是那个从九州矿山来的小姑娘,任谁看都满是个大阪女孩儿。她自己也逐渐自负起来,常常在工作间隙去美容院,且并不满足于合乎其身份的普通会所,偏要去四条河原街角的钟纺美容中心。有时赞子和她擦肩而过,能在她身上闻到一股娇兰[①]香水的味道,多半是偷用了赞子化妆台上的那瓶吧。如此想来,她用的口红、香脂好像是伊丽莎白·雅顿[②]的,恐怕也是私自拿了主人房间的东西吧。

故事情节有些颠倒混乱,暂且将百合与小银的恋人之争放到后文去说,接下来先介绍一下百合日后的状况吧。

由于备受磊吉喜爱,百合所抱期待也越来越高,常常说自己想去东京,想去电影明星身边工作,不甘只当个女用,而是作为助理陪着主人去影棚、外景拍摄地——这也是由于她知道磊吉夫妇在那个领域有门道有熟人的缘故吧。她确实能够胜任这类工作,甚至可能受到重用,但麻烦的是,她那喜怒无常的脾气和傲慢自大的性格还是丝毫没变,甚至有些变本加厉的倾向了。正值当时和磊吉夫妇交往甚密的女明星高岭飞躑子正在招助理,夫妻俩寻思或许百合可以去应聘,她本人知道这个消息一定大喜过望,但他们实在放不下心把这个满是缺点

[①] 1828年成立的主营香水、化妆品及保养品的著名品牌,隶属酷悦·轩尼诗—路易·威登集团旗下。
[②] 1910年在美国建立的品牌,产品包括护肤保养品、彩妆、香水等。

的姑娘推荐给高岭。说起飞骡子小姐,任谁都会认可她是一流明星,一旦百合当上她的助理,很可能忘乎所以地变得更加嚣张傲慢——一想到这里,磊吉越发犹豫了。千仓家与高岭的关系摆在那里,若是磊吉出面去说,飞骡子也不好开口拒绝,就算无意雇她,碍于情面也只能答应下来,但如此并非磊吉的本意。然而,要是百合能去高岭那边工作,不知道会有多高兴,机会难得,就这么瞒着她实在说不过去,怎么说还是想让她高兴的——这种想法不断鼓动着夫妻俩,于是,赞子便在某天造访了高岭家,向对方坦白说明百合的优缺点,并表明了希望她能雇用百合的想法。

大概在昭和三十一年(1956)夏,百合以女用兼助理的身份住进高岭家,但那时她并未和光雄一刀两断。直到光雄和小银结婚之前,他还向百合保证说:"我绝对不会和那种女人结婚的。那种眉间有疤的丑女我怎么可能要,我一定会逃婚的。"或许这番话也不完全是谎言,他最初可能真的这么想过。

第十七回

赞子第一次带百合去飞骡子那边,考虑到既然是见一个著名影星,也不能让百合穿得太寒酸,因此事先去高岛屋给她买了合身的衬衫,等她去洗手间换上后再出发。将人托付完以后,赞子正准备告辞回家,飞骡子送她到玄关处,站在其身后的百合竟然反常地双目含泪。赞子见此十分意外：原来平日里如此倔强嚣张的百合，竟也有感到惶恐不安的一面啊。

飞骅子和百合共事一段时间后，发现她确实能派上不少用处。简便地缝内衣的活儿对她来说是小菜一碟，代笔写便笺她也写得十分顺手，还有更重要的是，多亏了在千仓家待的这段时日，她做菜的手艺十分了得。百合终于达成夙愿，成了大明星的助理，终于可以在亲朋好友面前夸耀一番，也能在以前的同事面前争回一口气了。如果有拍摄工作，她就需要拿着装满德兰霜及其他化妆用品的提包，和飞骅子一起坐私家车去拍摄点。如果是拍外景，无论东西南北她都随行同去。若工作地点较远，普通演员都是坐火车二等座前往，但飞骅子却是坐飞机去的。百合作为其助理，亦可享受特殊待遇，每次都是坐在她邻座一起去外地。没过多久，百合已经跑遍了日本全国，几乎没有她未踏足过的地方了。在下榻酒店的餐厅吃饭，她和飞骅子也是同桌进食，享用同样的菜肴。这段时期对她来说，可称得上是人生巅峰了，无论之后她嫁到哪里，也无法再享受到这样的生活了吧。

不久，如同磊吉他们所担心的那样，她慢慢地露出马脚，展现出了自己的真实面貌。最让飞骅子感到棘手的是，她们在拍摄地工作时，百合常常看不起普通演员，对他们说一些轻蔑嘲讽之词，仿佛她和飞骅子平起平坐似的，学着作为前辈的飞骅子的语气教训他们。对方虽然觉得她狂妄傲慢，但碍于飞骅子的身份，只好忍气吞声。这在飞骅子看来反而糟糕，容易让别人误以为是她唆使百合这么做的。因此飞骅子曾多次告诫过百合，但一到关键时刻，她就忘得一干二净，仍然我行我素地口出狂言。高岭家还有一个资历很老的阿姨和一个司

厨房太平记 | 267

机，百合对他们俩也是气焰嚣张，特别是对那个司机，简直把自己当成主人一样对他呼来喝去。但司机又是个老实人，总是任她使唤，从不生气。

赞子多次说过："我一直担心她的脾气还像以前一样，给你添麻烦了，实在对不起。如果她一直这样，你也不必顾虑，立即解雇她就行了，这对她也好。"

话虽如此，但飞翠子本人也是从小吃尽苦头才一步步得到如今的地位，因此十分心软，对于自己雇的人也分外怜惜，就算有所不满，也不忍心把人赶走。

飞翠子便说："这件事她确实不对，但平时也有很多优点，要是把她赶走了，一时间还真找不到别的人。"于是，她还是继续留着百合。然而百合却满以为"没有我的话什么事也做不成"。

有一次飞翠子出差去拍外景，正巧和一位百合喜欢的男演员同机，她一激动就忘记了自己助理的身份，离开飞翠子边上的座位，跑去那个男演员身边搭话。某次住在札幌大酒店时，她们俩照例在酒店内的餐厅用餐，百合在飞翠子对面就坐后，便开始看菜单。然而她口味清淡，对菜单上的西餐毫无兴趣，看到就觉得没胃口。也许是那天她心情特别不好，怒气冲冲地板着脸，一言不发。飞翠子点完菜，她仍然默不作声。

无奈之下，飞翠子只能主动开口问："百合你怎么啦？想吃点什么？"

"我什么都不要。"

"总得吃点东西吧。"

"没什么想吃的。"

"可是肚子会饿坏的呀。"

"没事,回房间之后我会点寿司吃的。"

她总是如此。

磊吉夫妇身体不好,每天都要吃好几次药,因此百合对药类非常熟悉,还经常无缘无故地劝飞骅子吃各种药:饭后要吃胃药,鼻塞要吃抗组胺剂,过度疲劳要吃维生素B或克劳酸,助眠要吃阿达林、鲁米那(即苯巴比妥)、拉博那,等等。但飞骅子天生身体素质良好,平时也不吃药,就对百合说:"我没有不舒服的地方,不用吃药。"这么一说,她又心情不好了,硬要飞骅子吃点药才肯罢休,反倒要让她来看百合的脸色!

普通的牧羊犬很常见,但有一种叫作边境牧羊犬的狗却鲜有人知,连一些宠物店的老板都不熟悉。这种狗能独自带领一大片羊群,对于牧羊场来说不可或缺。前几年,千仓家从福冈县下属农林省的某个牧场得到了一对这种牧羊犬,不久它们便生下一只小狗,被赠予高岭家饲养。正巧那时高岭夫妇要去美国旅行一个月,虽然知道百合不喜欢猫狗之类的小动物,但也只能再三拜托、叮嘱她照顾好这只小狗。但旅行结束回来一看,发现之前的嘱咐完全是白费力气,小狗还是死了。一追问才知道,百合几乎是虐待它——大冷天的把小狗放在门外置之不理。知道真相后,不仅是飞骅子,连她的丈夫夏山源三也十分痛心地哭了。

心地善良的高岭夫妇多次忍无可忍想解雇百合,但往往狠不下心,最后都打消原本的念头,将她留在家里。不久后发生了一件事,

厨房太平记 | 269

即一年多以前的某一天，她接到父亲在大牟田矿井里遭遇塌方事故而亡的消息，据说死状凄惨，被岩石压得死死的，从头顶到下颚被一根铁棒直直贯穿，双脚刺入的铁钉足有耶稣受绞刑时身上的钉子那般粗，因此是当场去世的。这事发生后，百合一家在九州也无法继续生活了，于是回到大阪老家，用公司给的一百多万赔偿金开了家水果店。但百合仍对东京的生活依依不舍，想继续在高岭家工作，她的母亲、叔叔婶婶、高岭夫妇以及千仓夫妇都不停地劝她："一直留在夏山先生家打扰也不是个办法，再这样下去就嫁不出去了，还是快点回老家，也好让母亲放心，在大阪尽可以找合适的人家。"直到去年春天，她才终于决定回到大阪。

如今百合住在淀川老家附近，工作地点是在大阪的某家公司。向她提出结婚的人不少，也曾去相过两三次亲，其中不乏条件优渥的、对她来说机不可失的男性。但她总觉得"大阪男人真俗"，没有一个入得了眼，因此统统拒绝了。到底是在东京的拍摄地里看惯那些俊朗的男人，自然眼界高了不少，甚至幻想着能嫁给哪个前途不可限量的电影副导演——这当然是痴人说梦！眼下大家都在劝她趁早打消这个念头，白日梦还是适可而止为好，在大阪找个门当户对的人出嫁，不要再有这种不切实际的想法了，凭她的条件大可以成为一个贤惠的妻子。

早在百合还在热海工作时，就已经打扮得不再像以前那样土气平凡了，况且后来还在高岭家做过两三年，每日辗转于东京的时尚公司，因此气质远胜过大多数女子。就算走在银座街头，也算得上是个干练出挑的小姐。况且飞驒子常常送她许多礼物，都不是便宜普通的物件。高岭夫妇去美国、法国等地旅行后，总会将带回家的名贵礼物分一些给她，使得她的"小金库"更加充实了。

关于她日后的出路且先讲到这里。我将故事折回之前的时间线，说一说她和小银之间的恋人之争。

小银和百合二人之间，更早与光雄亲密起来的应当是前者。曾有一段时间，小银由于得知母亲生病，暂时回老家探亲，光雄便是趁此机会勾搭上百合的。光雄平时总喜欢炫耀他那男性器官有多可观，动不动就要展示给异性看。有一回，还是在那段石阶上，他对百合故伎重施。百合生气地大吼道："色狼！"或许正是因此，他们俩的关系并没有更进一步。

没过几天，小银从鹿儿岛回来了，光雄依然与百合保持联系，同时也没和小银分手，还和以前一样相处。小银也并非没有觉察这种三角关系，和光雄交往的两个女孩子同处一室，却碍于主人就在眼前，只好装傻充愣，从不争执动手。与此同时，小银的帮手小铃和百合的帮手小驹两个人，都不服输地帮忙探查光雄的动向。

我认为百合输给小银的理由，除了前文提到的那条之外，不乏其他因素，比如她不像小银那么执着。光雄和小银之间有许多值得拿来当饭后谈资的八卦，但和百合之间却没什么故事，他们俩的约会不过就是在光雄接送她来回的汽车里，或偶尔在咖啡店里喝喝茶罢了。

关于汽车也有件趣事。其他女用一般都坐公交车上街办事，但小银总托她们搭光雄的出租车回鸣泽，并自掏腰包替她们付车费。如前所述，可到达湘碧山房的石阶有两个，一个是通向兴亚观音庙的，另一个是通向湘碧山房后院的。从山下的国道开上来的话，先经过的是

厨房太平记　｜　271

通向后院的石阶，然后才是通向兴亚观音庙的石阶入口，也就是玉井良平家那个女用的竹门口——小银一般就在这第二个石阶中间等着。因此，小驹看见小银冲下台阶时，就会告诉百合"小银出去了"。接着，百合就从后院那边的石阶冲下去，抢先一步截住光雄。光雄与百合软语温存片刻，便若无其事地去第二个石阶入口处见小银。这种情况下，付车费的总是小银，按理来说百合也应该付几次车钱，但狡猾的她却从未掏过一次钱。

百合总是过于狂妄，说话也暴躁粗鄙，因此容易引人误会。听见她打电话的人，常惊讶于她的大动肝火。在光雄面前，她应该不会如此作风，但其他人往往认为她是个粗鄙的姑娘。其实就像我之前提到的，她只是言辞不当，绝非恶毒之人，也很讲道理，是个善解人意的女孩子。

磊吉夫妇曾再三劝诫她说："你这种说话方式让自己吃了多大亏，你自己应该想象不到吧。你这么机灵，怎么都得好好改正一下。"

但百合一直都改不过来。在与光雄暧昧之前，她曾喜欢过一个巴屋的员工，但最终也没能在一起，恐怕和她这个坏习惯脱不了干系吧。

光雄双亲健在，还有姐姐和妹妹，百合的这种行为举止绝对不可能讨他们喜欢。虽然百合曾发誓说"如果能嫁到光雄家，一定不辞劳苦，不对公婆出言不逊，会当一个孝顺的好儿媳"，但谁都没把这话当真。反而是小银深受光雄母亲的喜爱，甚至想让她尽快和光雄"试婚"。

没错，在伊豆山至汤河原一带，自古就有"试婚"的风俗。

第十八回

　　光雄的母亲为人善良，性格温婉，邻里之间都对她印象颇佳。她似乎对小银格外满意，还曾特地去千仓家拜访赞子说："您应该也听说了，光雄结交了一些道上的朋友，整日游手好闲。我和他父亲告诫他许多次了，但他还是听不进去，我们全家都忧心不已。在这种情况下，我想只有小银能够让他浪子回头、改邪归正的。您就当救人一命，让小银嫁过来吧，我们一定会善待她的。光雄曾乱搞男女关系，脚踏几条船，我一定会让他和别的姑娘一刀两断。那个公交车售票员好像也和光雄纠缠不清，我们一定会介入其中，给她一笔分手费，把这事儿解决好的。"

　　小银对这事当然没有二话，不仅如此，甚至比光雄母亲更加积极，无论如何都想嫁给光雄，要是能让他摆脱那些地痞流氓当然好，如果不能，她也管不了那么多，总之不能让其他女人把他抢走。小银虽然这么想，但光雄的态度却一直不甚明朗。为此，小银还哭着跑到赞子那边，请求帮忙劝说光雄，一定要让他愿意娶自己。赞子碍于小银和光雄母亲的情面，也曾数次将光雄叫来好言相劝，但一到最后关头，他又含糊其词地想蒙混过去。于是小银又哭着来求，希望赞子最后再找他谈一次。赞子耐着性子反复劝说，终于成功说服了光雄。

　　在此期间，百合去了高岭家工作，因此小银和光雄二人也不必顾虑，可以光明正大地交往，光雄的车在石阶下停留的次数也越来越多了。如今光雄可以公然走到厨房或用人房里，和小银畅所欲言、一诉衷肠了。要是夜深人静、光雄不方便进门的时候，两人就和往常一样,在石阶中间或者对面的空房院子里,可以聊上好几个小时。湘南出租车公司的司机就住在车库边上,老板夫妻俩则住在车库二楼。光雄常常等到半夜十二点过后,老板夫妇睡着的时候,偷偷去车库把车开出来,然后一路疾驰到石阶上。老板在二楼应该是能听见汽车行驶的声音的,但他以为是旅店的订单,也没在意。小银脑子里一个劲儿地想着光雄,总是坐立不安的,做什么都静不下心,在厨房忙活时也是心不在焉的。半夜三更为了见到光雄,她总是偷偷从后门出去,吵得同伴们睡不安稳,都向赞子抱怨说:"您管管小银吧,这样下去我们都没法好好工作了。"

正当赞子想着"不如就让小银尽快出嫁"的时候,光雄的父母和大伯就一同上门来,正式提出要娶小银了。据他们所说,光雄已经下定决心金盆洗手,开始新的生活了。之前欠下的七十万日元借款也已还清,一半是父母和亲戚们凑起来的,另一半是他自己拼命攒钱还的,证明他确实是真心改过自新了。

光雄在出租车公司当司机的月薪大概是两万,再加上客人给的消费,总共能有六七万日元。周边各家旅馆的女服务生们都对他情有独钟,每回都指名让他来载,因此他比别的司机更忙,收入也更多。就这样,他每天不断攒钱,慢慢地把之前的欠款还清了。昭和三十三年(1958)三月,为了让小银的祖母、母亲认识自己,光雄和小银一起去了鹿儿岛,那时他应该早已做好准备了吧。两人在鹿儿岛待了一周左右,小银整日为双方翻译热海和鹿儿岛的方言。好在光雄顺利通过了她祖母和母亲的考验。泊村的乡亲们听说小银的男朋友来了,纷纷从附近赶过来想看看,光雄和这些人也相处得不错,大家都称赞说

"不愧是小银，眼光真好""真是般配"。

两人在当年秋天十月份结婚，小银的祖母和母亲也千里迢迢地从老家赶过来出席婚礼。三月份从鹿儿岛回来，直到十月份举行婚礼的七个月中，光雄还像往常一样开出租车赚钱，小银也仍然在鸣泽的千仓家工作，别人都十分羡慕他俩的浓情蜜意。正所谓恋爱中的女人最美，在这七个月里，磊吉从小银身上发现了前所未有的魅力。虽说她原本就是美女，但那段时间的美貌显得独一无二。对这种女性在恋爱期间所表现出来的美，磊吉常常惊叹不已。小银眉间的那块伤疤完全无碍这种美，或许比起"小银的美丽"，不如用"恋爱的美丽"来形容更为贴切吧。并且不仅是磊吉，赞子、鸠子、光子、睦子她们也都有这种感觉。鸠子常常惊叹道"太美了吧"，还说"一起洗澡的时候我就看到了，她真是浑身雪白的"。去年十二月的平安夜，光雄花三千五百日元买了一件天蓝色的安哥拉羊毛开衫送给小银做礼物，实在非常合身，显得妩媚动人，小银在家都天天穿着。磊吉至今还记得她那时的光彩照人。

只要一有空，磊吉就带着小银一起坐光雄的车去箱根、小田原、镰仓那边兜风，去东京时也一定让小银陪同，但不是坐光雄的车，而是乘电车过去。磊吉十分享受这种无所事事、只为闲逛的感觉，有时去银座的百货商店溜达，有时去日比谷的电影院看一场电影。有一次，磊吉有事要去拜访一个朋友，对方住在银座四丁目的三越百货后街，磊吉特地让出租车停在远处，让小银在车里等他。谈完正事之后，磊吉告辞返回，朋友送他出来时看见了小银，便打趣道："你怎么带了个这么美的女明星出来闲逛。"磊吉面上微笑，其实心里得意得很。

小银的面容开始散发独特光彩的同时,她的身体也发生了某种变化——磊吉、赞子、鸠子他们有所察觉,但都绝口不提。有一天,住在京都的光子来千仓家玩,突然开口问道:"小银应该已经不是处子之身了吧?"没有任何人否定这一点,后来才知道,磊吉他们的猜测是对的。直到临近十月一日的订婚礼,小银才开口向赞子坦白了真相。她说就在三月,即将去鹿儿岛拜访亲友之前的某个夜里,两人发生了关系。当时她照例在石阶边和光雄相见,她生平第一次经历这种事,完全不知道究竟发生了什么。赞子说:"你们俩已经得到了双方家长的许可,也马上要订婚了,就算发生了什么错误,我也不会对你过于苛责。发生了这种事情,你也不用瞒我,直接告诉我就好了。"听完这番话,小银像个孩子一样大哭起来:"夫人,对不起,我错了。"随后赞子继续追问下去,小银就坦白说,他们俩在鹿儿岛老家住的那一周里,也持续发生了性关系,因为那边有"试婚"的风俗,因此亲人对这种事并不在意。

与小银共事的其他女用里,还有一个小铃也十分美貌,但或许是自信的缘故,她非常沉得住气,完全没传出什么八卦。然而,或许是受小银订婚的影响,她看上了当时啸月楼那位年轻的"账房先生"长谷川清造。小银为了救光雄,急于筹到五万块钱的时候,小铃帮忙牵线借钱的就是长谷川,原本两人关系就不错,只是这时才开始认真考虑和长谷川交往的可能性。

起先小铃是不打算在热海结婚的,她想回到滋贺县真野的老家,让父母张罗婚事,这正合她父母的意。然而赞子不断劝说"在这里结婚不好吗",久而久之她也动摇了原本的想法。赞子之所以这么反复劝说，是因为想让小铃留在伊豆山附近，小银已经嫁去汤河原了，她不想小铃也远嫁他乡。不仅如此，赞子还觉得这姑娘好不容易习惯了城市生活，出落得如此美貌伶俐，要是让她再次埋没于乡野农村，岂不是很可惜吗？在这一点上，磊吉和她想法一致。每年春秋两季，磊吉夫妻俩都会去京都，在北白川的飞鸟井家住半个月左右，并且一定会带一个女用同行，这个任务多半就是落在小铃头上。她出生于大津附近的湖畔村落，熟知京都的地理状况，对京都料理、东京料理以及西餐等不同菜式都很拿手，出门旅行时真是再好不过的陪伴了。而且，她着实很喜欢北白川飞鸟井家的房子，这栋房子是由启助设计，与光子共同布置的。一楼有并排放着椅子和沙发的客厅以及厨房、餐厅，仅用一道帘子作隔断，平时都是打开收在一边的。厨房和餐厅之间可以两侧打开的玻璃碗柜、带烤箱的煤气灶、不锈钢面的盥洗池、餐具架、电冰箱、电话的摆放位置等，都让小铃赞不绝口，还说自己以后成了家，也想住在装潢成这样风格的房子里，睡在和光子夫人一样的床上。磊吉他们得知她喜欢这种洋气的生活，更加不愿意让她回到农村了。

  磊吉夫妇常谈论个人品质的问题，认为一般人都是兼有优缺点，但小铃的各种能力都展现得特别均衡。从小初到小驹、小定、百合、小银这几个姑娘，她们身上都有一些别人无法复刻的特点，也各有各的缺点。如果硬要鸡蛋里挑骨头，小铃身上也是有缺点的——那就是她的缺点太少了。与此同时，这样的性格也使她缺少了生活的趣味，鲜有小驹、百合、小银她们发生过的奇趣横生的事件。

  小铃在和长谷川交往之前，曾与海岸大道的昭和出租车公司的某个司机有过结婚想法，还曾为征求父母同意回过真野老家。然而，当她征得父母许可、返回千仓家后，却发现对方趁着她不在，迫不及待地和别的姑娘出去采风了。她当即大怒，和对方一拍两散。后来她和长谷川正式恋爱，还是多亏了常出入千仓家的花匠大叔帮忙，把长谷川写的情书转交到小铃手里。花匠大叔受长谷川委托，不停地把信拿给小铃，但她却不爱动笔，从不轻易写回信，收到五封信都不一定会回一封。花匠大叔便常常告诫她说："小铃，你可不能这么冷淡啊。"小铃有着和她相貌不太匹配的倔强的一面，对于异性也直言不讳，争辩起来丝毫不肯让步。她也常和长谷川发生争执，但从不像小银那样撒娇卖乖、最后以调情收尾，而是言辞激烈地非要争个高下。小银和光雄的约会地点在兴亚观音庙的石阶旁，而小铃和长谷川则是在湘碧山房后院的凉亭里见面，谈论未来计划。但二人自始至终都是清白来往，从没有犯过小银那样的错。

"滋贺湖畔渔女，收网不复放行。"——磊吉为庆贺两人定下婚事，将这首和歌写在彩纸上送给了小铃。

第十九回

昭和三十三年（1958）十月十五日，长谷川清造和菊池琴子（在千仓家称作小铃）、园田光雄和岩村银子（小银）这两对新人，在伊豆山的神明面前举行了婚礼。上午是清造和琴子的仪式，其证婚人是最信任清造的啸月楼老板夫妇，其他参与者包括从群马县老家远道而来的新郎母亲、居于伊豆山的哥哥及嫂子、两个弟弟、磊吉夫妇、飞鸟井鸠子和启助、从滋贺县赶来的新娘父亲及叔父等人。新人的仪式举行完毕后，又在偏殿举办了简单的午餐喜宴，每人一份配汤和生鱼片的便当，同时啸月楼的老板和磊吉二人还向这对新人致了贺词。

下午是光雄和银子的仪式，证婚人是湘南出租车公司的老板夫妇，其他参与者包括从汤河原来的新郎父母、姐姐和姐夫、两位妹妹及其各自的丈夫、舅舅及舅妈、汤河原附近工会的主席、一个乡邻代表，还有从鹿儿岛来的小银祖母和母亲、最小的妹妹万里子、磊吉夫妇、鸠子等人。仪式结束后的喜宴从黄昏一直持续到晚上，地点在神社参拜路上的石阶东侧某个舅舅家，许多附近乡邻都来凑热闹。

琴子的衣裳是白底绉纱带朱红、粉红、黄色等各色硕大菊花纹样，并镶有玳瑁；腰带是朱红花菱纹样镶玳瑁的。银子的衣裳也是白底绉纱的，以红、黑两色为主色调，右肩和膝部有大片凤凰图案，以及菊花、桐花、葵花、梅花的纹饰；红底的袖子和黑底的衣摆处共有四个白色花菱纹样，整体布满金箔，看起来高贵华丽。其腰带是朱红中国绸缎带波浪纹样的，中间还有菊花图案。两套衣服都是在热海的美容院租来的，对此事尤为在意的小银，事前还哭着去求赞子说："请夫人帮我去说说，我想要一套独一无二的衣服。"为此，美容院的老板娘还特地跑去东京，为她租了一套独特的华服。所以，小银身上穿的等同于新衣，显得她容貌更加出众，简直光彩夺目。

长谷川夫妇在啸月楼和湘碧山房途中的山腰地带，租住了一幢两层的房子，距离两处都只需步行两三分钟。从早晨到晚上十点，清造都在啸月楼工作，琴子照例去千仓家的厨房帮工，每日在那儿吃过午餐和晚餐后才回家。她主动提出让千仓家的人依然用"小铃"称呼她，于是在征得她丈夫清造的同意后，磊吉他们仍然叫她"小铃"。她憧憬之一的电冰箱不久就安置上了，洗手间里摆放着的三面镜台亮闪闪的——那是千仓家赠送的新婚贺礼。二楼的储藏室里还堆着她母亲送来的缎面被子。

园田夫妇也受到了磊吉夫妇所赠的三面镜台。在鹿儿岛的小银父母送来了丰厚的嫁妆，把他们的婚房摆得满满当当。光雄目前仍打算继续在湘南出租车公司工作，于是问婚宴举办地所在的叔父家借了一间屋子，夫妻俩暂时就住在那边。同年十二月末，小银举办了"腰带之贺"，同时给大家分发红豆饭。所谓"腰带之贺"，是在孕妇妊娠五个月时举办的贺礼（"腰带"指的是"束胎带"）——小银结婚是在十月，这时仅仅过了不到三个月，由此可推断出，她在婚前两三个月便已经怀有身孕了。真相既是如此，按理说来也没必要办什么"腰带之贺"，好像是在向邻里吹嘘自己未婚先孕似的，默不作声地装傻不就行了吗？磊吉他们都对此举表示不理解，但小银这么做也有她的道理——从伊豆山到汤河原一带，至今仍然重视"腰带之贺"等过时的风俗。她们认为，就算让大家知道婚前有孕这个事实也并无大碍，比起在意这个，更重要的是在妊娠五个月的准日子里办这个贺礼。小银的鹿儿岛老家那边也有这种风俗，因此双方家长对这件事的意见倒是相同的。

顺便提一下，除了这个风俗之外，小银还保留着很多在东京人看来十分陈腐的旧习惯。她的父亲在战争中患病去世，因此每月一到父亲去世那日，小银当天的三餐都只吃茶泡饭，除此之外不吃任何食物，且一直死守这个规矩。还有每年到换季、吃当季收获的时鲜时，必须面朝西边，故意发出"啊哈哈"的大笑声——据她说，这么做可以增寿七十五天。东京也有这种说法，但不必"啊哈哈"地大笑。如此说来，之前小初她们也会在换季吃时令果蔬时发出这种笑声，说明鹿儿岛那边的人都是这么遵守旧俗的。还有在新房里摆满嫁妆这个风俗，在东京，若非富甲一方的高门大户，鲜少会将亲戚朋友邀到家中展示自己的嫁妆。但在光雄的老家，不，应该说是大阪、京都一带，这个习俗仿佛颇为常见。

小银直到结婚当天还抱有惴惴不安的情绪，担心光雄到时是否会和百合一起逃婚。我认为她或许也正是怕这样的事情发生，才急着在婚前就让自己怀上孩子的。

翌年，即昭和三十四年（1959）四月至五月，磊吉夫妇和鸠子照旧去京都赏樱，并在北白川飞鸟井家小住一段时间。就在五月十日，住在伊豆山的小银给他们打来电话，告知说自己生下了一个男婴，请他们帮忙起一个名字。磊吉立马在白纸上拟了三四个名字，注上假名后放进信封里寄过去。不久，小银又来了电话，说是对这几个名字都不太满意，请先生再拟两三个别的名字。孩子出生七天过去了，才最终定下来用"武"这个名字。

参加过小银婚礼的最小的妹妹万里，后来并没有跟随母亲和祖母回到鹿儿岛，而是留在了千仓家，代替小银继续在厨房帮忙。她比小银小五岁，今年刚满十八，小银那双美丽的大眼睛一定是父母遗传的，因此万里也有这么一双漂亮动人的眼睛。按赞子的话说："万里的眼睛比小银的还要漂亮，如今她还是个小丫头，再过两三年，一定出落得亭亭玉立。"看到这么一双顾盼生姿的眼睛，怕是女人都要被迷倒了吧。小银离开之后，磊吉的乐趣少了很多，多亏了妹妹万里，才让他心中有些许安慰。就如曾经小银陪着磊吉在东京街头到处闲逛，去百货商店或电影院找乐子那样，磊吉如今也三天两头地带着这个孩子去溜达。单纯的万里时常为此感到疑惑，不明白这个老人为何如此疼爱自己，还总能受到特殊待遇。磊吉则暗自期待着两三年后，这个小姑娘能和她姐姐一样，有着流光溢彩的双眼、白皙亮泽的皮肤。但偏偏这个姑娘并没有在千仓家留太久，据小银说，她母亲有些后悔让小银远嫁，外孙小武出生时，母亲为了看他一眼，不辞辛劳地从鹿儿岛又赶过来，但祖母却不堪承受这种长途旅程，因此没能一起过来。然而母亲也年岁渐老，总不可能每次要看孙子都这么远道赶来，想到这点，便开始后悔不该让大女儿嫁这么远，如今木已成舟，也就只能让万里找个近点的夫家。所以趁她还没有喜欢的人，便早早将她叫回老家去了。因此，万里仅在千仓家工作了一年，就回了鹿儿岛老家——估计若是磊吉没有这么宠爱这个姑娘，她也不会这么急着逃回家去吧。

昭和三十五年（1960）四月末，为了祝贺小银家的长子小武迎来第一个儿童节[①]，赞子送了一套鲤鱼旗，磊吉送了武士人偶的盔甲。但由于光雄夫妇是借住别人家，只好把这些礼物拿到汤河原的父母家装饰起来。节日前两三天，磊吉出门时便看到千岁川沿岸房屋后面的川堰桥下已经立起竹竿挂上了黑鲤、红鲤两条一大一小的旗子，连带旗

[①] 此处指的是日本的"男孩节"，即属于男孩子的儿童节。在这一天，有男孩子过节的家庭会制作、悬挂"鲤鱼旗"，表示鲤鱼跳龙门。日本人认为鲤鱼象征力量和勇气，以此表达父母期望子孙成为勇敢坚强的武士的愿望。属于女孩子的儿童节也叫"女孩节"，在3月3日。

幡一起随风舞动。

同月，千仓睦子和古能乐宗家的次子相良道夫结婚，并在新日本酒店举办了婚礼及喜宴。那时睦子已满三十二岁，相比她嫂子光子二十三岁就嫁给了她哥哥启助，二十四岁即生下了美雪，睦子已算得上晚婚。但事实上她比光子还大一岁，因此从不叫她嫂子，而是以名字互称。五月时，道夫和睦子这对新婚夫妇，在热海的富士屋酒店再次举办了喜宴，特意宴请了住在热海的、与千仓家交好的熟人。参与者有已故飞鸟井次郎的长兄元子爵、东洋公论前社长的遗孀、磊吉的主治医生长泽博士、桃李境旅馆的老板娘、小定的证婚人——巴屋老板夫妇等十几个人。末席还有带着两个孩子的小定、长谷川清造和琴子夫妇、园田光雄和银子夫妇，以及至今还没找到另一半的小驹，由于她在千仓家现今的女用里资历最老，所以也一同参加了婚宴。

小铃比小银晚两年怀上孩子，这时也已妊娠七个月，身子十分显眼了。但一来她想看看前后同住了大约七年的东家小姐出嫁的模样——虽然她比小姐小三岁，却在两年前就结婚了。二来她许久没吃到这么豪华丰盛的西餐了，所以硬是催着清造一起参加了喜宴。

昭和三十六年（1961）二月末，小银的次子出生，照旧拜托磊吉替孩子起名字，磊吉替他拟了"满"这个字，这次小银倒是毫无异议地采纳了。长子小武如今已经三岁了，左一个"爷爷"右一个"爷爷"地叫着磊吉，把他当亲爷爷一样尊敬。小武、小满这两个孩子，都遗传了母亲那对神采奕奕的双眼。

同年四月，最后一个单身女用小驹终于也找到了好人家。小初虽然从昭和十一年（1936）开始，前后在千仓家工作了将近二十年，但

厨房太平记 | 283

期间由于二战、母亲患病等各种原因，在老家待的时间不少，实际工作的时间并没有那么长。从这点来说，小驹在工作期间倒是从没回过老家，十三年里一直在千仓家帮工，或许算起来她待的时间甚至比小初更长。并且，要论诚心为千仓一家尽心尽力地工作、希望他们生活幸福的人，还要数小驹为首。尤其是昭和三十五年（1960）十一月至十二月，磊吉因为心绞痛发作，而在东京大学附属医院住院治疗的五十天里，小驹一天不落地在病房里照顾磊吉，对于这样的付出，磊吉夫妇都感激不已，甚至连医院的医生、护士以及隔壁病房的患者，都对小驹赞不绝口。

小驹今年三十二岁，比睦子小一岁，和光子同年。她的丈夫姓樫村，出生在以白丝瀑布闻名的富士山麓，原是海岸大道上昭和出租车公司的司机，由于仪表堂堂、威严十足，说话清晰有条理，口才极好，因此受到众人推举，当上了公司的工会书记。随后实力更受认可，又拥有了一个更长的头衔——全国汽车交通工会静冈地区联合会副执行委员长。但樫村这回是二婚，和之前的妻子分手，后来才迎娶了小驹。小驹这个人常常行为跳脱，还有许多稀奇的怪癖，但同时也是个少见的良善之人，或许就是这一点吸引了樫村吧。

樫村常对磊吉他们说："如果不是我，恐怕没人能理解小驹了吧，她确实和别人挺不一样的。"然而，偏偏在四月赏樱时节，磊吉一家去了京都，没能出席小驹的婚礼。新人的交杯换盏仪式是在樱之丘的今宫神社神像前举行的，喜宴则是在偏殿举办的。磊吉从京都回来之后，某天突然问起她对结婚的感想："如何？婚后过得还开心吗？"

小驹答道："结婚其实还挺有趣呢！早知道是这样，早点结婚就好了。"这话果然是小驹独特的口吻，磊吉听了又哈哈大笑。

昭和三十六年（1961）春末，借住在伊豆山神社附近的叔父家里的小银夫妇，终于还是搬了出来，回到了汤河原的光雄父母那边。光雄原本在湘南出租车公司当司机，这回打算借机实现早前的想法，帮着父亲一起在汤河原做一点买卖。他父亲之前是经营大众餐厅的，但店面又小又陈旧，因此顾客不多，生意惨淡，没什么利润可言。这回和小两口商量了一下，打算把一楼重新装潢，外边开设土产商店，后边改建为酒吧，大部分启动资金都是由光雄父亲凭着脸熟，向当地的银行贷来的。店铺在四月二十五日正式开张营业，名字也是磊吉想的，取"银"这个音命名为"春吟堂"。之后小银又要求说，想让磊吉写一首和歌，挂在店铺的隔帘上，于是便有了这一首："春吟堂中络绎客，自樱绽来枫叶红。"

小银对此又提出了修改意见，她认为当地盛产蜜柑，秋季是蜜柑热销的时节，不如把它写进歌里，改为"蜜柑熟"更好。磊吉听了颇为认可，于是由赞子执笔写下了"春吟堂中络绎客，自樱绽来蜜柑熟"，随后送到了染坊那边。

第二十回

最近，汤河原的土产商店春吟堂店内，挂着两块贴了彩纸的画框,其中一张写着"赠春吟堂老板娘:娇妻生于鹿儿岛,今售土产汤河原",另一张也是"赠春吟堂老板娘",写着"萨摩泊港嫁至此,汤河原上黑发散"。此是磊吉所赠,他看到春吟堂生意红火,喜不自胜,遂写了这两首和歌。如今,小银俨然是店里的老板娘,光雄父母虽然并没到年老体衰的地步,但还是把重担让给了小两口,过起了悠闲自得的养老生活。光雄父亲以前开过送餐店,对钓鱼熟能生巧,于是每日早起去屋后的千岁川上游钓鱼,乐此不疲。他常能钓到香鱼、鳟鱼之类,鱼一上钩便立刻放进水里,让光雄或小银送去千仓家。

磊吉爱吃香鱼杂烩粥,制作时必须要用新鲜的活鱼,但在京都很难买到,更别说是在伊豆山的湘碧山房了。小银常在早饭前就打电话来说"马上就送活鱼过去",不一会儿,光雄或小银就牵着小武、背着小满,拎着一个装满水的桶来了,香鱼还在里面游着呢。能在鸣泽的山里吃到这样的美味,也是托了光雄父亲的福。鳟鱼也是磊吉的心头好,尤其是个大、新鲜的鳟鱼,味道更是无与伦比。磊吉一想到他父亲在千岁川的急湍边垂钓的模样,脑中就浮现舒伯特[①]的那首《鳟鱼》了。

光雄母亲擅长煮赤豆,常常在套盒或珐琅盒中装满赤豆,让儿子或儿媳带到千仓家。之前常有人评价说:"这么体贴的母亲真是太少见了,嫁到他们家做媳妇儿得有多幸福啊!"小银嫁过去之后,深切体会到了这种传言的真实性。婆婆从不干涉任何店里的事情,全数交给小银料理,自己只顾专心照料两个孙子。店里顾客多半是来泡温泉

[①] 即弗朗茨·舒伯特(1797—1828),奥地利作曲家。《鳟鱼》创作于1817年舒伯特22岁之时,是他一生中唯一一首钢琴五重奏乐曲。

的，光雄一个大男人反而帮不上忙，无论是和顾客交涉，还是算钱记账，所有事都靠小银一个人打理，因此久而久之地，小银就变成家里的"一把手"了。

看着如今能干的小银，赞子常常和磊吉聊起，她之前还在家里做女用的时候，惹了这么多麻烦事儿，和光雄恋爱之后还魂不守舍的，连厨房里的活儿都懈怠了，总是忙里偷闲地对镜梳妆，鼻尖从没出现过一点浮粉。她那时候可漂亮得很，虽然给同伴们添了不少麻烦，也遭人记恨，但本人倒是一点也不放在心上，仍旧旁若无人地我行我素——可从没见过这么任性的姑娘！但她硬是坚持到底，战胜了一众情敌，还让之前那个劣迹斑斑的光雄（赌博、猎艳、自行车竞赛、负债累累）改头换面，把坏毛病都改了，恐怕换了其他任何一个姑娘都没法做到吧。她还曾哭着和赞子发誓："如果您同意我和光雄在一起，我一定让他重新做人！"这样的承诺，除了她也没人能践行了。当初光雄母亲所抱"非小银不行"的期待，也确实一语中的了。

"小银果然有鹿儿岛姑娘那种执着的性格啊！能够克服任何困难，按照自己的想法行事，真了不起！"

"现在想来，正是因为她当初的坚持，才能像现在这样相亲相爱呢！"

磊吉的书房只有小武能够得到豁免、自由出入，每次光雄或小银带他来玩，他就直接跑到磊吉的书桌旁喊"爷爷"。这时磊吉就说"小武来了呀"，然后去走廊叫女用替他拿来蛋糕，再给他三四块小狗吃的甜点。之后，小武手里攥着糕点，去后院的狗屋那边，和爸爸妈妈一起开心地玩上二三十分钟。

磊吉前妻的女儿生了三个孩子，但她跟着母亲改嫁到东京，因此磊吉不能常常看到孩子们。赞子前夫那边也有两个孙辈的孩子，一个在京都，一个在东京，互相也见不到面。因此，磊吉很想朝夕都能看到光子的孩子——美雪，但考虑到京都的气候不太好，可能对孩子的健康产生影响，因此也没能如愿。如今磊吉已七十七岁了，每年在春秋两季去北白川小住十天半个月，但他对此并不十分满意。磊吉原本就没什么儿孙福，年轻时又不大喜欢小孩子，后来才慢慢体会到了孩子的可爱、变得越来越擅于哄孩子了，或许这也是上了年纪的证明吧。看着突然闯进书房里、一边喊着"爷爷"一边缠上来的小武，磊吉也丝毫不把他看作别人家的孙子，总觉得为了他可以做任何事。

不仅是小武，还有他弟弟小满、小铃的儿子小保，以及今年四月刚出生的小驹的儿子小忠，这几个孩子都很可爱。磊吉虽然出身东京，但对故乡已无太多留恋，也不打算归葬故里。如今，他只想看着这几个孩子健康成长，把他们的母亲视为自己的女儿，了无牵挂地继续生活。然而，原本住在鸣泽地的长谷川清造从啸月楼辞职，跳槽去了汤河原的大崎酒店。这下只有小银一家离得最近，因此他们比别人来得都勤，仍然时常带来些香鱼、鳟鱼、煮赤豆什么的。恐怕磊吉的晚年不会再有什么显著的改变，将会这么度过余生了吧。曾在千仓家做工的女用里，婚后未离开湘南地区，如今还常常出入千仓家的，也只有小银、小铃和小驹三人了。但这三个姑娘都还年轻，不知今后会有什么改变。世代定居此地经商的小银她们家，应该不会搬迁吧——这正是磊吉所希望的。

起先成家于阪神一带的千仓夫妇，最早雇入的女用是出身鹿儿岛的小初，随后又来了小悦、小梅、小节、小银、万里等好几个泊村来的姑娘，磊吉对她们每个人都印象深刻，因此也对尚未踏足过的鹿儿岛产生了特殊的依恋之情。她们总说"先生和您家人们要是来做客，一定会非常受欢迎的"，磊吉也想着要是有这样的机会该多好，可惜一不留神就步入老年了。如今情势翻天覆地，之前常常给鹿儿岛的小初、小梅写信，让她们帮忙介绍姑娘来帮工，最近再想这么做却是困难重重——姑娘们都被公司事务所或工厂的优渥待遇吸引，想做女用的少之又少。就算偶尔能遇上，也做不长久，过个一年就收拾东西回去了。像小初做了二十年，京都出身的小驹做了十三年，连小银也做了四五年，这些都已经是陈年旧事了。现今的姑娘们只把女用的工作当作"出嫁修习"，做个一年半载就回到老家相亲结婚去了。

这么说来，倒是想起一个前文漏写的话题，便在此处写一写。不是别的，正是磊吉喜欢的按摩，他每次专心致志工作一段时间后，必得在午睡时让人替他按摩一下。不能用灸术，只能用针刺或手按，且扎针的师傅只请名手。然而按摩师本职在于治疗，动辄花费时间过长，让人不耐。而家里的女用却能巧妙地把握好时间，将他僵硬的关节按摩得柔软舒畅。但这也是有要求的：首先，按摩者须能找到关键之处按压；其次，按摩者指腹要圆润有肉、厚实柔软为好——这一点尤为重要。即便是手艺高妙的职业按摩师，也有指腹僵硬者，按得人痛苦非常，这种人还是避而远之为好。而且，按摩时磊吉喜欢俯趴着，让人从他胃部相对处一直按压到腰背处。有时，磊吉也让按摩者稳稳正坐在自己的腰部，然后再让她们用脚紧贴着自己的脚掌站立起来——要是没有这个环节，他总觉得好像少了什么。最擅长这个的是

厨房太平记 | 289

小初，她那双雪白饱满的大脚完全紧贴着磊吉的，被这么按踩过后实在通体舒畅。四肢柔软程度仅次于小初的是百合，虽然她的肢体条件没得说，但总觉得按摩这事儿麻烦得很，每次都是一副勉为其难的样子，搞得磊吉也没了兴致，没按几下就喊停了。如果让小铃或小驹来按，她们当然会照做，但她们的指腹纤细，不够柔软，这一点略显不足。而小银虽然四肢柔软，但过于美貌，倒让磊吉有所顾虑，不太好意思让她帮忙。

除她们几个之外，最近有一个茨城县出身的三重姑娘（这时对女用须用敬称了）也来工作过一些日子，这姑娘也是四肢柔软、肤色白皙。但可惜的是，去年秋天她已经回老家了，如今家里竟然没有一个能为磊吉按摩的人了。

那么，这篇洋洋洒洒的太平记，至此也将近尾声了。多亏了周刊《新潮》的"公告栏"，之后来千仓家厨房帮工的姑娘也络绎不绝的，完全没给磊吉他们的生活带来什么不便。不仅如此，应聘者中家境良好、品行优秀的姑娘还不少。但这些人都得称作"家务助理"，和之前的"女用"并不一样，因此不再于此赘述。

昭和三十七年（1962）七月二十四日，磊吉虚岁七十七岁，同月二十八日（周六）下午五点，他在市内的富士屋宾馆举办了一个简单低调的寿宴，只邀请了极少数亲朋参加。席间为了助兴，富山清琴夫妇演唱了《东菊之歌》和《茶音头》，睦子的丈夫相良道夫表演了能乐舞蹈《景清》，飞鸟井美雪表演了井上流派的京都舞蹈《松尽》等各类节目。之后，磊吉又特地给昭和十年（1935）以来和千仓家缘分匪浅的女用们发了请帖，邀请她们于八月七日赶来热海，并于当日下午六点，在市内仲田的中餐厅北京饭店的二楼和式包间里举办了第二场寿宴。首席宾客是在京都吉田牛官町的东一条车站前，那家大型书店的老板中延夫妇。然后是嫁到和歌山市郊农家的小初和她的两个孩子，由姐姐陪着一起来热海的路上，她们顺道拜访了定居神户的弟弟安吉家，并在寿宴前一天邀请小梅一同出发前往热海。小梅也带了两个孩子一道上路，一行七个人热闹极了。

磊吉夫妇时隔十来年再见小梅，发现她并没有太大变化，说话仍然干脆利落。更不必说她之前那个隔三岔五发作的病症，如今已痊愈恢复了，没留下任何后遗症。磊吉他们事先考虑到七个人的住宿，已在汤河原春吟堂附近的旅馆订好了房间，但又想到泊村出来的姑娘们难得聚在一起，晚上一定得像当年的县民集会一样热闹一番。

另外还有在逗子那边开寿司店的小定和两个孩子，长谷川清造夫妇和长子小保，园田光雄夫妇和小武、小满两兄弟，樫村常雄夫妇和长子小忠，还有和这些夫人做女用时来往频繁的和服店老板加藤，热海海边餐厅"和可奈"的老板等人，也参加了宴席。主人这边有磊吉夫妇、飞鸟井鸠子、相良睦子和长子小力这五人。席间也有助兴演出，音色优美、精通乐曲的中延演唱了《高砂》节选，加藤带来相声表演《西瓜小偷》，光雄和大家一起合唱了一首《可爱宝贝》，最后还有今天最精彩的节目——"和可奈"老板带来的舞蹈《酋长之女》，赢得全场的喝彩欢呼。

"接下来，请大家伸出你的手——"和可奈老板站起来发话，"谨祝先生健康平安，长命百岁！"大家齐齐鼓掌祝贺，宴会就此落幕。

解说

"其实在明治时代，遑论'女用'，连'保姆''婢女'这种词也是惯用的。而如今却连称呼'女用'都遭人嫌恶，只好煞费苦心地想出'maid（女仆）''帮工'之类的叫法，真是世事多变。"——作者在开头显露出恍若隔世之感，如此叙述道。事实如此，"女用"这个字眼，和"瞎子""聋子""哑巴""瘸子"这些词一样，逐渐被剔除出我们的生活。然而，改称"女用"为"家务助理"、"瞎子"为"盲人"、"聋子""哑巴"为"聋哑人"、"瘸子"为"残障人士"等，虽然作为女用的工作内容可能有所变化，但残障者身体上的缺陷并无任何改善。这个例子或可证明，不知是战后民主主义的影响还是其他种种原因，大部分的日语词汇都变得散漫随意、失去核心了。

"因此，若不使用敬称称呼在此故事中出现的女用们，怕是要被现代的女用姑娘批判了吧。但是，这个故事发生在二战前的昭和十一二年（1936—1937）左右，若不直呼其名，显得不合情理，是以我在故事里都如此称呼。这点提前写明，万望谅解。"——不消说，作者用心良苦地提前说明此事，并不只是出于对新形势的顾虑。《厨房太平记》这部作品乍一看行文不疾不徐，但实际上绝非表面所展现的那样，仅仅是一部轻松幽默的读物——其中所使用的日语很好地说明了这一点。换言之,这部书中所描写的从"女用"转变为"家务助理"的"女用衰亡史",自然而然地成了"日语衰退史",这才是作品的真正价值所在。

在昭和年代的五十几年里,日语所产生的令人眼花缭乱的变化,毫无疑问地反映了国内外的各种情势。语言处于不断变化之中,但我们的意识却未必跟得上其步伐,与此同时,现实也在发生巨大的变化——世界就处于这样一个循环往复之中。总而言之,在这种不能称呼"女用",非得叫"家务助理"不可的变化过程中,不知何时起,如今愿意当女用的人竟已逐渐消失了。这还不算,连与之相对应的"主人""夫人"这类词汇,其使用量也因此降低不少。

如今说到"夫人",得算上住宅区里那些低收入工薪阶层的妻子们,还有商店里的老板娘们。然而,原本的"夫人"们,可不会在厨房烧水做饭,或是提着购物篮在店里物色果蔬商品。听命行事、陪同在侧乃女用的职责,不知一根萝卜花费几何的才是夫人的做派。像这样把家务杂活尽数交给女用们打理,夫人则如字面所述[①],只需做内心喜欢的事即可。这么想来,与其说如今的"夫人"与"女用"意义相同,不如说是两者的地位持平了。原本在当今社会中,"家务助理"一旦结婚嫁人,便同样可以被称为"夫人"。而战后,"主人"一词使用频率的下跌趋势更是不必多说了。

《厨房太平记》一文在昭和三十七年(1962)的"每周日"版面里连载,文中的千仓家主磊吉仍然保持着以往"主人"的做派,他的

---

① 日语里的"夫人"写作「奥さん」,"奥"也有内部的意思。

妻子赞子也名副其实地占据着"夫人"的宝座。不仅是"女用们"，在十二年后的我们这一辈人眼中看来，千仓家的"主人""夫人"也仿佛恍若隔世一般，俨然是旧时那种威严老派的夫妇。

纵然如此，千仓家里干活的女用依然多得很。从昭和十一年（1936）夏天头一个来的小初，到战后的昭和三十三（1958）年秋，小银和小铃两人可喜可贺地同时步入婚姻殿堂，这漫长的二十多年岁月中，女用们理所当然似的络绎不绝、源源不断。当然，这也是由于千仓家的主宅、别墅之类的房产在各处都有，战时还辗转于不同的疏散地，自然也需要这么些女用。但女用多至此般盛况，和主人磊吉喜欢女用这一点也密不可分，毕竟将每个新来的女用从头到尾仔细品评一番——这种热情也不是寻常人能一直持有的。加之他平常整日在家中写稿，或许是把这些姑娘当成了女性研究的样本，以及令自己保持年轻态的药剂。

神似电影《乱世佳人》里那个黑人女用麦克丹尼尔的小初，竟然会在假期里穿上时髦的洋装出门，磊吉从二楼看到她那双脚时，作者写道"磊吉十分反感脚掌脏污的女子，但小初的脚掌看起来却像刚用毛巾擦过一样，总是白白净净的"——从此不难看出作者的一贯偏好，这种描写在他早期的《富美子之足》，以及晚年的《钥匙》《疯癫老人日记》等作品中就有所体现。说实话，我认为读者对此种细节不该忽视。后文还写道"磊吉虽未见过她的裸体，不过按照睦子所说，她的胸围甚至超过了玛丽莲·梦露"，对于这种话我并不相信，磊吉不应该没见过小初的身体。不知是否想坦白这一点，作者在最终回里也直言小初最擅长替人按摩，"她那双雪白饱满的大脚完全紧贴着磊吉的，被这么按踩过后实在通体舒畅"。

"某个夏夜,用人房的房门大开,灯火通明,姑娘们有失体统地像堆起来的大福一样横七竖八地睡着"——这一段简直是最精妙的描写,但想着"等等,可不能错过如此精彩绝伦的裸体秀",随后拿出照相机拍个不停的却不是磊吉,而是来家里玩的某个青年干的好事。还有那个在两性方面一无所知的小驹,曾向护士提问说"哪个药房能买到男性的精液",她出嫁时,为她的初夜操心不已,还给她看了春官画册以作科普的人,也并不是磊吉,而是他的妻子赞子。

像这样带着些许色情意味的片段随处可见,但我认为这也是本文的看点之一。深入阅读下去会发现,让人觉得非同寻常的并非这些事件本身,而是作者将事件虚构化的写法,用犯罪术语来说,就是"建立不在场证明"的方法。

说到底,正如从前男人之间流行的"一盗二婢三妻四妾"这种无耻的说法一样,从雇主的眼光来看,年轻女用的存在正是令人易产生轻浮之举的最大诱因。志贺直哉的《大津顺吉》一文虽不可与本文同日而语,但其文中的主人公正是因与女用偷情,才导致家中纠纷不断。和当时年轻的直哉不同,本文作者写此篇时已是老年,不知该说他老奸巨猾还是故作伪善,总之他一直尽力避免提及磊吉同女用之间的肉体接触,但这反而增加了读者阅读时的刺激性。战中带着小初一人去热海别墅,悠闲地过着疏散生活;频繁在独栋房子里替貌似津岛惠子的小银补习认字,带她外出散步、觅食;把偏爱非常的百合从京都叫到东京的旅馆,让她作口述记录……作者毫不掩饰地描写这些情节,硬是越写越让人捏一把汗。这未必是我们读者单方面的臆测,而是作者对于这种题材已游刃有余,能够读懂、看透我们的心理,从而顺势拿捏，将文章写得暗藏玄机。

如磊吉这般被诸多忠诚的女用们包围的安逸生活，足以引起我们男同胞的垂涎艳羡。然而随着时间推移，战后新时代的浪潮也对他产生了影响。最奇妙的要数不受喜欢的小夜被赶出家门后，原本前途大好的小节也跟着跳槽，最后二人被发现是同性情侣这一段情节了。还有那个与众不同的百合，像是战后派的新青年一般，把磊吉愚弄于股掌，最后还实现了"成为女明星高岭飞躍子的助理"这个梦想。有一双美丽大眼睛的小银和出租车司机光雄相爱，甚至怠慢了厨房的工作只为对镜梳妆。此时女用人手不足的现象已初露端倪，因此当小银的妹妹万里来参加婚礼时，才会被千仓家留下工作，虽然她只做了一年就走了。单身到最后的小驹最终也嫁了个出租车司机，且男方不久后便成了工会书记，之后更是升为全国汽车交通工会静冈地区联合会副执行委员长——这时已到了几个家务助理聚集起来，就能打着罢工的旗号要求涨薪的时期了。千仓磊吉，或者更恰当地说——本文的作者，可称得上是死在了好时候吧。

千仓家的情况虽稍显特殊，但在这种战前的中产阶级家庭，不雇女用的反倒少见。这些女用和如今的所谓家务助理的不同之处，并不在于衣食住行等方面的差异，而是一种超出利害关系的、坚守自己为这个家族而献身付出的名节。"家""家族"这两个词的真正含义，也随着"主人""夫人"一起消亡了，与此同时，"女用"也成了单纯的劳动者。然此番议论，皆是本文的题外话了。

阿部　昭